GERHARD LOIBELSBERGER

Morphium, Mokka,
Mördergeschichten

GERHARD LOIBELSBERGER

Morphium, Mokka, Mördergeschichten

Wien zur Zeit Joseph Maria Nechybas

GMEINER SPANNUNG

Immer informiert

Spannung pur – mit unserem Newsletter informieren wir Sie
regelmäßig über Wissenswertes aus unserer Bücherwelt.

Gefällt mir!

Facebook: @Gmeiner.Verlag
Instagram: @gmeinerverlag
Twitter: @GmeinerVerlag

Besuchen Sie uns im Internet:
www.gmeiner-verlag.de

© 2019 – Gmeiner-Verlag GmbH
Im Ehnried 5, 88605 Meßkirch
Telefon 0 75 75 / 20 95 - 0
info@gmeiner-verlag.de
Alle Rechte vorbehalten
1. Auflage 2019

Lektorat: Claudia Senghaas, Kirchardt
Herstellung: Mirjam Hecht
Umschlaggestaltung: U.O.R.G. Lutz Eberle, Stuttgart
unter Verwendung eines Bildes von: https://de.wikipedia.org/wiki/
Datei:Klimt_-_Goldfische_-_1901-02.jpeg
Druck: GGP Media GmbH, Pößneck
Printed in Germany
ISBN 978-3-8392-2502-8

Für meine Frau Lisa

Inhaltsverzeichnis

Verzeichnis der
historischen Personen

Albert Edward von Sachsen-Coburg und Gotha (1841–1910): Prince of Wales

Dr. Ludwig Arendt (1857–1918): Schlossherr

Ignaz Arnberger (1840–?): Fuhrwerkbesitzer

Josef Burda (1888–?): Stallpage

Valerie Christ (1879–?): Handarbeiterin, Einbrecherin

Stefan Dirmayer (1878–?): Hilfsarbeiter, Einbrecher

Anton Dobner von Dobenau (1854–1922): Dechant

Marie Dworacek (1848–?): Schwiegermutter Friedrich Machers

Erzherzog Albrecht (1817–1895): Enkel Kaiser Leopolds II.

Erzherzog Friedrich (1856–1936): Urenkel Kaiser Leopolds II.

Erzherzog Franz Ferdinand (1863–1914): Sohn Karl Ludwigs, ab 1896 Thronfolger

Erzherzog Franz Salvator (1866–1939): Ururenkel Kaiser Leopolds II.

Erzherzog Karl Ludwig (1833–1896): Bruder Kaiser Franz Josefs I.

Erzherzog Leopold (1868–1935): Sohn des letzten Großherzogs der Toskana

Erzherzog Ludwig Viktor (1842–1919): Bruder Kaiser Franz Josefs I.

Erzherzog Otto (1865–1906): Sohn Karl Ludwigs, Vater Kaiser Karls I.

Erzherzog Rainer (1827–1913): Bruder Kaiser Franz I.

Erzherzog Wilhelm (1827–1894): Enkel Kaiser Leopolds II.

Erzherzogin Alice (1893–1962): Tochter Erzherzog Friedrichs

Erzherzogin Elisabeth (1831–1903): Enkelin Kaiser Leopolds II.

Erzherzogin Gabriele (1887–1954): Tochter Erzherzog Friedrichs

Erzherzogin Isabella Marie (1888–1973): Tochter Erzherzog Friedrichs

Erzherzogin Maria Annunziata (1868–1961): Tochter Erzherzog Karl Ludwigs

Erzherzogin Maria Josepha (1867–1944): Ehefrau Erzherzog Ottos

Erzherzogin Marie Theresia (1845–1927): Tochter Erzherzog Albrechts

Erzherzogin Marie Valerie (1868–1924): Tochter Kaiser Franz Josefs I.

Franz Josef I. (1830–1916): Kaiser von Österreich, König von Ungarn.

Dr. Sigmund Freud (1856–1939): Begründer der Psychoanalyse

Lambert Frey (1868–1950): Wirt

Marie Frey (1875–1956): Wirtin

Marie Gollern (?–?): Wirtschafterin von Ignaz Arnberger

Ferdinand Gorup von Besánez (1855–1928): Polizeiagent, Zentralinspector, Polizeipräsident

Rudolf von Götz (?–?): Zentralinspektor der Wiener Sicherheitswache

Dr. Albin Haberda (1868–1933): Gerichtsmediziner

Carl Freiherr von Hasenauer (1833–1894): Architekt

Leopoldine Hofbauer (1884–?): Hilfsarbeiterin, Einbrecherin

Eduard Ritter von Hofmann (1837–1897): Pathologe, Leiter der Gerichtsmedizin

Anton Hruby (1879–?): Holzstöckelmacher, Einbrecher

P. Klein (1836–1868): Kaplan, Selbstmörder

Karl I. (1887–1922): Kaiser von Österreich, König von Ungarn

Josef Kellner (1843–?): Drechslermeister, Hehler

Franziska »Fanny« Kerl (? -1916): Wilhelm Kerls Frau

Rudolf Kerl (1852–1930): Cafetier des Café Landtmann

Wilhelm Kerl (1855–1922): Cafetier des Café Landtmann

Franz Freiherr von Krauß (1837–1919): Polizeipräsident

Adolf Kratochwilla (1860–1938): Besitzer des Café Sperl

Karl Lueger (1844–1910): Wiener Bürgermeister

Friedrich Macher (?–?): Gärtner in Mauer bei Wien

Adolfine Máriássy de Márkus- et Batizfalva (1852–1881): Schlossherrin

Rudolf Mlejnek (1877–1899): Deserteur, Mörder

Albin Neswadba (?–?): Zentralinspector der Wiener Sicherheitswache

Milan Obrenović (1854–1901): König von Serbien

Ottilie Opitz (1882–?): Näherin, Einbrecherin

Josef Preiß (1859–1933): Kaufmann, Schnapsbrenner

Rudolf von Österreich (1858–1889): Kronprinz

Lorenz Rutschmann (1858–?): Kutscher, Einbrecher

Franz Schebesta (1874–?): Drechsler, Hehler

Arthur Schorr von Lorbitzthal (?–1889): Medizinstudent, Morphinist

Gottfried Semper (1803–1879): Architekt

Stephanie von Belgien (1864–1945): Kronprinzessin

Franz Wessely (1879–?): Bronzearbeiter, Einbrecher

Das Gespenst vom Kadoltsberg

Eine Kurzgeschichte aus dem Jahr 1873

»Es hat sie gepackt. Die Oma. Mit eisernem Griff hat es sie gepackt. Oben an der Gurgel. Und dann … dann hat's wia narrisch zuadruckt. Die Oma wollt' um Hüfe plärren, oba es is' ihr nur a Krächzer auskommen. Weil der eiserne Griff hat s' bei der Huastn* g'habt und net und net auslassn. Bis die Oma am End' ihren letzten Schnaufer g'macht hat und mitten zwischen den Rebstöcken tot umg'fallen is' …«

Der 13-jährige Joseph Maria Nechyba und seine etwas jüngere Cousine Milli lauschten dieser Schilderung mit angehaltenem Atem. Die Geschichte, die die G'scheckerte Toni da erzählt hatte, war so gruselig, dass Joseph Maria eine Gänsehaut bekommen hatte. Nun, das war auch kein Wunder, schließlich hockten Joseph Maria und Milli mit den anderen Kindern in einer finsteren Erdgrube, die von dichtem Gebüsch überwachsen war. Die einzige Beleuchtung hier unten kam von einem flackernden Kerzenstummel, den die G'scheckerte Toni dicht neben ihr Gesicht hielt. Dadurch hatten die Grimassen, die sie beim Erzählen schnitt, viel schauerlicher gewirkt, als sie es oben bei Tageslicht gewesen wären. Auch die anderen beiden Buben, der Franzi und der Pepi, waren schwer beeindruckt von Tonis Erzählung. Kein Wunder, schließlich ging es dabei um eine sehr gruselige Sache. Um die Umstände, wie die alte Frau Lanner, Tonis Großmutter, vor zwei Tagen in einem Weingarten am Kadoltsberg umgekommen war. Seit ihrem plötzlichen Tod ging in dem Heurigenort Mauer bei Wien das Gerücht um, dass die rüs-

---

* Gurgel

tige Alte ein Opfer des Gespenstes vom Kadoltsberg geworden sei.

～☙～

»Erwürgt! Brrrr!«, schauderte es die Milli, und der Franzi fügte hinzu:

»Des muaß ganz grauslich sein, wennst so stirbst.«

Um dies zu illustrieren, griff er sich mit beiden Händen an den Hals und drückte zu. Er verdrehte die Augen und machte ganz wilde Geräusche. Sein Körper zuckte und Milli schrie:

»Franzi hör auf! Ich bitt' dich, hör auf!«

Doch Franzi machte wie unter Zwang weiter, bis er schließlich umfiel und reglos dalag. Milli stürzte sich auf ihn und rüttelte den Körper, aus dem alle Lebensgeister entwichen zu sein schienen. Als das Schütteln nichts nützte, ließ sie ihn zu Boden gleiten und umarmte ihn zärtlich. Just in diesem Moment kehrten seine Lebensgeister zurück, er umschlang Milli und drückte ihr ein feuchtes Busserl auf den Mund. Sie sprang auf und kreischte:

»Pfui Teufel! Du Sau!«

Pepi, die G'scheckerte Toni und auch Joseph Maria Nechyba lachten vor Schadenfreude. Franzi schlug sich vor Vergnügen auf die Schenkel und grölte:

»Jetzt musst mi heiraten. Milli, jetzt samma verlobt!«

»Niemals! Lieber geh i ins Kloster!«

Die Antwort des Mädchens erzeugte eine neue Welle von Heiterkeit, die die bis dato vorherrschende gruselige Stimmung gänzlich verschwinden ließ. Als sich alle allmählich beruhigt hatten, und es in der Erdgrube wieder still wurde, schlug Joseph Maria vor, in die Pfarrkirche zu gehen, wo Reingard Lanner aufgebahrt war. Dort könnte man ja einen Blick auf sie werfen. Wenn sie wirklich von dem Gespenst erwürgt worden war, müsste man Würgemale an ihrem Hals sehen.

»Und wie wüllst einekummen in die Kirch'n? Die is' ja zug'sperrt«, warf der Pepi ein, dem es gar nicht recht war, dass der aus Wien zugereiste Bub plötzlich groß Vorschläge machte.

»Na, wir könnten ja den netten Mesner fragen. Den Herrn Sommer.«

Der Pepi und der Franzi verzogen unwillig das Gesicht. Joseph Maria verstand nicht warum. Darum drängte er darauf abzustimmen. Da die beiden Mädeln für seinen Vorschlag stimmten, machte sich die Kinderschar auf den Weg hinunter in den Ort. Es war ein strahlend schöner Sommertag, der Maurer Wald und die angrenzenden Weinberge zeigten sich von ihrer malerischsten Seite. Von hier oben hatte man einen wunderbaren Ausblick über das Wiener Becken und die südöstlichen Vororte der Wienerstadt. Doch die Kinder schenkten all dem keinerlei Aufmerksamkeit. Fröhlich lärmend rannten sie über die dem Wald vorgelagerten Wiesen. Dann ging es am Badhaus und an der Oberen Kaserne vorbei in den Ort. Bewusst vermieden sie es, über die Hänge des Kadoltsberges zu laufen, denn dort trieb sich ja das Gespenst herum. Da sie alle miteinander einen riesengroßen Durst hatten, schlug die G'scheckerte Toni vor, bei ihr zu Hause vorbeizu-schauen. Die Lanners hatten gerade ausgesteckt und so stand das Tor des ebenerdigen Winzerhauses sperrangel-weit offen. Laut lärmend stürmten die Kinder in den lang gezogenen Hof, in dem an einfachen Holztischen ein paar stille Zecher saßen. Mit Kennermiene spra-chen sie dem herben Maurer Wein zu. Richtige Wein-beißer, dachte Joseph Maria. Diesen Ausdruck hatte er erst unlängst aufgeschnappt, als ein älterer Mann einem jüngeren Zugereisten erklärte, dass man in Wien und Umgebung den Wein nicht trinkt, sondern beißt.

»Muatta, Muatta! Mir ham an Durscht!«, rief die G'scheckerte Toni und Frau Lanner, die Heurigenwirtin, umarmte sie lachend. Liebevoll streichelte sie dem som-mersprossigen Lausmensch über das wirre rötliche Haar. Die Kinder nahmen an einem Tisch unter den mächtigen alten Kastanienbäumen Platz, die Schutz vor der Som-merhitze boten. Ihren ältesten Sohn, den Ferdi, schickte die Heurigenwirtin mit einem Krug zum Brunnen, um frisches Wasser zu pumpen. Das kühle Nass mundete den vom Laufen erhitzten Kindern, und da Frau Lanner Kinder über alles liebte, stellte sie einen irdenen Schmalz-topf auf den Tisch. Dazu schnitt sie von einem großen Laib selbst gebackenes Brot in dicken Scheiben ab.

»Da habt's a Messer. Tuat's eich ordentlich Schmoiz drauf.«

Die Kinder ließen sich das nicht zweimal sagen. Und während sich eines nach dem anderen die Brote mit Schmalz bestrich, fragte die Heurigenwirtin Joseph Maria:

»Wer bist du denn, di kenn i ja no goar net?«

»Des is' da Mizzi Pepi!«, krähte die G'scheckerte Toni.

»Mizzi Pepi?«

»Eigentlich heiß ich Joseph Maria«, erklärte Nechyba mit rotem Kopf und vollem Mund. Nachdem er einen großen Bissen Schmalzbrot hinuntergeschluckt hatte, ergänzte er:

»Ich bin der Cousin von der Milli.«

»Er is' da, weil er von der Oma und vom Gespenst vom Kadoltsberg g'hört hat!«

Die Miene von Frau Lanner wurde ernst.

»Toni! Erzähl kan Blödsinn über deine tote Großmutter!«

Das Mädel zog den Kopf ein und machte einen Fotz. Ihre Mutter sah plötzlich sehr traurig aus. Mit einer verstohlenen Bewegung wischte sie sich eine Träne aus dem Augenwinkel, stand mit einem Seufzer auf und ließ die Kinder allein. Kaum war sie weg, setzte sich der Lanner Ferdi zu den Kindern. Er hatte genauso viele Sommersprossen wie seine kleine Schwester, nur sein Haar war nicht so rot, sondern dunkler. Er hatte eng beieinander stehende Augen und einen stechenden Blick. Mit diesem fixierte er den Wiener Buben und flüsterte:

»Wüllst mehr über des G'spenst hören?«

Joseph Maria schluckte mehrmals, bevor er zögerlich nickte.

»Des G'spenst vom Kadoltsberg ist ganz schwarz und riesengroß. Sein G'sicht is' grau und seine Augen san glühende Kohlen. Wann es des Maul aufreißt, stockt dir der Atem. Gift und Pestilenz strömen da heraus und nehmen dir die Luft. Und dann … dann greift es nach dir …«

Ferdis Hand schnellte vor, packte Joseph Maria am Hals, der wie paralysiert war. Ferdi beugte sich vor und flüsterte:

»… und macht dich maukas*.«

Obwohl der Lanner Ferdi nun den Hals des Wiener Buben losließ, sprang dieser auf. Ferdis stechender Blick war unerträglich. Joseph Maria rannte in den hinteren Teil des Hofs, wo hinter einem Holzverschlag die geteerte Pinkelwand verborgen war. Und während er sich dort erleichterte, erinnerte ihn der bestialische Geruch der Latrine an den Atem des Gespenstes: Gift und Pestilenz.

Als er zurückkehrte, saßen die anderen Kinder beim alten Ottokar im Schatten eines Kastanienbaumes. Auch hier drehte sich das Gespräch um das Gespenst und um die tote Oma Lanner. Ottokar, der Hausknecht der Lanners, erzählte den Kindern, wie er die Altbäuerin im Weingarten gefunden hatte. Ausführlich schilderte er auch, dass die Kleidung der alten Frau völlig durcheinander gebracht worden war. Und das Portemonnaie, das sie immer am Busen unter dem Dirndl getragen hatte, war auch verschwunden. Richtig schauerlich wurde aber seine Erzählung danach:

»In der Fruah um fünfe hab i's g'sehen …«

»Wos? Des G'spenst?«

»Na wos denn sunst? Vor zwa Woch'n wia's g'reg-

---

* jemanden töten

net hot. Und ollas dunstig waor. Ob'm auf'm Berg. Da hob i's g'sehen. Vor mir hot sich's aufg'richtet und wollt nach mir greifen. Riesengroß! Lauter Knoch'n! Wia da Tod hot's ausg'schaut. I hob mi umdraht, bin auf der nassen Erd'n ausg'rutscht und auf meiner Lederhosen den Berg owe tschundert*. Wia i unt'n aufg'standen bin, woar's weg. Des G'spenst.«

⌘

Enttäuscht, dass im Maurer Pfarrhaus niemand anwesend war, trennten sich die Kinder am späten Nachmittag. Milli und Joseph Maria gingen über den Rosenhügel heim nach Speising. In der Gärtnerei seiner Tante Josefa, der jüngeren Schwester seines Vaters, angekommen, wurden sie von Bello, dem Schäferhund, begrüßt. Das Tier schnüffelte Joseph Maria zuerst misstrauisch ab, erkannte ihn aber rasch wieder und stupste ihn dann erfreut mit seiner kalten Nase an. Bei Milli fiel die Begrüßung wesentlich herzlicher aus. Bello sprang an ihr empor und schleckte quer über ihr Gesicht, sodass sie laut quietschte. Dann lief der Schäfer bellend und schwanzwedelnd hinter das Haus aufs Feld, wo Tante Josefa und Onkel Nepomuk arbeiteten. Die Kinder folgten dem Hund und Josefa, die kurz von der Arbeit aufsah, rief:

»Wo ward's denn so lang? Wo habt's euch herumgetrieben?«

»Wir waren bei den Lanners in Mauer.«

---

* hinunterrutschen

»Und dort hamma vom G'spenst vom Kadoltsberg g'hört«, ergänzte Joseph Maria.

»Des G'spenst vom Kadoltsberg? So, so … Na, wenn ihr mit solchem Bledsinn eure Zeit verplemperts*, könnt's auch noch was Nützliches machen und Unkraut zupfen. Geht's rüber zum Salatbeet! Bis zum Abendessen habt ihr's fertig.«

Zähneknirschend gingen die Kinder zu besagtem Beet, das nicht sehr breit, aber dafür sehr lang war. Wortlos knieten sie sich hin und begannen mit der Arbeit. Eine Stunde später kam die Erlösung: Josefa rief die Kinder zum Abendessen. Aus großen, dampfenden Reindln** schaufelte Tante Josefa zuerst Karottengemüse*** und dann Salzerdäpfel**** auf ihre Teller. Die frischen Karotten waren mit einer hellen Einbrenn***** und viel Petersil zubereitet. Gewürzt war das Gemüse mit Salz, Pfeffer und einigen Spritzern Zitrone. Joseph Maria schmeckte das Nachtmahl so gut, dass er zwei Portionen aß. Danach fiel er wie tot ins Bett und schlief sofort ein.

~◈~

»Mizzi Pepi komm! Ich zeig dir das G'spenst …«, flüsterte die G'scheckerte Toni und nahm den Wiener Buben bei der Hand. Sie führte ihn die steinernen Stiegen hinunter in die modrig feuchte Tiefe des Weinkellers. Joseph

---

* vergeuden
** Kasserollen
*** Möhrengemüse
**** Salzkartoffeln
***** Mehlschwitze

Maria machte sich vor Angst fast in die Hose. Unten angekommen drehte sich das Mädchen um, führte ihren Zeigefinger an die Lippen und machte: »Pssst!« Joseph Maria nickte und klammerte sich an ihre Hand, die ihn immer weiter in die Tiefe des Kellers führte. Allmählich gewöhnten sich seine Augen an die Finsternis und er machte links und rechts die düsteren Konturen riesiger Fässer aus. Die G'scheckerte Toni kannte sich hier unten offensichtlich blind aus. Zielsicher führte sie ihn entlang der Fässerreihen, ohne dass sie auch nur ein einziges Mal irgendwo anstießen. Die anfängliche Furcht wich einem zarten Gefühl des Gruselns, das Joseph Maria nicht unangenehm war. Zusätzlich genoss er es, dass Toni seine Hand hielt. Er mochte dieses wilde, sommersprossige Mädchen sehr. Und so blieb er dicht bei ihr und drückte sich wann immer er konnte an ihren Körper. Plötzlich ein kalter Hauch. Irgendetwas umfasste seinen Hals und drückte zu. Er begann wie wild zu strampeln, um sich zu schlagen, und dann sah er in die glühenden Augen des Gespenstes vom Kadoltsberg. Kalter Schweiß. Gänsehaut. Und dann rennen! So schnell er konnte. Doch seine Beine waren bleischwer. Hinter sich spürte er es: das Grauen. Er schlug um sich und dann fiel er. Ins Bodenlose. Plumps! Joseph Maria war von seinem prall gefüllten Strohsack auf den harten Holzfußboden gefallen und hatte sich den Ellbogen angehauen. Auf dem Strohsack nebenan raschelte es und er hörte Millis verschlafene Stimme: »Mizzi Pepi, was hast denn?«

»Nix!«, murmelte er grantig und kroch zurück auf seinen Strohsack.

»Ich hab nur schlecht geträumt.«

»Von was denn?«

»Vom G'spenst …«

»Ui! Wenn i davon träumen tät, tät i mich vor Angst anwischerln*.«

»Hab ich mich eh fast.«

Es folgte ein längeres Schweigen, während dem ein immer dringender werdendes Bedürfnis anschwoll.

»Du, ich glaub, ich muss Pipi gehen …«

»Da musst runter in den Hof, wo's jetzt ganz finster is'. Traust dich das?«

Joseph Maria zögerte, doch er hatte keine Wahl. Seine Blase drohte zu platzen. Also stand er von seinem Strohsack auf, tapste zur Tür und stieg mit klopfendem Herzen die steile Treppe hinunter ins Erdgeschoss. Plötzlich hörte er ein röchelndes Geräusch und erstarrte. Das Gespenst! Gänsehaut. Doch plötzlich ging das Röcheln in ein auf- und abschwellendes Schnarchen über. Onkel Nepomuk, dachte Joseph Maria und grinste erleichtert. Nun vernahm er auch gleichmäßiges Atmen, das hin und wieder in einem leisen Schnarchen gipfelte: Tante Josefa. Über den kühlen Vorzimmerboden schlich er zur Haustür, die zum Glück nicht abgeschlossen war. Draußen trippelte Joseph Maria mit schnellen Schritten über den Hof. Gleich würde er das Plumpsklo erreicht haben und sich erleichtern können. Doch was war das? Vor dem Klohäuschen erhob sich ein riesiger Schatten. Joseph Maria blieb wie angewurzelt stehen. Vorne auf seinem Nachthemd breitete sich ein dunkler Fleck

---

* anpinkeln

aus. Der Schatten schüttelte sich, tapste auf ihn zu und schnüffelte den Fleck ab.

»Bello, du G'frast*. Wegen dir hab ich mich anbrunzt.« Joseph Maria schob den Schäferhund zur Seite, riss die Häusltüre auf, hockte sich auf das Holzbrett, schloss die Augen und erleichterte sich um den Rest, der noch in seiner Blase war. Und während er dasaß, tapste Bello her und nutzte die Situation schamlos aus. Mit stinkendem Hundeatem schleckte er Joseph Maria quer übers Gesicht.

~⊙~

»Herr Sommer, Herr Sommer!«

Der Mesner der Maurer Pfarrkirche wollte gerade die mächtige Eingangstür absperren. Joseph Maria und seine Cousine Milli stürmten atemlos herbei. Auf Severin Sommers rundem Bauerngesicht verzogen sich unzählige Falten zu einem breiten Lächeln.

»Jo Kinder, wos hobt's denn? Wo brennt's denn?«

»Lieber Herr Sommer, dürft ma bittschön ganz kurz die Lanner Oma sehn?«

»Die Lanner Oma?«

»Ja, weil uns die G'scheckerte Toni, also die Lanner Toni, so viel von ihrer Oma erzählt hat! Und da wollten wir noch einmal von ihr Abschied nehmen. Bevor's morgen begraben wird.«

»Na von mir aus … Aber nur fünf Minuten. Do hobt's den Kirchenschlüssel. Mit dem sperrt's nachher die Tür

---

* Biest

zu und bringt's ihn mir in die Pfarrkanzlei. Dorthin geh i nämlich jetzt Kaffee trinken.«

Er gab dem Buben den klobigen Schlüssel in die Hand und tätschelte dabei dessen lederbehosten Hintern. Joseph Maria erstarrte. Dem Tätscheln folgte ein fordernder Griff. Das war so unangenehm, dass sich Joseph Maria losriss und stotterte:

»Da… dank recht schön, Herr … Herr Sommer.«

Dem neuerlichen Griff nach seinem Hinterteil wich er geschickt aus und verschwand gemeinsam mit seiner Cousine, die inzwischen die Tür geöffnet hatte, im Inneren der Kirche. Ohne Umschweife eilten sie zur Kapelle, in der die Lanner Oma aufgebahrt lag. Joseph Maria flüsterte:

»Jetzt schau ma uns ihren Hals an …«

Milli packte mit ihrer eiskalten Hand die seine und flüsterte:

»Die Oma is' tot. Mir sollten sie lieber in Ruah lassen!«

Joseph Maria schüttelte den Kopf, entzog ihr seine Hand und griff der Toten beherzt an die Gurgel. Mit zitternden Fingern öffnete er den Kragen ihrer hochgeknöpften Bluse. Auf dem faltigen Hals, der nun zum Vorschein kam, waren keine Würgemale zu sehen. Nach langem Zureden war schließlich auch Milli bereit, den Hals der Lanner Oma genau zu inspizieren. Auch ihr fielen keine Würgemale auf. Mit ruhiger Hand knöpfte Joseph Maria die Bluse wieder zu. Die Kinder bekreuzigten sich, beteten gemeinsam für die Lanner Oma ein »Gegrüßet seist du, Maria«

und verließen anschließend die Kirche. Den Schlüssel brachte Milli in die Pfarrkanzlei. Joseph Maria zog es vor, draußen zu warten.

～⊚～

Nachdenklich spazierten die beiden zum Winzerhof Lanner in die Lange Gasse. Joseph Maria, dessen Vater Unterkommissär im Kommissariat in der Leopoldstadt war, spürte ein gewisses kriminalistisches Kribbeln. Warum hatte die Lanner Oma keinerlei Würgemale? Warum erzählten die Lanner Kinder, dass sie erwürgt worden war? War das alles erstunken und erlogen, um ihn, den Wiener zu beeindrucken? Gedankenversunken trottete er neben seiner Cousine einher. Unzählige Gedanken schwirrten durch seinen Kopf. Vor allem musste er an seinen Papa denken. An den Unterkommissär Miroslav Nechyba, der jetzt während der Weltausstellung* alle Hände voll zu tun hatte und der seinen Sohn deshalb zu seiner Schwester nach Speising aufs Land geschickt hatte. Im Herbst, wenn die Realschule wieder beginnen und die Weltausstellung zu Ende gehen würde, würde er in die väterliche Wohnung zurückkehren. Da wäre auch die Antschi-Tant', ihre Nachbarin wieder da, die jetzt im Sommer zu Verwandten in die Steiermark gereist war. Kurz dachte Joseph Maria an seine zwei Jahre nach seiner Geburt verstorbene Mutter.

---

* Sie fand 1873 von 1. Mai bis 2. November im Prater, im Polizei-Rayon von Nechybas Vater, auf einer Fläche von 233 Hektar statt. Es wurden 7,25 Millionen Besucher gezählt.

Von ihr kannte er nur ein Bild, das sie als fesche Braut an der Seite seines Papas zeigte. Ein Bild, das er sich früher oft voll Sehnsucht angesehen hatte, das aber nun in seinem Gedächtnis verblasst war. Joseph Maria seufzte.

»Wos bedrückt di denn?«, wollte Milli wissen, doch er schüttelte abwehrend den Kopf. Wenig später betraten die beiden den Hof des Lannerschen Winzerhauses. Die G'scheckerte Toni kam auf sie zugelaufen und rief:

»Morgen wird die Oma begraben! Und nachher gibt's an Leichenschmaus. Da miasst's unbedingt kumman. Weil da gibt's vü z'essen.«

Joseph Maria nahm die G'scheckerte Toni bei der Hand und sagte streng:

»Wo ist denn dein Bruder? Ich hab nämlich was entdeckt.«

Antonia Lanner führte Joseph Maria und Milli ins Haus, wo ihr Bruder auf einer Eckbank lag und ein Nachmittagsschläfchen hielt. Sie gab ihm einen Rempler, auf den er mit einem unartikulierten Laut reagierte.

»Ferdi, wach auf! Der Mizzi Pepi möchte dir was ganz Wichtiges erzählen.«

Langsam setzte sich Tonis Bruder auf, rieb sich mit beiden Fäusten den Schlaf aus den Augen und brummte:

»Mizzi Pepi, machst jetzt auf Wichtigtuer?«

Gereizt replizierte Joseph Maria:

»Ich hab nicht g'sagt, dass das wichtig ist. Ich hab der Toni nur g'sagt, dass ich was entdeckt hab.«

»Und wos host entdeckt?«

»Dass eure Oma net erwürgt worden ist. Die Milli

und ich waren vorher in der Kirch'n. Wir haben uns ihren Hals ganz genau ang'schaut, sogar die Bluse hab i a bisserl aufgeknöpft. Von Würgemalen war nix zu sehen.«

»Wos? Du host unsere tote Oma angriffen?«

»Nein. Nur ihre Bluse.«

Der Ferdi starrte Joseph Maria ungläubig an und Milli erzählte stolz, wie ihr Cousin den Hals der Lanner Oma untersucht hatte. Am Ende feixte sie frech:

»Das, was ihr da vom Tod eurer Oma erzählt habt, is' a Schas. Des stimmt net. Eure Oma is' net vom Gespenst vom Kadoltsberg erwürgt worden.«

Schweigsam saßen die Kinder da und starrten einander an. Plötzlich gab es im Hof draußen einen Mordsbahöö*. Die Kinder sprangen auf und liefen hinaus. Sie sahen zwei Gendarmen, die einen Mann in einem zerlumpten Anzug arretiert hatten. Der Mann, dessen Haupthaar und Bart lang und ungepflegt waren, trat um sich, fluchte und schimpfte. Seine Hände hatten die Gendarmen mit einer Schnur auf dem Rücken zusammengebunden. Ein Ordnungshüter sagte zur Heurigenwirtin:

»Frau Lanner, da schaun S' her: Wir haben den Mörder Ihrer Frau Mutter gefasst. Der Kerl hat lang genug als G'spenst vom Kadoltsberg sein Unwesen getrieben. Jetzt wird wieder a Ruah sein.«

Die Lanner, die eine große, kräftige Frau war, ging auf den Mann zu, gab ihm links und rechts eine schallende Ohrfeige und fauchte ihn an:

---

* Riesenwirbel

»Du Fallot*, du host mei Muatta am Gewissen!«

Der Zerlumpte wich weiteren Schlägen aus, ein Gendarm drängte die Frau von dem Verhafteten ab. Der war nun ebenfalls aufs Äußerste echauffiert. Wutschnaubend schrie er zurück:

»Des is' net wahr! Des stimmt net! Ich hab ihr gar nix angetan. A Schlagl** hat's g'habt und ich wollt ihr helfen. G'schnauft und geröchelt hat sie wie a Dampfmaschin'. Da hab ich ihr vorn des Dirndl aufgeknöpft, damit's mehr Luft kriegt. Aber g'holfen hat's nix. Das Schlagl hat sie nimmer auslassen.«

»Und dann hast ihr des Geldbörsl g'stohln, du Krätzen***.«

»I hab Geld braucht und die Alte hat nix mehr braucht. Drum hab i mir das Geldbörsl g'nommen. Unten in Kalksburg hab i mir dann beim Greisler zwei Wecken Brot und a Kranzl Wurscht kauft.«

Einer der Gendarmen brummte:

»Den Diebstahl gibt er also zu. Jetzt brauch ma nur mehr das Geständnis vom Mord.«

»Aber bitte! Bitte!«, rief die G'scheckerte Toni. »Des war ka Mord. Der hat die Oma net erwürgt.«

Die Erwachsenen drehten sich zu den Kindern, und bevor noch einer von ihnen was sagen konnte, verkündete Joseph Maria Nechyba mit fester Stimme:

»Zumindest erwürgt hat er die alte Frau Lanner nicht. Ich war vorher mit meiner Cousine in der Kir-

---

* Gauner
** Schlaganfall
*** unangenehmer Mensch

che und hab mir die aufgebahrte Frau Lanner genau angeschaut …«

Milli unterbrach ihn aufgeregt:

»Ja! Er hat ihr oben die Bluse aufgeknöpft und dann hamma den Hals von der Oma genau untersucht. Da war nix. Keine Würgemale. Nix.«

Die Heurigenwirtin schaute Joseph Maria mit großen Augen an und fragte erbost:

»Wos host du g'mocht?«

»Ich bitte um Entschuldigung. Aber es hat mich brennend interessiert, ob Ihre Frau Mutter tatsächlich erwürgt worden ist. Drum hab ich nachg'schaut. Es gab keine Würgemale an ihrem Hals.«

»Sehn S', der Bua is' mein Zeuge. I hab die Alte net erwürgt! Der Bua kann's bezeugen!«, rief der Verhaftete. Der ranghöhere Gendarm sagte:

»Schluss jetzt. Mir gengan runter in die Kirch'n und schau'n söba nach. Wenn das stimmt, dass es keine Würgemale gibt, dann hat der Kerl die Tote nur bestohlen.«

Am Abend, als Joseph Maria und Milli im Kreise der Familie beim Abendessen saßen, fing Bello plötzlich hell und freundlich zu bellen an. Es klopfte an der Haustür, Bello stimmte plötzlich ein Freudengeheul an und stürzte sich auf den eintretenden Miroslav Nechyba. Der hatte alle Mühe, den an ihm emporspringenden Schäferhund zu beruhigen. Nun war auch Joseph Maria an der Reihe. Er umarmte seinen Papa innig. Miroslav Nechyba streichelte liebevoll über die stachelige Frisur seines Sohnes und begrüßte dann seine Schwester und seinen Schwager. Schließlich zwickte er die kleine Milli zur Begrüßung liebevoll in die Wange und brummte:

»Bist a großes Mädel g'worden.«

Die Gärtnerin wechselte auf Tschechisch einige Worte mit ihrem Bruder und legte dann einen weiteren Teller und ein Besteck auf den Tisch. Es gab Kohlrüben in Rahm, Salzerdäpfel und dazu gebratene Augsburger. Joseph Maria nahm sich dreimal von dem herrlichen Kohlrübengemüse nach. Der würzige Geschmack der Kohlrabistücke und die samtige Rahmsauce, in der sich reichlich frischer, fein gehackter Petersil befand, schmeckten einfach wunderbar. Nach dem Essen zündeten sich Miroslav Nechyba und sein Schwager Virginierzigarren an. Milli und ihre Mutter trugen das Geschirr in Küche und setzten dort einen Bottich Wasser auf dem Herd auf. Joseph Maria saß mit vollem Bauch da und sah fasziniert seinem Vater und seinem Onkel zu, wie sie kunstvoll Rauchkringel in die Luft bliesen. Keiner sprach ein Wort. Plötzlich stand Milli im Zimmer und krähte:

»Der Mizzi Pepi hat heut dem G'spenst vom Kadoltsberg g'holfen!«

Miroslav Nechyba wandte sich seinem Sohn zu und fragte:

»Wos host?«

Joseph Maria senkte seinen Blick und erzählte alles. Am Ende fügte er hinzu:

»Das G'spenst war bis heuer im Frühjahr ein sehr reicher Mann. Der hat sogar a eigene Villa g'habt. Oben am Kroissberg …«

»Is ned wahr!«

»Doch!«, rief Milli, deren Wangen vor Aufregung ganz rot wurden. Sie kam zu den Männern an den Tisch und sprudelte los:

»Der Herr Pfarrer hat ihn erkannt und nachher … nachher hat er uns seine G'schicht erzählt. Der war nämlich einmal irrsinnig reich. Der hat sogar a eigene Bank g'habt. Aber dann is' alles den Bach runtergangen*. Die Villa war weg und alles andere auch. Und wie er nix mehr …«, Milli schnappte aufgeregt nach Luft, »… gar nix mehr g'habt hat, is' er in den Wald gangen und zum G'spenst g'worden.«

---

* Infolge wilder Spekulation kam es kurz nach der Eröffnung der Weltausstellung am 9. Mai 1873 zu einem massiven Kurssturz an der Wiener Börse, der auch Schwarzer Freitag genannt wurde. Allein an diesem Tag gingen 120 börsennotierte Unternehmen in Wien in Insolvenz, unzählige folgten in den kommenden Wochen. Von den 72 Wiener Aktienbanken, die es zu Beginn des Jahres 1873 gegeben hatte, überlebten nur 28.

Das Phantom des Burgtheaters

Eine Kriminalgeschichte aus dem Jahr 1888

»Himmel, Herrgott! Jetzt hab ich da oben meine Augengläser liegen lassen!«, seufzte Tischlermeister Hans Söllwarther, als er nach einem langen, harten Arbeitstag durch einen Seitenausgang das Hofburgtheater verließ. Es folgte ein kurzer Moment der Verzagtheit, dann wandte er sich an seinen Gesellen Wenzel Irzalek:

»Geh, sei so gut und lauf noch einmal rauf. Sie muss auf der Brüstung der Loge liegen, in der wir zuletzt gearbeitet haben.«

Irzalek nickte und ging zurück in das Theater. Er hörte, wie ihm Söllwarther nachrief:

»Bring mir die Gläser rüber ins Café Landtmann!«

Mit jugendlichem Elan stürmte der Tischlergeselle die Prunkstiege empor, immer zwei Stufen gleichzeitig nehmend. Ja, ja der Meister ... Alt wird er und vergesslich. Na ja, ein paar Jahre wird er schon noch weitermachen, aber dann, wenn er sich in den Ruhestand begibt, wird er, Wenzel Irzalek, die Tischlerei übernehmen. Das hatte ihm der Meister versprochen. Oben im zweiten Rang angekommen, schnappte er nach Luft, so flott war er hinaufgerannt. Er atmete ein paarmal tief durch, sah sich um und orientierte sich. Dort rechts hinten hatten sie zuletzt gearbeitet. Flotten Schrittes ging er in den dunklen Gang hinein, der zu den Logen führte. Hier brannte noch kein elektrisches Licht, das gab es erst in den großen Stiegenhäusern, in den Prunklogen und unten im Parkett. Weiter oben waren die Handwerker mit der Installation noch nicht so weit. Elektrisches Licht! Meine Großmutter hatte nur Kerzen, Fackeln und dergleichen gekannt. Jetzt binnen zweier Generationen gab es schon wieder eine technische Revolution: vom Gaslicht zum elektrischen Licht. Das neue Hofburgtheater würde zur Gänze mit elektrischem Licht beleuchtet werden. Unfassbar, dachte Wenzel, eine ungeheure Neuerung! Um die richtige Loge zu finden, hielt er inne, stellte die mitgeführte Petroleumlampe auf den Boden, kramte aus seiner Tasche Schwefelhölzer hervor und entzündete den Docht der Lampe. Vorsichtig stülpte er den Glaszylinder über die Flamme und hob die Lampe empor. Das flackernde Licht warf unheimliche Schatten. Nun fiel ihm auf, dass kein einziger Laut in diesem riesigen Haus zu hören war. Die anderen Handwerker hatten alle schon früher Schluss gemacht, und die Schauspieler hatten heute einen probefreien Tag. Die Schatten tanzten und Wenzel bemühte sich, die Loge zu finden, in der sie zuletzt gearbeitet hatten. Ah, das könnte sie sein! Er öffnete die Tür und durchsuchte die Loge im Schein der Lampe. Doch halt! Das war die falsche. Die, in der sie zuletzt waren, war eine weiter. Wenzel öffnete die Tür der Nachbarloge, hob die Lampe, leuchtete vor zur Brüstung und sah dort des Meisters Augengläser im Lichtschein aufblitzen. Erleichtert machte er mehrere schnelle Schritte nach vorne, griff nach der Brille und packte sie. Plötzlich beförderte ihn ein brutaler Stoß über die Brüstung. Mit einem lauten Schrei krachte er in die Sitzreihen des Parketts. Zwei Theatersitze sowie Wenzel Irzaleks Körper waren zerschmettert. Die Brille des Meisters

jedoch hatte den Sturz in Wenzels Faust unbeschadet
überstanden.

～◦◦～

»Nechyba! Wo sind Sie?«

Der junge Polizeiagent zuckte zusammen. Er saß
gerade auf der Toilette, als er Hofrat Jurkas Stimme seinen Namen quer über den Gang rufen hörte. Hektisch
beendete er seine Verrichtungen, spülte, ordnete seine
Kleidung, wusch sich die Hände und stürzte schließlich
mit nassen Fingern hinaus auf den Gang. Kein Mensch
war zu sehen. Eiligen Schrittes ging er zum Zimmer seines Vorgesetzten, klopfte und trat nach Aufforderung ein.
Inspector Zawradil sah kurz auf und meinte lakonisch:

»Der Hofrat Jurka hat Sie gesucht.«

»Ich hab gehofft, dass er bei Ihnen ist.«

»Nein, ist er nicht.«

»Entschuldigen Sie die Störung.«

Nechyba eilte in sein Dienstzimmer, das er mit drei
anderen Polizeiagenten teilte, und sah Hofrat Jurka, den
Leiter des Polizeiagenteninstituts, mit den Kollegen in
ein Gespräch vertieft.

»Da sind Sie ja endlich, Nechyba! Gemma! Wir
haben's eilig.«

Zu Nechybas großer Verwunderung führte sie ihr
Weg schnurstracks in die Amtsräume des Polizeipräsidenten. Nechyba fing zu schwitzen an. Was wollte
sein oberster Vorgesetzter von ihm? Franz Freiherr von
Krauß war ein schlanker Mann von knapp über fünfzig

Lebensjahren mit kahlem Haupt, angegrautem Spitzbart und wachen Augen. Diese musterten Nechyba von oben bis unten, dann nickte der Polizeipräsident ernst.

»Ausgezeichnet, Nechyba, Sie scheinen mir eine gute Wahl zu sein.«

Hofrat Jurka nickte zustimmend:

»Der Agent Nechyba ist letztes Jahr zum k.k. Polizeiagentenkorps gestoßen. Er wurde in unsere Reihen aufgenommen, weil er sich durch besonderen Einsatz bei der Sicherheitswache ausgezeichnet hatte.«

Nun wandte sich der Polizeipräsident direkt an Nechyba:

»Sie scheinen mir für diese heikle Angelegenheit der richtige Mann zu sein. Hat Sie der Hofrat Jurka schon unterrichtet, worum es geht?«

»Nein, Herr Baron.«

»Nun, heute Abend wird das neue Hofburgtheater eröffnet. Zu den geladenen Gästen gehört auch der britische Thronfolger, der Prince of Wales. Wie Sie vielleicht in der Zeitung gelesen haben, hält sich seine königliche Hoheit zurzeit in Wien auf.«

Der Polizeipräsident begann im Zimmer auf und ab zu gehen und sich über den Spitzbart zu streichen.

»Unglücklicherweise sind in den letzten Wochen im Hofburgtheater merkwürdige Unfälle geschehen. Mehrere Handwerker stürzten zu Tode, einer strangulierte sich, ein anderer rammte sich einen Schraubenzieher ins Herz.«

Der Polizeipräsident machte neuerlich eine Pause, Nechyba nutzte sie für eine Frage:

»Das klingt aber gar net nach Unfällen. Eher nach Anschlägen, nach Mord.«

»Nehmen S' um Gottes willen nicht solche Worte in den Mund! Offiziell gibt's in diesem Zusammenhang nur Unfälle. Haben Sie mich verstanden? Inoffiziell sag ich Ihnen: Ich bin ganz Ihrer Meinung. Da wir aber bei der offiziellen Eröffnung nichts, aber rein gar nichts riskieren dürfen, werden Sie heute Abend seiner königlichen Hoheit, dem Prinzen von Wales, als Leibwächter dienen. Finden Sie sich pünktlich um viertel fünf im Grand Hotel ein. Dort werden Sie seiner königlichen Hoheit vorgestellt.«

Auf dem Weg zurück in sein Dienstzimmer überlegte Nechyba, wie lange der Bau des Hofburgtheaters wohl gedauert hatte. In Gedanken zählte er nach und kam auf unglaubliche vierzehn Jahre! Er erinnerte sich, dass in den ersten Jahren der Streit zwischen den beiden Architekten, dem berühmten Deutschen Gottfried Semper und dem jungen Einheimischen Karl Hasenauer, in Wien Tagesgespräch war. Dann hatte sich Semper zurückgezogen. Wann das war? Nechyba dachte neuerlich angestrengt nach. Das musste wohl 1876 gewesen sein. Ab diesem Zeitpunkt wurde zügig gebaut; nach Karl Hasenauers Vorstellungen und Plänen.

∼◈∼

»Tschoseph Marya Nekibab? What an unusual name, indeed. We will call you Mister Joseph.«

Nechyba verbeugte sich tief vor Prinz Albert und murmelte:

»Wie Eure königliche Hoheit belieben.«

Der Prince of Wales klatschte in die Hände und rief »Mister Ian!«, die Tür des Salons wurde geöffnet und ein zumindest ebenso großer Mann wie Nechyba, ganz in Schwarz gekleidet, trat ein. Im Gegensatz zu Nechyba hatte er feuerrotes Haar und unzählige Sommersprossen in seinem rundlichen Gesicht.

»Your Royal Highness?«

»Mister Ian, we introduce you to Mister Joseph. He's an agent of the Austrian Polizeiagenteninstitut. Seems to be like Scotland Yard ... Anyway ... he's our additional bodyguard tonight.« Und zu Nechyba gewandt fuhr Prinz Albert auf Deutsch fort:

»Ian ist mein Leibwächter. He kommt von Scotland Yard. So wir denken, dass Sie arbeiten werden gut zusammen.«

Nechyba war überrascht, wie gut der Prinz Deutsch sprach, und verbeugte sich tief:

»Wie Eure königliche Hoheit belieben.«

»Ian ist mit allen meinen habits vertraut. Er wird Sie in alles heute Abend einweisen. That's it. Sie dürfen sich entfernen.«

Nechyba verbeugte sich neuerlich tief und folgte dann Ian hinaus ins Vorzimmer der königlichen Suite. Ian bot Nechyba einen Sessel an und setzte sich vis-à-vis. Er musterte Nechyba, grinste breit und zog aus seiner Sakkoinnentasche einen Flachmann heraus:

»I'm Ian, you're Joe ... Cheers!«

Er nahm einen kräftigen Schluck und hielt dann Nechyba den Flachmann hin. Der griff ohne zu zögern zu. Beim Hinunterschlucken konstatierte er einen angenehm malzig-fruchtigen Geschmack und brummte zufrieden. Ian lachte:

»That's pretty good stuff. Malt Whisky from the Speyside.«

Nechyba nickte anerkennend und zog seinen Flachmann hervor. Er erhob ihn und sagte:

»Auf Ian und Joe … Prost!«

Nach einem kräftigen Schluck reichte er ihn an Ian weiter, der ebenfalls einen ordentlichen Schluck machte. Nechyba erklärte:

»Des is' a Trebener. Aus Trester gebrannt. A feine Gschicht.«

Ian nickte, verschluckte sich und hustete. Nechyba klopfte ihm lachend auf die Schulter und es war ihm, als würde er hier mit einem lange vermissten Bruder beisammensitzen.

❧

Bereits am Vormittag dieses 14. Oktobers hatten sich zahlreiche Menschen vor dem neuen k.k. Hofburgtheater anzustellen begonnen. Gegen fünf Uhr nachmittags war die Menschenmenge auf mehrere Hundert angewachsen. Als rechts ein Tor geöffnet wurde, kam es zu einem wahren Sturm in das Vestibül des neuen Hauses. Dicht gedrängt standen die Menschen wartend, drängelnd, schiebend, bis um sechs Uhr endlich die Kassa geöffnet wurde. Nun kam es zu wüsten Szenen. Das goldene Wiener Herz kannte kein Erbarmen. Mit Spazierstöcken und Regenschirmen wurde aufeinander eingeprügelt, Menschen wurden niedergestoßen und fast zu Tode getrampelt, einen Wachmann ereilte die Ohnmacht. Als eine Viertelstunde später die zur Verfügung stehenden 240 Karten verkauft waren und die Kassa geschlossen wurde, taumelten unzählige Enttäuschte mit zerrissenen Kleidern sowie mit Beulen, Schrammen, aufgeschlagenen Lippen und blauen Augen aus dem Vestibül heraus. Manche hatten während der Rauferei Hut und Stock beziehungsweise Schirm verloren.

Pünktlich um dreiviertel sieben abends rollte die Kutsche des Prinzen von Wales vor die Prachtstiege des Burgtheaters. Dort stand bereits eine weitere Prunkkarosse, nämlich die des Königs Milan von Serbien. Dann ging es Schlag auf Schlag: Der Wagen des Kaisers sowie die Prunkwägen der kaiserlichen Familie rollten vor. Nechyba, der gemeinsam mit Ian und dem Kutscher auf dem Kutschbock saß, bekam die Anweisung von Hofbediensteten, die hier alles regelten, den Prinzen von Wales vor das Theater zu führen. Ian öffnete die Tür und half Prinz Albert beim Aussteigen. Er und Nechyba schritten hinter seiner königlichen Hoheit auf den Kaiser und dessen Familie zu. Nechyba hielt den Atem an. Noch nie war er dem Kaiser so nahe gekommen. Die Hoheiten verbeugten sich voreinander, Prinz Albert küsste den

Erzherzoginnen die Hand. Dann kam König Milan an die Reihe und das Zeremoniell wiederholte sich. Nechyba und Ian hielten sich im Hintergrund. Ihm fiel auf, dass König Milan den Polizeiagenten Gorup von Besánez als Leibwächter hatte und dass rund um den Kaiser und seine Familie die Führungsriege der Wiener Polizei anwesend war: Hofrat Anton Jurka mit allen Inspectoren und Oberinspectoren des k.k. Polizeiagenteninstituts, Zentralinspector Albin Neswadba sowie Polizeipräsident Freiherr von Krauß. Zusätzlich sah er fünf weitere Polizeiagenten, die, so wie er, diskret im Hintergrund standen und das Riesenspektakel überwachten. Punkt sieben Uhr wurden die Türen der kaiserlichen Prunkloge geöffnet und die kaiserliche Familie sowie ihre königlichen Gäste nahmen Platz. In der ersten Reihe saßen die Damen: in der Mitte Kronprinzessin Stephanie, links die Erzherzogin Marie Valerie, rechts die Erzherzoginnen Marie Theresia, Maria Josepha und Elisabeth. In der zweiten Reihe nahm in der Mitte der Kaiser Platz, rechts neben ihm König Milan und links Prinz Albert. Als auch die übrigen Mitglieder der kaiserlichen Familie – Kronprinz Rudolf sowie die Erzherzöge Karl Ludwig, Ludwig Victor, Albrecht, Wilhelm, Otto, Franz Ferdinand und Rainer – Platz genommen hatten, riegelten die fünf Polizeiagenten unter dem Kommando von Hofrat Jurka den Eingang zur Prunkloge ab. Nechyba und Ian standen am Gang davor und warteten. Plötzlich kam Polizeipräsident Krauß auf sie zu:

»Nechyba!«

»Jawohl, Herr Baron.«

»Wer ist Ihr Begleiter da?«

»Er heißt Ian und ist der Leibwächter seiner königlichen Hoheit.«

»At your service, Sir!«

Krauß nickte, musterte die beiden Riesenkerle und sagte dann leise:

»Könntet ihr beiden einen Blick hinter die Bühne werfen? Dort ist nämlich niemand von uns. Und das g'fallt mir gar net. Hier hamma alles im Griff. Aber wenn dort drüben irgendwer …«

Nechyba verstand und nickte. Er klopfte Ian auf die Schulter und sagte: »Spezialauftrag!« Der grinste und antwortete: »Special service? Great!« Und dann trabten die beiden wie Zwillinge davon.

∽ର౷

Die beiden Leibwächter kamen zu jenem Zeitpunkt hinter die Bühne, als der Eröffnungsprolog zu Ende ging und sich alle Burgschauspieler hier versammelten, um anschließend in dem Kostüm ihrer jeweiligen Lieblingsrolle die Bühne zu betreten. Nechyba sah Dr. Faust und Mephistopheles, Franz die Kanaille, den buckligen Richard III. mit Rüstung und Schwert, Nathan den Weisen mit Rauschebart und einen Mann im Frack mit einem Jagdgewehr. Nechyba wollte gerade eine Bemerkung machen, als Ian ihn anstieß und flüsterte:

»There's a man with a gun …«

»Der … der hat a Gewehr … a Jagdgewehr!«

Als der Kerl im Frack sah, dass sich die beiden riesigen Männer auf ihn zubewegten, blickte er gehetzt nach links und nach rechts. Dann begann er sich durchs Gewurl* der Schauspieler zu drängen. Kaum hatte er die Menge durchpflügt, flüchtete er in einen schmalen Seitengang. Nechyba und Ian folgten ihm. Der Gang führte zu einer Stahltreppe, über diese gelangten sie zum Schnürboden oberhalb der Bühne. Dort sahen die Verfolger gerade noch, wie der Kerl eine weitere Metalltreppe emporstieg. Da der Flüchtende viel schlanker und wendiger als seine beiden Verfolger war, wurde sein Vorsprung immer größer. Keuchend folgten ihm Nechyba und Ian. Ganz oben, am Ende einer steilen Treppe, war eine Tür, hinter der der Mann mit dem Gewehr verschwand. Der Ausgang auf das Dach des Burgtheaters. Als Nechyba vorsichtig die Tür öffnete, hörte er einen Schuss und ein Projektil schrammte knapp an seinem Kopf vorbei. Er ließ sich zu Boden fallen, zog seine Dienstpistole und feuerte einen Schuss in die Richtung, aus der zuvor der Angriff gekommen war. Sofort wurde das Feuer erwidert. Ian, der auf allen vieren an Nechyba vorbeikroch, flüsterte:

»You stay here. Don't stop firing ...«

Nechyba nickte:

»Ich feuer weiter ...«

Ian kroch an den Rand des Daches und schlich sich an den Schützen heran. Mit mehreren mächtigen Schritten war er bei ihm und schlug ihm das Gewehr aus der Hand. Darauf sprang der Kerl auf die steinerne Brüs-

---

* Gedränge

tung des Burgtheaterdaches und schrie seine beiden Verfolger an. Sein deutscher Akzent war unüberhörbar:

»Ihr Wiener Würstchen werdet mich nicht arretieren! Ihr Bluthunde der kaiserlich königlichen Bürokratie. Ihr habt schon meinen Meister, den brillanten Gottfried Semper, aus eurer Stadt geekelt. Obwohl er dieses wunderbare Bauwerk entworfen hatte. Nun huldigt ihr Hasenauer. Einem mickrigen Baumeister, der dieses architektonische Juwel allein nie zustande gebracht hätte. Ein Kotzbrocken. Ein Intrigant. Er hat meinen Meister, den großen Gottfried Semper, von hier weggejagt. An gebrochenem Herzen ist Semper in Rom gestorben. Aber ich, ich wollte ihn rächen. Deshalb habe ich dreizehn Jahre für Hasenauer den willfährigen Sekretär gespielt. Bis ich vor einem Monat angefangen habe, Hasenauers Handwerker zu ermorden. Einen nach dem anderen. Heute Abend hätte ich mein Meisterstück vollbracht. Von offener Bühne aus hätte ich mit dem Jagdstutzen Hasenauer in der Loge erschossen. Leider hat es das Schicksal anders entschieden. Der Schurke lebt weiter, der Idealist stirbt …«

Damit stürzte sich der Mann in die Tiefe. Er landete mit einem Aufschrei auf der Dachkuppel des Burgtheaters, rutschte diese hinunter, rappelte sich an der abschließenden Steinbalustrade auf und sprang von dort in die Tiefe. Nechyba und Ian setzten sich auf einen Mauervorsprung, sahen einander bestürzt an. Dann griffen sie zu ihren Flachmännern und tranken so lange wechselseitig Malt Whisky und Trebernen, bis diese leer waren. Leicht benebelt begaben sie sich schließlich zum

Abstieg hinter die Bühne. Auf der Bühne selbst wurde mittlerweile Grillparzers »Esther« aufgeführt.

✦

»Ah! Der Bericht über Ihren Burgtheater-Einsatz … Nehmen S' doch Platz, mein lieber Nechyba!«

Polizeipräsident von Krauß begann Nechybas Einsatzprotokoll zu studieren. Der rutschte nervös auf dem ihm angebotenen Besuchersessel hin und her. Hatte er alles korrekt niedergeschrieben? Nichts zu erwähnen vergessen? Warum interessierte sich eigentlich der Polizeipräsident für dieses Protokoll? Wollte er ihn kontrollieren? Er fühlte sich gar nicht wohl in seiner Haut. Krauß las schnell und konzentriert. Dann ließ er den Akt sinken und lächelte.

Nach einigen Augenblicken begann er, immer noch lächelnd, die eng beschriebenen Seiten zu zerreißen. Penibel in ganz kleine Stücke. Nechyba wurde weiß im Gesicht. Das durfte doch nicht wahr sein. Sein unmittelbarer Vorgesetzter, Inspector Zawradil, hatte das Protokoll doch wohlwollend zur Kenntnis genommen.

»Ein tadelloses Protokoll, das Sie da geschrieben haben, Nechyba. Gibt es Abschriften davon?«

Nechyba schüttelte verzweifelt den Kopf und stammelte:

»N… nein … Sie … ver… vernichten gerade das Original. Ich hab fast einen Tag lang daran gearbeitet.«

Der Polizeipräsident nickte anerkennend:

»Wunderbar haben Sie das Protokoll geschrieben.«

Und während er das sagte, ließ er die vielen kleinen Papierfetzen in den riesigen Aschenbecher flattern, der auf seinem Schreibtisch stand. Dann griff er zu einer Schachtel Schwefelhölzer, entzündete eines und ließ es in besagten Aschenbecher fallen. Es gab ein kurz auflodendes Feuer, dann fielen die Flammen in sich zusammen. Nechybas Protokoll war zu Asche geworden. Der Polizeipräsident beugte sich nun zu Nechyba vor, faltete die Hände zusammen und bedachte den völlig verwirrten Polizeiagenten mit einem väterlichen Blick.

»Wie lange sind Sie schon bei uns?«

»Sechs Jahre war ich bei der Sicherheitswache und seit etwas über einem Jahr bin ich jetzt im Polizeiagenteninstitut.«

»Sie sind also gleich nach dem Dienst in der Armee in die Sicherheitswache eingetreten?«

»Jawohl, Herr Baron.«

»Na dann wird es ja allmählich Zeit für eine Beförderung. Nechyba, mit Jahreswechsel werden Sie zum Inspector zweiter Klasse befördert. Sie werden dann eine Gruppe von vierzehn Polizeiagenten führen.«

»Da… Danke, Herr Baron.«

»Das ist alles. Sie können jetzt gehen.«

Völlig verwirrt verbeugte sich Nechyba und wollte schon zur Tür hinaus, da gab ihm der Polizeipräsident Folgendes auf den Weg mit:

»Ihren Einsatz im Burgtheater vergessen Sie am besten. Den hat's eigentlich gar net gegeben. Genauso wie es auch keine Mordfälle et cetera rund um die Eröffnung gegeben hat. Dieses Phantom des Burgtheaters war zum Glück nur ein Phantom. Eine Einbildung, eine Illusion … Sie verstehen mich? Wissen Sie, Nechyba, das ist das Schöne an unserer Wienerstadt: Zum Glück passiert hier nie wirklich was.«

Salon 29

Eine Kriminalgeschichte nach wahren Begebenheiten
im Jahr 1889

IN SEINEM 29. LEBENSJAHR war Joseph Maria Nechyba vom einfachen Polizeiagenten zum Inspector zweiter Klasse befördert worden. Seit Anfang Jänner 1889 leitete er nun eine Abteilung mit vierzehn Mann im Wiener k.k. Polizeiagenteninstitut. Wobei er und seine Leute nicht nur für Mordfälle, für politische oder wirtschaftliche Verbrechen sowie für das Aufspüren und Arretieren gesuchter Verbrecher zuständig waren, sondern auch für Ermittlungen bei Todesfällen, deren Ursachen im Dunkeln lagen. So bekam Joseph Maria Nechyba Mitte Dezember 1889 einen Fall auf den Schreibtisch, bei dem das Polizeiagenteninstitut vom Kommissariat Alsergrund um Hilfe gebeten wurde. Da alle seine Agenten im Einsatz waren, beschloss Nechyba, die Sache persönlich in die Hand zu nehmen. Er begab sich auf das Kommissariat, wo ihn Unterkommissär Hortischek über den mysteriösen Fall unterrichtete und ihn bat, in die Alserbachstraße N° 10 zu schauen und sich dort am möglichen Tatort umzusehen. In besagtem, feudalen Mietshaus stieg Nechyba schnaufend in den zweiten Stock hinauf und läutete bei Schwerttängler. Eine schon angegraute, sehr adrett gekleidete Dame öffnete die Tür, maß ihn mit einem kritischen Blick und sagte dann leise:

»Sie wünschen?«

Er zückte seine k.k. Polizeiagenten-Kokarde und replizierte:

»Bin ich da richtig? Bei Arthur Schorr von Lorbitzthal? Bei jenem Herrn, der gestern mit einer Morphiumvergiftung in das Allgemeine Krankenhaus eingeliefert wurde?«

»Um Gottes willen ja! Wie geht's ihm denn?«

»Gar nicht mehr, gnädige Frau. Der ist nämlich tot.«

»Was? Tot ist er? Das ist ja schrecklich!«

»Sie sagen es, gnädige Frau. Deshalb bin ich hier. Um die Umstände seines Todes zu untersuchen.«

»Ja bitte, kommen S' rein! Das ist a Jammer … wirklich a Jammer.«

Nechyba wurde zu einem Zimmer am Ende des längeren Ganges geführt. Die Vermieterin sperrte auf, und Joseph Maria Nechyba betrat die Studierbude des Verblichenen. Ein Bett, ein Kasten, ein Schreib- sowie ein Waschtisch befanden sich in dem Raum. Auf dem Boden und auf dem Schreibtisch lagen jede Menge Bücher. Da es äußerst streng in dem Zimmer des verstorbenen Medizinstudenten roch, öffnete die Vermieterin das Fenster. Nechyba konzentrierte seine Aufmerksamkeit vorerst auf das zerwühlte Bett. Vorsichtig hob er Tuchent* und Polster auf und legte beide zur Seite auf den Boden. Dann betrachtete er das Leintuch ganz genau. Weder auf der Tuchent noch auf dem Leintuch fand er Blutflecken oder verschmiertes Blut. Das war merkwürdig. Ein Morphinist, der sich regelmäßig mittels Spritze dieses Suchtmittel zuführte, müsste doch den einen oder anderen kleinen Blutfleck in seinem Bettzeug hinterlassen, dachte Nechyba. Er kniete nieder und sah unter das Bett. Außer einer Fülle von Staub war nichts zu sehen. Trotzdem bat er die Haus-

---

* Federbett

frau um einen Besen, mit dessen Stiel er unter dem Bett alles systematisch absuchte.

»Was suchen S' denn?«

»Eine Spritze.«

»Eine Spritze mit einer Nadel dran? Aber warum denn?«

»Weil sich der Herr von Schorr mittels einer hohen Dosis Morphium vom Diesseits ins Jenseits befördert hat. Und das gelingt in der Regel nur mit einer Spritze. Haben Sie eine gesehen oder weggeräumt?«

»Ich hab gar nix g'macht. Ich hab hier herinnen nichts angegriffen. Schließlich hab ich geglaubt, dass der Herr von Schorr heute oder morgen wieder aus dem Spital zurückkommt.«

Nechyba durchsuchte nun den Kasten und danach den Schreibtisch. Er fand alles mögliche medizinische Zeug, denn der Herr von Schorr wollte ja Doktor der Medizin werden, nur keine Spritze. Frau Schwerttängler, die das Tun des Polizeiagenten mit Argusaugen beobachtete, meinte schließlich:

»Vielleicht hat die Spritze die Frau von Zütow mitgenommen, die den Herrn Schorr gestern besucht hat.«

»Wie heißt die Frau?«

»Baronin Zütow. Eine feine Dame. Eine aus der besseren Gesellschaft …«

»Hat er mit der a Pantscherl[*] gehabt?«

»Herr Polizeiagent! Was erlauben Sie sich? So was hätte ich in meiner Wohnung doch nie zugelassen.«

»Ich bitt Sie! Da ist doch nix dabei.«

---

[*] Verhältnis

Die Wangen der Hausherrin röteten sich, auf ihrer Stirne bildete sich eine tiefe Zornesfalte und ihre bis dahin leise Stimme wurde laut und schrill:

»Das hier ist ein christliches Haus. Ohne Trauschein spielt sich unter meinem Dach gar nix ab. Ich hab ihm zwar erlaubt, die Frau Baronin hier zu empfangen, aber ich hab aufgepasst wie eine Haftlmacherin*. Mein Lieber! Alle zehn Minuten hab ich angeklopft und ins Zimmer hineingeschaut. In diesem Haus herrscht Ordnung und Anstand!«

Joseph Maria Nechyba trat schleunigst den Rückzug durch den langen Gang an, murmelte »Sie hören von mir ...« und verließ höflich grüßend die Wohnung, während sie ihm erbost nachrief:

»Ich bin doch keine Puffmutter!«

⤳⤳⤳

Madame Vingt Neuf lag entspannt auf dem Sofa ihres Salons und öffnete schläfrig die mit dichten Wimpern bewehrten Augenlider. Mit einer herablassend, permissiven Handbewegung erlaubte sie dem Lakaien, den neuen Gast zu bedienen. Dieser zog sich zuerst das Sakko und dann die Weste aus, nahm in einem bequemen Ohrenlehnsessel Platz, öffnete die Schuhbänder seiner maßgefertigten Schuhe, schlüpfte aus diesen heraus, wobei der Lakai sofort mit einem gepolsterten Fußschemel zur Stelle war und ihm diesen unter die

---

* ganz genau aufpassen (Haftlmacher stellten Häkchen her und mussten immer genau aufpassen, dass beide Teile zusammenpassten)

seidenbestrumpften Füße schob. Der Gast krempelte den linken Ärmel seines Hemdes auf und begann auf den nackten Unterarm zu klopfen. Als der Lakai mit einem Silbertablett erschien und den Unterarm inspizierte, murmelte er:

»Sehr schene Vene, sehr schen ...«

Dann reichte er dem Mann eine Spritze. Mit großer Konzentration setzte er sie an der Vene an, stach zu und jagte den Inhalt des Spritzenkolbens in seinen Blutkreislauf. Der Gast seufzte erlöst, reichte dem Lakaien mit einer müden Bewegung die Spritze und ließ sich in die Polsterung des Ohrensessels sinken.

∼⊙∼

Zurück in der Polizeidirection ging Nechyba nicht in das k.k. Polizeiagenteninstitut (III. Sektion), sondern hinüber in die I. Sektion, ins Pass- und Meldeamt. Dort versuchte er, die Meldeadresse der Baronin Zütow zu eruieren. Doch zu seiner Verwunderung gab es keine adelige Dame, die diesen Namen trug. Es gab eine Familie von Zülow, aber nicht von Zütow. Nechyba runzelte die Stirne und versuchte sich zu erinnern: Frau Schwerttängler sagte sicher Zütow, Baronin Zütow. Er grummelte unzufrieden vor sich hin und begab sich zu seinem Arbeitsplatz. Auf dem Weg dorthin lief ihm der junge Polizeiagent Pospischil über den Weg, den er zu sich in sein Bureau bat und mit folgender Aufgabe betraute:

»Er wird jetzt am Nachmittag bei der Familie Zülow vorbeischauen. Von Zülow. Und dort höflich nachfra-

gen, ob die Frau Baronin einen gewissen Herrn Arthur
Schorr von Lorbitzthal kennt. Wenn nicht, dann wird
Er sich wegen der Störung entschuldigen. Falls sie ihn
aber kennt, wird Er sie bitten, auf einen Sprung in die
Polizeidirection mitzukommen.«

Pospischil schlug die Hacken zusammen, schmetterte:
»Jawohl, Herr Inspector!«

Statt wegzutreten, blieb er aber vor Nechyba stehen
und stammelte:

»Wie ... wie bitte ... bitteschön heißt der Ge...
Gesuchte?«

Nechyba schob Pospischil Papier und Bleistift hin,
griff zu der Akte auf seinem Schreibtisch und buchsta-
bierte dann den nicht ganz unkomplizierten Namen.
Dabei musste er seinen Untergebenen korrigieren. Einmal, weil er Schnorr statt Schorr und ein zweites Mal,
weil er Morbitzthal geschrieben hatte.

»Genauigkeit! Um Genauigkeit sollt' Er sich bemü-
hen, Pospischil.«

»Jawohl, Herr Inspector! Genauigkeit!«

Mit diesen Worten auf den Lippen machte sich
Pospischil auf den Weg. Auch Nechyba hielt es keine
weiteren fünf Minuten im Bureau. Er machte einen
Abstecher hinüber in das Leichenhofgebäude, das sich
mehr oder weniger ums Eck der Polizeidirection im
Allgemeinen Krankenhaus befand. Dort hatte er das
Glück, den leitenden Pathologen Dr. Hofmann anzu-
treffen. Dieser ließ es sich nicht nehmen, dem Inspector die Leiche Arthur Schorrs persönlich vorzuführen.

»Mein lieber Inspector, der junge Mann hier hatte

eine Vorliebe für Morphium. Da schaun S'! Die Arme sind komplett zerstochen. Und auch unten die Beine.«

Nechyba betrachtete die unzähligen Einstichnarben und murmelte dann:

»Komisch. Bei ihm daheim hab ich von all dem nix gemerkt. Das Bettzeug war sauber und a Spritze habe ich auch nicht g'funden.«

»Kein Spritzenset?«

Der Inspector schüttelte den Kopf, Dr. Hofmann fuhr fort:

»Merkwürdig ist in diesem Zusammenhang natürlich auch die Tatsache, dass er sich so eine Überdosis gespritzt hat. Einem erfahrenen Morphinisten wie ihm dürfte so ein Lapsus eigentlich net passieren. Hat er vielleicht einen Abschiedsbrief hinterlassen?«

»Geh! Wo denn? Nix, gar nix hat er hinterlassen.«

Nachdenklich verließen die beiden die Leichenhalle, knapp vor der Verabschiedung fragte Nechyba:

»Können Sie mir einen Ihrer Kollegen an der Universität empfehlen, der Erfahrung mit der Behandlung von Morphinisten hat?«

Dr. Hofmann kratzte sich am Schädel, brummte etwas Unverständliches und sagte schließlich:

»Fragen S' vielleicht einmal den jungen Dr. Freud. Der ist Privatdozent an der Neuropathologie.«

Nechyba dankte und verabschiedete sich. Er hatte sich noch keine zehn Meter entfernt, als ihm Dr. Hofmann nachrief:

»Der Dr. Freud arbeitet übrigens dreimal die Woche am Ersten öffentlichen Kinder-Krankeninstitut im I.

Bezirk. Wenn Sie sich beeilen, können S' ihn dort jetzt noch antreffen.«

»Gehen S' mir aus dem Weg! Ich hab's eilig.«

Sigmund Freud sah Joseph Maria Nechyba, der sich mit seiner gesamten Körperfülle vor ihm aufgebaut hatte, unwirsch an. Der Inspector ließ sich nicht beirren.

»Der Dr. Hofmann hat mir geraten, mich an Sie zu wenden ...«

»Welcher Dr. Hofmann?«

»Der Pathologe.«

»Ah ja. Und was wollen Sie wissen?«

»Sie haben Morphinisten behandelt?«

»Ja. Warum interessiert Sie das?«

»Weil ich einen Fall untersuche. Mit einem Morphinisten. Gestatten, dass ich mich vorstelle: Inspector Nechyba, k.k. Polizeiagenteninstitut.«

»Herr Inspector, ich hab's eilig!«

»Eine Frage: Gibt es Ihres Wissens nach eine Morphinistenclique beziehungsweise einen Morphinistentreffpunkt in Wien? Ein Lokal, ein Kaffeehaus, eine Wohnung, einen Park oder etwas Ähnliches?«

Sigmund Freud runzelte die Stirn und murmelte:

»Lassen Sie mich nachdenken ... Doch es gibt so was: den Salon Vingt Neuf.«

»Den Salon Vingt Neuf?«

»Ja, im Trattnerhof, am Graben. Das hab ich von einigen meiner Patienten gehört. Aber jetzt entschuldigen

Sie mich bitte. Ich muss gehen. Meine Empfehlung, Herr Inspector.«

Und schon entschwand Dr. Freud eiligen Schrittes. Nechyba sah dem Mediziner mit einem verblüfften Gesichtsausdruck nach. So hatte ihn schon lange kein Mensch mehr stehen lassen. Egal, immerhin hatte er nun einen Anhaltspunkt. Den Salon Vingt Neuf.

$\sim\!\!\infty\!\!\sim$

Diese Begegnung zwischen Tür und Angel des Ersten öffentlichen Kinder-Krankeninstituts blieb beiden Herren nicht im Gedächtnis. Als sie einander knapp zwanzig Jahre später im Café Landtmann wiedertrafen und dort dann regelmäßig miteinander tarockierten, konnte sich keiner der beiden an dieses flüchtige Aufeinandertreffen im Jahr 1889 erinnern.

$\sim\!\!\infty\!\!\sim$

Am nächsten Morgen aß Nechyba gerade ein knuspriges Semmerl mit Salami und Gurkerl, als es klopfte, und der Polizeiagent Pospischil eintrat.

»Melde gehorsamst, Herr Inspector, die Familie Zülow kennt keinen Herrn Arthur Schorr von Lorbitzthal.«

Nechyba musste zuerst runterschlucken, bevor er antwortete:

»Ist in Ordnung, Pospischil. Wenn Er das nächste Mal anklopft, wartet Er mit dem Eintreten, bis ich Ja oder Herein gerufen habe. Ist das klar?«

»Jawohl, Herr Inspector.«

Pospischil verbeugte sich und wollte das Inspectorenzimmer verlassen, doch Nechyba gab ihm noch Folgendes mit auf den Weg:

»Wenn Er schon da ist, Pospischil, dann kann Er mir gleich einen Gefallen tun: Geh Er runter zum Wirt und hol Er mir ein Krügerl Bier. Damit ich die Semmel nicht so trocken runterwürgen muss. Das Geld legt Er inzwischen für mich aus. Es wird Ihm, sobald das Krügerl hier auf meinem Schreibtisch steht, selbstverständlich zurückerstattet.«

»Jawohl, Herr Inspector.«

Nechyba grinste. Das Leben als Vorgesetzter hatte schon auch seine angenehmen Seiten. Er biss neuerlich von seinem Semmerl ab, kaute andächtig und dachte sich: Den Pospischil werd' ich zu meinem persönlichen Adjutanten machen. Der wird mir in Zukunft immer mein Bier holen.

Eine halbe Stunde später, nachdem das Bier ausgetrunken, die Semmel aufgegessen und die Verdauungsvirginia geraucht worden war, machte sich der Inspector auf den Weg in den I. Bezirk. Er spazierte über die Schottengasse, die Freyung und den Platz am Hof vor zum Graben. Auf Nummer 29 befand sich der gewaltige barocke Bau des Trattnerhofs, in dem an die 600 Leute wohnten. Nechyba betrat das Gebäude durch den Haupteingang am Graben und orientierte sich im Inneren nur mühsam. Schließlich fand er das Schild, das er suchte: Hausbesorger auf Stiege III. Wie alle Hausmeisterwohnungen war auch diese ebenerdig und finster. Der Hausmeister war nicht daheim. Seine Frau, ein windschiefes Weiblein mit nur mehr wenigen Zähnen im Mund, gab Nechyba Bescheid, dass der Alte, wie sie ihren Herrn Gemahl despektierlich nannte, im Wirtshaus sitze. Tja, der Trattnerhof verfügte nicht nur über unzählige Wohnungen, sondern auch über ein eigenes Gasthaus, das Zur großen Tabakspfeife hieß. Nechyba begab sich dorthin und machte an der Schank ein wohlbeleibtes Individuum aus, das eine Arbeitsschürze umgebunden hatte. Er stellte sich neben ihn, bestellte ein Seiterl und fragte dann seinen Nebenmann:

»Sind Sie der Hausmeister da?«

»Wer will das wissen?«

»Ich, Inspector Nechyba, k.k. Polizeiagenteninstitut.

»Ich hab nix ang'stellt!«

»Schlechtes Gewissen?«

»Na! I bin unschuldig.«

»Dann begleiten S' mich doch auf die Polizeidirection, damit wir dort ein bisserl miteinander plaudern.«

»Das geht net. I muaß arbeiten. I bin im Dienst.«

»Was? Da im Wirtshaus?«

»Na! Net nur da, sondern im ganzen Trattnerhof!«

»Sie arbeiten aber net. Sie stehen umadum* und trinken Bier. Wenn S' fürs Biertrinken Zeit haben, können S' auch auf die Polizeidirection mitkommen.«

»Na! Bittschön net! Red' ma gleich da jetzt. Was wollen S' denn wissen?«

---

* herum

Nechyba nahm einen langen Schluck Bier, sah die hausmeisterliche Kreatur scharf an, strich sich den Bierschaum aus seinem aufgezwirbelten Schnurrbart und brummte schließlich:

»Im Trattnerhof gibt's einen Morphinistenclub. Wo ist der genau?«

»Auf der Dreierstiege, in der Belle Etage. ›Salon 29‹ steht außen auf der Tür.«

Nechyba nickte, trank aus, zahlte und ging. Er stapfte zurück zur III. Stiege und dort in den ersten Stock hinauf, wo es zwei Wohnungstüren gab. Auf einer befand sich ein poliertes Messingschild mit der Inschrift »Salon 29«. Er läutete. Umgehend wurde die Tür von einem livrierten Lakaien geöffnet. Der verbeugte sich tief, bat ihn einzutreten und führte ihn zu einem barocken Schreibtisch, hinter dem ein glatt rasierter, fetter Typ ebenfalls in Livree saß. Mit Kastratenstimme begrüßte er Nechyba:

»Willkommen im Salon Vingt Neuf. Sie sind neu hier?«

Nechyba nickte.

»Dürfte ich Sie um Ihren werten Namen und Ihre Anschrift bitten? Das ist so üblich bei uns, da wir ein Club sind. Aber: Wir freuen uns immer über neue Mitglieder. Die einmalige Beitrittsgebühr beträgt 50 Gulden.«

Statt seines Portemonnaies zückte der Inspector seine Polizeiagenten-Kokarde:

»Der Club ist mir Blunzn*. Ich will den Verantwort-

---

* gleichgültig

lichen hier sprechen, aber ein bisschen plötzlich! Sonst kommt's ihr alle mit auf die He*!«

Der Dicke wurde blass, winkte den Lakaien zu sich und flüsterte ihm etwas ins Ohr. Der nickte und verschwand.

»Wollen Sie nicht Platz nehmen? Die Chefin kommt gleich.«

»Eine Chefin? Wie heißt sie?«

»Ich weiß nicht, ob ich befugt bin, Ihnen …«

»Hör zu, Schwindlicher**. Ich kann dich jederzeit arretieren. Und dann sitzt du bei uns in einem Verhörraum im Polizeiagenteninstitut. Das ist ein ungemütlicher Ort. Dort fällt man dauernd auf d' Erd' und das tut weh. Und wenn man schreit, hört das keiner. Da hast dann Blutergüsse und aufg'schürfte Wunden. Und vielleicht auch ein paar Zähne weniger. Willst das?«

»Nein, Herr Polizeirat. Ganz sicher nicht. Die Chefin heißt Madame Vingt Neuf, bürgerlich Salome Zittow.«

Ein breites Grinsen breitete sich über Nechybas Gesicht aus. Touché! Er hatte die Frau von Zütow gefunden. Kurz darauf erschien der Lakai und bat Nechyba, ihm zu folgen. Durch einen verwinkelten Gang kamen sie in ein kleines Bureau, in dem Madame Vingt Neuf hinter ihrem Schreibtisch thronte. Sie musterte den Inspector mit kaltem Blick.

»Sie sind Polizeiagent? Warum stören Sie den Betrieb hier?«

---

* Polizei
** Depperter

»Ich störe dort, wo mich etwas stört. Und im Moment stört mich Ihr überheblicher Ton. Ich habe nicht wenig Lust, Sie wegen Mordes zu verhaften.«

Die Frau wurde blass und riss die Augen auf. Nechyba schlug mit der Faust auf den Schreibtisch und donnerte:

»Sie haben Arthur Schorr von Lorbitzthal eine tödliche Dosis Morphium beschafft und injiziert. Dafür gibt es Zeugen.«

»Was reden Sie da? Arthur ist tot?«

»Mausetot. Im Allgemeinen Krankenhaus ist er vorgestern aufgrund einer Überdosis Morphium, die sich in seinem Körper befunden hat, verstorben.«

Sie starrte Nechyba an, dann lösten sich Tränen aus ihren Augenwinkeln und liefen langsam über die stark geschminkten Wangen herunter.

»Wieso haben Sie ihm so eine hohe Dosis gespritzt?«

»Ich … ich hab sie ihm nicht gespritzt. Ich hab ihm nur seinen Wochenbedarf geliefert. Das war nicht ungewöhnlich.«

»Sind Sie Apothekerin?«

»Mein Mann, Moritz Zittow, ist Apotheker. Arthur ist ein alter Freund von mir. Wir sind in Ungarn gemeinsam aufgewachsen. Arthur ist es in letzter Zeit nicht gut gegangen, deshalb brachte ich ihm das Morphium daheim vorbei.«

»Was hat er gehabt? Was hat ihm gefehlt?«

»Sein Freund Adalbert war die Ursache. Adi wollte von Arthur nichts mehr wissen. Dieser Liebeskummer hat ihn sehr hergenommen.«

Nechyba glaubte sich verhört zu haben. Irritiert murmelte er:

»Adalbert?«

»Ja, Adalbert. Arthurs große Liebe.«

Durch des Inspectors Gehirn geisterten die Worte »Adalbert und Arthur« sowie »große Liebe« und »Liebeskummer«. Er wurde rot und stammelte:

»Ah, waren die beiden …?«

Salome Zittow nickte:

»Arthur war homosexuell. Schon als Knabe hat er sich mehr für die anderen Buben als für mich interessiert.«

Nechyba war das Gespräch extrem unangenehm. Er schluckte mehrmals, räusperte sich und fragte schließlich mit zittriger Stimme:

»Und die Spritze? Warum haben Sie die Spritze mitgenommen?«

»Hab ich nicht. Warum sollte ich die mitnehmen? Die gehörte doch Arthur. Vorgestern, als ich ihn besucht hab, hat er sich fünf Kubikzentimeter selbst gespritzt, dann hat seine Vermieterin Tee gebracht, und wir haben ein bisschen geplaudert. Als ich ging, lag die Spritze neben der Teekanne auf dem Silbertablett.«

<hr>

Nechyba trat aus dem Trattnerhof hinaus an die frische Luft und atmete mehrmals tief durch. Er war verwirrt. Salome Zittow hatte ihm die Adresse von Adalbert von Sorowitsch gegeben. Eigentlich sollte er sich jetzt zu diesem begeben und ihn bezüglich Arthur Schorr von

Lorbitzthal befragen. Er hatte jedoch keinerlei Lust dazu. Was war, wenn ihn jemand, der ihn kannte, in Sorowitschs Wohnung hineingehen sah? Das wäre ein Skandal! Das wollte er keinesfalls riskieren. Nechyba, ein prüder Mensch, der viel mehr an den kulinarischen als den sexuellen Genüssen des menschlichen Daseins Gefallen fand, war dieser Fall in höchstem Maß zuwider. Am liebsten hätte er ihn abgegeben – zum Beispiel an Pospischil. Andererseits war das gegen seine Berufsehre. Seit wann gibt man mitten in einer Ermittlung auf, nur weil sie einem persönlich unangenehm ist? Nein, das kam auf keinen Fall in Frage. Mittlerweile war er in der Schottengasse direkt beim Restaurant Mitzko* angelangt. Da sein Magen wie ein bösartiges Tier knurrte, begab er sich kurzerhand hinein und beschloss, seinen beruflichen Kummer mit einem großen Bier und einem großen Schnaps fortzuspülen. Dazu bestellte er sich eine Panadlsuppe** und ein Szegediner Krautfleisch***. Wobei er sich erkundigte, ob dafür eh ein schönes fettes Fleisch verwendet worden war. Der Kellner verdrehte genussvoll die Augen und versicherte ihm:

»Mein Herr, das Szegediner Safterl hat wunderschöne Fettaugerln.«

Nechyba nahm dies mit Wohlgefallen zur Kenntnis, verspeiste zum ersten Krügel**** Bier ein Salzstangerl, löffelte dann mit Bedacht die Suppe und genoss anschließend das wunderbar mundende Szegediner Kraut-

---

* Heute: Leupold
** Brot- bzw. Semmelsuppe
*** Gedünstetes, papriziertes Bauchfleisch mit Sauerkraut
**** Bierglas 0,5 Liter

fleisch. Es war so, wie er es gerne hatte. Die im Kraut versteckten Fleischstücke waren gut durchzogen und manche hatten sogar ein kleines, weiches Fettranderl. Nechyba war glücklich. Nach dem Essen bestellte er sich einen doppelten Becherovka* zum Verdauen. Nach und nach kamen ihm nun seine beruflichen Zores** wieder in den Sinn. Doch jetzt mit wohlgefülltem Magen erschien ihm das alles weit weniger schlimm zu sein. Er zahlte, verließ das Restaurant und begab sich in sein Bureau, wo er umgehend nach Pospischil rief. Dieser eilte dienstfertig herbei und Nechyba gab ihm folgenden Auftrag:

»Schau Er zum Herrn von Sorowitsch, der wohnt am Kolowratring N° 12, und bring Er ihn zum Verhör her.«

»Jawohl. Herrn von Sorowitsch hierherbringen.«

⚭

Nachdem er den Zeugen in die Polizeidirection bestellt hatte, verließ Nechyba sein Bureau. Mit der Tramway fuhr er hinüber in die Alserbachstraße und stapfte im Haus N° 10 nochmals die Stiegen empor. Er musste diesmal ziemlich lange läuten, bis ihm die Wohnungsbesitzerin öffnete. Sie hatte ein verschlafenes Gesicht und ungeordnetes Haar.

»Sie haben mich bei meinem Nachmittagsschläfchen gestört. Was wollen S' denn schon wieder? Ich hab Ihnen unlängst doch eh alles g'sagt, was ich weiß.«

---

* Böhmischer Kräuterlikör
** Ärger

»Da bin ich anderer Meinung. Ich möchte Sie bitten, aufs Präsidium mitzukommen.«

»Und wenn ich net will?«

»Dann verhafte ich Sie.«

»Weswegen? Ich hab nix getan. Ich bin unschuldig.«

»Niemand ist unschuldig. Und was Sie getan haben, das verrate ich Ihnen im Präsidium.«

Die Frau kämmte sich, schlüpfte in einen Mantel und in die Schuhe, setzte einen Hut auf, nahm ihre Handtasche und folgte mit gesenktem Haupt dem Inspector. Sie fuhren mit der Tramway zurück zur Polizeidirection am Schottenring. Hier brachte Nechyba die Frau in ein Verhörzimmer. Er bat sie, Platz zu nehmen, setzte sich vis-à-vis von ihr nieder und zündete sich in aller Ruhe eine Virginiazigarre an. Genussvoll paffte er Rauchkringel in die Luft und wartete. Frau Schwerttängler saß mit eingefallenen Schultern und mit vor dem Leib verschränkten Armen da, starrte mit bitterbösen Blicken Löcher in die Luft und schwieg. Schließlich wurde es ihr zu bunt. Sie sprang auf und schrie Nechyba an:

»Sie haben gar nix, gar nix gegen mich in der Hand. Deswegen geh ich jetzt.«

Nechyba brüllte zurück:

»Sitzen bleiben!«

Die Frau zuckte zusammen und nahm wieder Platz. Nechyba blies neuerlich Rauchkringel in die Luft und brummte schließlich:

»Warum haben Sie seine Spritze versteckt und sein Bettzeug neu überzogen?«

»Was hab ich?«

»Arthur Schorrs Spritze versteckt und sein Bett frisch überzogen.«

»Das ist eine Unterstellung, das können Sie nicht beweisen.«

»Ich warte nur auf einen richterlichen Durchsuchungsbefehl, dann stellen meine Leute Ihre Wohnung auf den Kopf. Und dann … dann werden wir schon sehen.«

»Unterstehen Sie sich, dass Sie meine Wohnung verwüsten!«

Nechyba beugte sich vor und grinste böse.

»Wir werden das Unterste zuoberst kehren. Wir werden alles zerlegen, zerschlagen, auseinandernehmen. Und irgendwo, irgendwo werden wir das restliche Morphium und die Spritze finden. In irgendeinem Winkel Ihrer Wohnung. Und dann wird Sie der Untersuchungsrichter fragen, wieso wir das Werkzeug, das Arthur Schorr vom Diesseits ins Jenseits befördert hat, bei Ihnen gut versteckt gefunden haben.«

»Der hat sich selbst umgebracht.«

»Aber geh! Bisher haben S' so getan, wie wenn das ein Unfall gewesen wär'.«

Die Frau fing zu schluchzen an.

»Es war ja auch ein Unfall … ein depperter Unfall … Ich hätt' doch meinem Thurl nie was zuleide tun können. Meinem kleinen, lieben, verletzlichen Thurl … Sie wissen ja gar nicht, wie arm der war. Sie Ungeheuer, Sie! Der Thurl hat als Jugendlicher einen Reitunfall auf dem heimatlichen Gut in Ungarn gehabt. Da hat er sich eine Rückenverletzung zugezogen, die ihn dauernd geschmerzt hat. Deshalb haben ihm die Ärzte Morphium verschrieben. Sonst hätt' er ja gar nicht studieren können vor lauter Schmerzen. Mein Gott! So ein armer Kerl, und weil er mir leidgetan hat und ich ein gutes Herz hab, hab ich ihm halt dann immer die Spritzen gesetzt. Das hat er sehr genossen, diesen Liebesdienst.«

Nechyba drückte die Zigarre aus und schwieg. Es klopfte an der Tür, er stand auf, ging hin, öffnete sie einen Spalt und wechselte ein paar Worte mit Pospischil. Dann verließ er den Raum und schloss die Tür des Vernehmungszimmers hinter sich. Draußen am Gang stand ein zarter, junger Mann mit gepflegtem Vollbart. Er bot Nechyba die Hand an und sagte in höflichem Tonfall:

»Herr Inspector, ich bin Adalbert von Sorowitsch. Sie haben mich rufen lassen.«

Nechyba erwiderte den Händedruck zögernd.

»Sie sind also der Freund von Arthur Schorr von Lorbitzthal?«

Sorowitsch schlug die Augen nieder, nickte und fragte leise:

»Was ist dem Thurl passiert?«

»Er ist tot. Zu hohe Dosis Morphium.«

Sorowitsch wurde bleich. Mit feuchten Augen und gebrochener Stimme sagte er:

»Wir sind im Streit auseinandergegangen. Das tut mir jetzt unendlich leid. Aber nachdem uns seine Vermieterin, diese eifersüchtige Bestie, im Bett erwischt hatte,

hat er mich gemieden. Er hatte Angst, von ihr hinaus-
geworfen zu werden. Schließlich zahlte er bei ihr keine
Miete und sie überlegte sogar, ihn an Kindes statt zu
adoptieren. Seine leiblichen Eltern waren ja schon längst
verstorben.«

»Sie hat ihn also bemuttert?«

»Was heißt bemuttert? Die hat alles für ihn getan.
Wäsche gewaschen, gekocht, ihn gebadet, ihm die Haare
geschnitten und ...«

»... und sogar die Morphiumspritzen gegeben.«

»Ah, das wissen Sie schon, Herr Inspector?«

»Sie hat's mir vorhin erzählt. Da drinnen im Verhörraum ...«

Plötzlich ging ein Ruck durch Adalbert von Sorowitsch. Sein edel geschnittenes Gesicht verzog sich zu
einer Fratze des Hasses:

»Dann hat sie ihm die Überdosis gespritzt. Diese
Mörderin!«

Er riss die Tür auf und stürzte sich auf die Schwerttängler, die völlig überrascht mehrere Ohrfeigen ein-
steckte. Dann begann sie sich kratzend, beißend und
kreischend zu wehren. Pospischil wollte dazwischen-
gehen, doch Nechyba hielt ihn davon ab. Als die Prü-
gelei endlich aufgehört hatte, und die beiden Kontra-
henten einander derangiert gegenüberstanden, schrie
Sorowitsch voll Hass:

»Mörderin!«

Und die Schwerttängler schrie zurück:

»Du warmer Bruder du! Du hast meinen Thurl zur
Sünde verführt. Er war ja so ein schwacher Mensch.

Und er hätte es wieder getan! Darum hab ich ihn erlöst. Nie wieder kann er sich jetzt versündigen. Das war kein Mord, das war eine Erlösung!«

Eine starke Frau

Eine Kriminalgeschichte aus dem Jahr 1894

»Himmelherrgott! Was soll ich machen?«

Mit diesem Stoßseufzer wandte er sich an den Himmel und auch an den Herrgott. Doch ihm war vollkommen klar, dass dieser ihm nicht helfen würde. Er, der bewusst vor allem ein Gebot Gottes missachtet hatte, durfte sich nun keinerlei göttliche Hilfe erwarten. Im Gegenteil, das, was er jetzt durchmachte, war sein ganz persönliches Fegefeuer, in das er nie geraten wäre, wenn er dieses Mädel nicht kennengelernt hätte. Er verschränkte die Arme hinter dem Rücken und ging in seinem Arbeitszimmer echauffiert auf und ab. Sollte er die Miete weiter zahlen? Oder sollte er die Wohnung kündigen? Sollte er zur Polizei gehen? Oder abwarten, was geschehen würde? Sollte er die Hausmeisterin, die das Mietgeld monatlich eintrieb, versuchen zu bestechen? Dass sie niemandem verriet, wer der eigentliche Mieter der Wohnung war? Oder sollte er einfach den Kopf in den Sand stecken und zuwarten, was geschehen würde? Vielleicht sollte er seine Siebensachen packen und verreisen? Nach Italien oder nach Frankreich. Wenn er sich jetzt absetzen würde, könnte sein Geld für ein oder zwei Jahre in der Fremde ausreichen. Und dann? Reumütig zurückkommen? Sich verhaften lassen? Einen öffentlichen Prozess und eine anschließende Haftstrafe über sich ergehen lassen? Oder doch in der Fremde bleiben und versuchen dort Fuß zu fassen? Aber womit sollte er fern der Heimat sein Geld verdienen? Er hatte ja nichts G'scheites gelernt. Ja, die Matura hatte er mit Ach und Krach bei den Piaristen geschafft. Danach hatte er Kunst studiert, ohne jemals einen Abschluss gemacht zu haben. Und nun war er schon jahrelang Cafetier. Sollte er in Italien oder Frankreich ein Kaffeehaus eröffnen? Nun, das schien ihm zumindest ansatzweise ein Ausweg zu sein. Aber dafür müsste er all seine Reserven zusammenkratzen, sein Reisegepäck zusammenstellen, sich nach Bahnverbindungen erkundigen und möglichst bald unauffällig die Grenzen Österreich-Ungarns hinter sich lassen.

❧

»Na auf die Justiz is' wenigstens noch Verlass! Was meinen Sie, Frau Fanny?«

»Was reden S' denn da? Freilich is' auf unsere Justiz Verlass.«

»Aber eben net immer!«

»Was soll denn das schon wieder?«

Der Hausbesitzer und Landtmann-Stammgast Hyppolit Hochwarter beugte sich mit der Ausgabe der Neuen Freien Presse vom 1. März 1894 zur Sitzkassierin vor und klopfte mit seinem dicken Zeigefinger auf eine Meldung:

»Da! Da steht's!«

»Jetzt regen S' Ihnen net auf. Was steht da?«

»Na dass auf unsere Justiz kein Verlass und andererseits doch wieder a Verlass is'. Ich zitiere wörtlich:

Die Fabrikantengattin Frau Antonie Pollak wurde am 5. Februar 1894 vom Bezirksgericht Neubau der Uebertretung der Ueberschreitung des häuslichen Züchtigungsrechtes nach § 413 St. G. schuldig erkannt, weil *sie nach Angabe des 15-jährigen Dienstmädchens Anna Jagendorfer diese mit einem Rohrstäbchen geschlagen und am Kopf gerissen habe, und zu einer Geldstrafe von 5 fl., im Nichteinbringungsfalle zu 24 Stunden Arrests verurtheilt. Die Verurtheilte ergriff nunmehr durch Dr. Schneeberger die Berufung wider das Urtheil, welcher dieselbe bei der heute unter Vorsitz des Landesgerichtsrathes Langthaler angeordneten Appelverhandlung* dahin ausführte, daß eine strafbare Ueberschreitung des Züchtigungsrechtes nur bei dem Vorhandensein einer zumindest leichten Verletzung im Sinne des § 411 des Strafgesetzes denkbar sei; es müßten demnach wenigstens sichtbare Merkmale und Folgen vorhanden sein. Im vorliegenden Falle, in welchem das ärztliche Parere lediglich Merkmale, nämlich einen blauen Riemenstreifen am Rücken, keineswegs aber eine Gesundheitsstörung oder Berufsunfähigkeit constatirte, könne daher von einer Ueberschreitung des Züchtigungsrechtes nicht die Rede sein. Der Gerichtshof schloß sich diesen Ausführungen an, hob das erste Urtheil auf und sprach Frau Antonie Pollak frei.*

Sehen Sie, Frau Fanny, zuerst hat die Justiz voll danebengehaut, dann hat's aber ihren Irrtum eingesehen und das Urteil korrigiert.«

Fanny Kerl sah Hyppolit Hochwarter streng an und sagte nur:

»Das arme Dienstmädel.«

»Was? Sie haben Mitleid mit dieser Kreatur?«

»Ich hab immer Mitleid mit den Schwächeren.«

---

* Berufungsverhandlung vor dem Landesgericht (2. Instanz)

Nun schaltete sich auch Nepomuk Bamsdorfer, ein Bohemien, der vom ererbten Vermögen seines Vaters lebte, ein:

»Die Frau Fanny hat vollkommen recht. Genieren S' Ihnen, dass Sie mit dem armen Dienstmädel ka Mitleid haben! Sie ausg'schamter Unmensch Sie!«

»Sie ... Sie ... werden S' net frech! Sie, Gigerl*, Sie!«

»Ich sehe mich gleich genötigt, Ihnen eine Ohrfeige zu verabreichen und Sie zum Duell aufzufordern. Sie lamlackerter** Lackel, Sie!«

Hyppolit Hochwarters Gesicht wurde knallrot vor Zorn, aber bevor er noch explodieren konnte, fuhr Fanny Kerl ihm und dem anderen in die Parade:

»Seid ihr noch bei Sinnen? Wenn's raufen wollt's wie die Straßenrotzer***, dann könnt's das draußen vorm Kaffeehaus tun. Im Landtmann hier herrscht Anstand, Ordnung und ein höflicher Ton. Geh, Herr Alois, begleiten S' die beiden Herren zum Ausgang. Beide ham ab sofort Lokalverbot«, sprach Fanny Kerl und es war Ruhe. Die beiden Streithansln aber schlichen, eskortiert vom Kellner Alois, mit gesenkten Köpfen und völlig schmähstad**** aus dem Kaffeehaus hinaus.

⁓◦⑨◦⁓

Heute am 1. März war die monatliche Miete fällig. Komisch, dachte Hermine Knozil, dass sie nicht schon

---

* Modegeck
** lahmarschig
*** Straßenbuben
**** sprachlos

bezahlt worden ist. Bisher hat der Herr von Kerl immer zwei bis drei Tage vor dem Monatsersten die Miete bei mir entrichtet. Der Herr von Kerl ist ein feiner Herr, ein Tschentlemän, wie man so sagt. Er hat nicht nur überpünktlich die Miete für sein süßes Mädel bezahlt, sondern hat auch ihr, der Knozil, stets ein Trinkgeld gegeben. Wofür? Das wusste sie nicht genau. Vielleicht nur dafür, dass sie ihn immer besonders freundlich grüßte, wenn er seine Liebste besucht hatte. Tja, jünger und fescher müsste man sein, räsonierte die Knozil, als sie in den dritten Stock hinaufstieg. Dann könnte man sich auch so einen feinen Herrn angeln. Aber diese Chance war ein für alle Mal vorbei. Und freilich, auch wie sie einst jung war, war sie keinesfalls so fesch gewesen wie das Fräulein Sommerblum. Ja, die Friederike Sommerblum war eine Schönheit. Ebenmäßiges Gesicht, alabasterweiße Haut, volles, tizianrotes Haar, apfelförmiger Busen, wespenförmige Taille und wohlgeformte Beine. Letztere zeigte sie oft und gerne ungeniert ihrer Umwelt, indem sie ihren Rock beim Stiegensteigen immer ein Stück höher hob, als es der Anstand gebietet.

»So jung und fesch müsst' ma sein …«, seufzte die Knozil, als sie endlich vor Sommerblums Wohnungstür angelangt war. Sie verschnaufte kurz, bevor sie anklopfte. Nichts und niemand rührte sich. Merkwürdig. Sehr merkwürdig. Knozil klopfte lauter, in der Wohnung drinnen blieb es aber still. Die Hausmeisterin kratzte sich mit dem langen, schmutzigen Nagel ihres Zeigefingers in ihrem zu einem Kranz hochgesteckten Haar und überlegte. Moment einmal! Das sind ja mindestens schon drei Tage, dass sie die Sommerblum nicht mehr gesehen hatte. Die Knozil fing vor Aufregung zu transpirieren an. Eine Geruchswolke aus Schweiß und ungewaschener Wäsche verbreitete sich vor Sommerblums Tür. Nach einigem Nachdenken griff die Knozil in ihren weiten Kittel und holte den großen Schlüsselbund hervor. Sie musste mehrere Schlüssel ausprobieren, bis sie den zu Sommerblums Wohnung passenden gefunden hatte. Mit beklommenem Herzen und zitternden Händen sperrte sie auf. Als ob sie schon im Voraus geahnt hätte, was sie hinter der Tür erwarten würde.

∽◈∾

»A fesche Leich …«, nickte der Gerichtsmediziner Dr. Eduard Hofmann anerkennend, »so was bekommen wir hier nicht alle Tage auf den Tisch.«

Joseph Maria Nechyba betrachtete die nackte Leiche der Friederike Sommerblum und zwirbelte nachdenklich ein Schnurrbartende zwischen den Fingern.

»Ein klassisches, süßes Mädel. Aber warum musste sie sterben?«

»Das herauszufinden, ist Ihre Aufgabe, Herr Inspector. Ich kann Ihnen nur so viel sagen: Sie ist von zwei kräftigen Händen erwürgt worden.«

»Mit bloßen Händen?«

»Ja, mit bloßen Händen. Da schauen Sie sich die Würgemale am Hals an. Da sieht man die Abdrücke der einzelnen Finger. Der, der das g'macht hat, hat wie ein Besessener zugedrückt.«

»Mord im Affekt? Rasende Wut?«

»Könnte gut möglich sein.«

»Herr Doktor, ich danke Ihnen für die Hinweise. Ich empfehle mich und wünsche noch einen schönen Tag.«

»Das wünsch ich Ihnen auch, Herr Inspector. Und: auf Wiedersehen!«

Nechyba drehte sich um, blickte in das schmunzelnde Antlitz des Gerichtsmediziners und replizierte:

»Das bringen unsere Berufe so mit sich, dass wir einander sicher wiedersehen werden. Also: Habe die Ehre, Herr Professor.«

～❦～

Nechyba begab sich nun zu Fuß in den 8. Bezirk, zum Haus Lederergasse N° 18. Dort stapfte er zur Hausmeisterwohnung und knöpfte sich die Hermine Knozil vor.

»Inspector Nechyba, k.k. Polizeiagenteninstitut. Ich muss mit Ihnen reden.«

Die Hausmeisterin, die in ihrer Wohnküche gerade am Herd stand und ein intensiv nach Zwiebeln riechendes Gericht zubereitete, raunzte:

»Hörn S', ich bin a viel beschäftigte Frau. Da können S' net so hereinplatzen und sich aufspielen.«

»Ich spiel mich net auf, ich führe eine Untersuchung durch. Und wenn S' pampig werden, kommen S' gleich mit auf die Polizeidirection. Dann red' ma dort weiter. Weil ich hab meine Zeit a net g'stohlen.«

»Ist ja schon gut. Was wollen S' wissen?«

»Na was glauben S'?«

»Sicher alles über die Sommerblum.«

»So ist es«, nickte Nechyba und setzte sich unaufgefordert auf einen Küchensessel neben einen apathisch dreinblickenden jungen Mann.

»Also schießen S' los.«

»Wo soll ich anfangen?«

»Am Anfang.«

»Na gut. Also, sie war a sehr fesches Mädel. A richtige Vorstadtschönheit.«

»Das war's sogar noch am Seziertisch …«

»Wirklich wahr? Na dann können Sie sich ja auch vorstellen, wie die Männer auf sie g'flogen sind. Wie die Fliegen auf einen Misthaufen.«

»Und? Hat's viele Männerg'schichten g'habt?«

»Nein. Das war a ganz a Brave. Obwohl alle Männer ihr dauernd nachg'rannnt sind, hat's nur einen einzigen gern g'habt.«

»Und wer soll das g'wesen sein?«

»Ein feiner Herr. Der Herr von Kerl.«

»Und wo find ich den?«

»Das dürfen S' mich nicht fragen. Da müssen Sie sich schon an den Hausherrn wenden. Weil der hat seinerzeit die Wohnung an den Herrn von Kerl vermietet.«

»Und wo find ich Ihren Hausherrn?«

»Na oben in der Beletage, in der Hausherrnwohnung. Z'mittag kommt er immer zum Essen nach Hause.«

Sie wandte sich an den apathischen Jungen und kommandierte:

»Bertl, führ den Herrn Inspector zur Hausherrnwohnung hinauf. Aber heut noch!«

Der Lulatsch stand auf, gähnte verschlafen und ging schließlich schlurfenden Schrittes voran. Nechyba tippte an den Rand seiner Melone und verabschiedete sich:

»Dann schau ich jetzt einmal rauf und stör Sie net länger. Habe die Ehre.«

»Mahlzeit und Gott zum Gruß, Herr Inspector.«

❧

»Müssen S' mich ausgerechnet beim Mittagessen stören?«

Raunzte Vinzenz Ehrbar, der Hausherr, den eintretenden Inspector an. Nechyba, dessen Magen vor Hunger knurrte, hatte für diese übellaunige Begrüßung überhaupt kein Verständnis. Er brummte grantig:

»Ja. Muss ich.«

Das dickliche Hausmädchen, das den Inspector ins Speisezimmer geführt hatte, raunzte nun ebenfalls:

»I hab's ihm eh g'sagt, dem Herrn Inspector, dass Sie beim Mittagessen nicht gestört werden wollen …«

»Und trotzdem stören Sie mein Mittagsmahl. Ich werde mich über Sie beschweren.«

Nechyba bekam einen roten Kopf und knurrte:

»Ja, beschweren Sie sich ruhig. Am besten beim Salzamt.«

»Sie! Was erlauben Sie sich?«

»Ich sag Ihnen jetzt was: Stehen S' auf und kommen S' mit auf die Polizeidirection. Dort führen wir Ihre Befragung weiter. Gemma!«

Die Dame des Hauses, die bisher indigniert in ihrem

Suppenteller mit einem Löffel herumgerührt hatte, blickte erschrocken auf und kreischte:

»Das können S' doch net machen! Was hat denn mein Mann ang'stellt?«

Vinzenz Ehrbar nickte zustimmend:

»Ja, das würde ich auch gern wissen. Weswegen belästigen Sie mich?«

»Ich belästige niemand. Ich führe eine Ermittlung durch. Das ist meine Pflicht. Dafür werde ich bezahlt.«

»Und in welcher Angelegenheit ermitteln Sie?«

»Mord.«

Frau Ehrbar kreischte nun hysterisch:

»Mord? Was haben wir mit einem Mord zu tun? Wir sind ein anständiges Haus!«

Nechyba lächelte maliziös:

»Ah so? Dann setze ich Sie jetzt davon in Kenntnis, dass das Fräulein Sommerblum, das oben im dritten Stock ihres anständigen Hauses gewohnt hat, brutal erwürgt worden ist.«

»Aaaahhh«, machte Frau Ehrbar und fiel in Ohnmacht. Langsam glitt sie vom Sessel zu Boden. Das Dienstmädel stürzte hin zu ihr und schrie:

»Gnädige Frau! Gnädige Frau!«

Vinzenz Ehrbar warf den Löffel auf den Tisch, stand auf und wandte sich mühsam seinen Zorn beherrschend an den Inspector:

»Was in Gottes Namen wollen S' denn wissen? Ich stehe Ihnen Rede und Antwort. Also!«

»Wer ist der Mieter von Fräulein Sommerblums Wohnung?«

»Na der Herr Kerl!«

»Was für ein Herr Kerl?«

»Kennen S' den Herrn Kerl nicht? Den Cafetier vom Café Landtmann?«

⸎

Fanny Kerl glaubte ihren Augen und Ohren nicht zu trauen. Da kam so ein Riese von einem Mann, der wie ein k.k. Polizeiagent gekleidet war, ins Café Landtmann und verlangte lautstark Auskunft.

»Wo ist der Herr Kerl? Ich muss den Herrn Kerl sprechen.«

Sie verließ ihre Position hinter der Kassa, ging schnurstracks auf den Fremden zu und sagte mit einem resoluten Ton in der Stimme:

»Darf ich fragen, wer das wissen möchte?«

»Ich. Inspector Nechyba, k.k. Polizeiagenteninstitut.«

Der Riese griff in die Hosentasche und zückte eine Polizeiagenten-Kokarde. Fanny Kerl wurde blass.

»Also, wo ist der Herr Kerl?«

»Oben in unserer Wohnung. Er hält gerade sein Mittagsschläfchen.«

»In welchem Stock ist die Wohnung, wo ist der Hauseingang?«

»Gleich nebenan in der Oppolzergasse 6, zweiter Stock, *Kerl* ist angeschrieben. Worum geht's denn?«

Nechyba sah die Sitzkassiererin prüfend an. Das ist die Ehefrau vom Kerl, dachte er. Der sag ich vorerst lieber nichts. Die wird von dem süßen Mädel noch früh genug erfahren.

»Das erzähl ich Ihrem Mann persönlich, oben in der Wohnung.«

Als um drei Uhr nachmittags ihr Herr Gemahl nicht im Kaffeehaus erschien, wurde Fanny Kerl unruhig. Wilhelm Kerl hatte einen Tagesablauf, nach dem man seine Uhr stellen konnte. Und das bedeutete, dass er um diese Zeit nachmittags in seinem Kaffeehaus erschien. Als er um vier Uhr noch immer nicht da war, war Fanny Kerl mit den Nerven völlig am Ende. Ihre Hände zitterten und sie konnte sich kaum mehr auf die Kassa konzentrieren. Mehrmals gab sie falsch Wechselgeld heraus, ihre Blicke wanderten ständig zur Eingangstür des Landtmann. Unendlich erleichtert übergab sie um fünf Uhr nachmittags die Kassa der Abendkassierin. Wie von Furien gehetzt, lief sie ums Eck in die Oppolzergasse und dort die zwei Stockwerke hinauf zu ihrer Wohnung. Sie sperrte auf, rief laut »Wilhelm!«, doch niemand antwortete. Die Wohnung war leer. Fanny Kerl ging in den Salon, setzte sich und begann hemmungslos zu weinen. Nach einigen Minuten beruhigte sie sich und dachte nach. Was war wohl geschehen? Wahrscheinlich hatte dieser Polizeiagent ihren Wilhelm mitgenommen, um ihn zu verhören. Aber wohin und weshalb? Ihr Wilhelm war ein aufrechter, rechtschaffener Mensch, der nichts verbrochen hatte. Fanny Kerl dachte verzweifelt nach, wer ihr in dieser misslichen Lage wohl helfen könnte. Ihr fiel niemand anderer als ihr Schwager Rudolf ein. Der müsste sich mittlerweile unten im Kaffeehaus aufhalten. Schließlich war er ja Mitbesitzer des Kaffeehauses, obgleich er die Arbeit seinem Bruder und seiner Schwägerin überließ. Er selbst saß meistens mit einer Gruppe von Freunden beisammen und diskutierte mit ihnen über Gott und die Welt oder spielte nächtelang Billard, im Billardsaal des Landtmann.

Hektisch rauschte Fanny Kerl durch die Räumlichkeiten des Kaffeehauses auf der Suche nach Rudolf Kerl. Doch der war nirgends zu finden. Merkwürdig, dass keiner der beiden Brüder im Kaffeehaus war. Normalerweise verabredeten sie sich, dass zumindest einer anwesend war und dem Personal auf die Finger schaute. Wo war Rudolf Kerl? Hatte man ihn vielleicht auch verhaftet? Oder war er einfach noch bei sich zu Hause. Sie beschloss nachzusehen und befahl Alois, dem Oberkellner, ihr einen Fiaker zu rufen. Diensteifrig eilte dieser hinaus auf den Ring, um ein Gespann aufzuhalten und zum Kaffeehaus zu dirigieren. Fanny Kerl borgte sich inzwischen 20 Gulden aus der Kassa aus und rannte dann noch einmal hinauf in die Wohnung, um Mantel und Hut zu holen. Den Hut fixierte sie mit einer Hutnadel in ihrem Haar, sodass er korrekt und fest auf ihrem Kopf saß. Wenig später stieg sie in einen Fiaker, mit dem sie zu Rudolf Kerls Wohnung in den 7. Bezirk rollte.

Der Fiaker hielt vor dem Tor des Hauses Lindengasse N° 46. Fanny Kerl zahlte, stieg aus und läutete. Eine altertümliche Glocke schellte im Hausinneren. Fanny wartete ungeduldig, schließlich wurde die Tür vom Faktotum des Hauses, vom alten Ferdinand, geöffnet. Er erfüllte hier die Rolle des Hausmeisters, des Gärtners und, wenn es so wie jetzt sein musste, auch die des Pförtners. Da er schlecht sah, blinzelte er Fanny Kerl misstrauisch an und schnarrte:

»Sie wünschen?«

Fanny war mit ihren Nerven am Ende, deshalb schnauzte sie ihn an:

»Spiel'n S' Ihnen net auf, Ferdinand! Lassen S' mich gefällst rein, ich muss mit meinem Schwager sprechen.«

»Ah, die gnädige Frau! Bitte treten Sie ein, kommen Sie weiter!«

Ferdinand verschloss hinter ihr die Haustür und schlurfte dann voran in den ersten Stock.

»Der unerwartete Besuch wird den gnädigen Herrn nicht gerade freuen. Er reist nämlich morgen in der Früh ab. Und da hat er noch seine Angelegenheiten in Ordnung zu bringen. Schau ma einmal, ob wir ihn stören dürfen …«

»Was? Mein Schwager verreist? Wohin denn um Himmels willen?«

»Na, das müssen S' ihn schon selber fragen …«

Sie gingen durch den Salon zu Rudolf Kerls Arbeitszimmer, dessen Tür geschlossen war. Ferdinand klopfte an und rief:

»Gnädiger Herr, Besuch für Sie!«

»Ich erwarte niemanden. Schicken S' ihn weg!«

Fanny Kerls Kopf wurde rot und sie keifte:

»Was fällt dir ein, Rudolf? Komm sofort heraus! Ich muss mit dir reden.«

»Ich bin beschäftigt!«

Mit einem Ruck schob Fanny Kerl den alten Diener zur Seite, öffnete die Tür und trat in das Arbeitszimmer ein. Rudolf Kerl saß an seinem Schreibtisch, vor ihm ein riesiges Konvolut von Briefen, Mappen und Papieren. Mit müden, leicht geröteten Augen sah er auf und seufzte:

»Musst du mich ausgerechnet jetzt stören?«

»Ja! Weil dein Bruder Wilhelm verschwunden ist.«

Rudolf rieb sich die müden Augen und fragte:

»Wie verschwunden?«

»Heute, kurz nach Mittag, war ein gewisser Inspector Nechyba vom Polizeiagenteninstitut da und hat nach dem Herrn Kerl gefragt. Ich hab ihn hinauf in die Wohnung geschickt, wo Wilhelm sein Mittagsschläfchen gehalten hat. Um drei Uhr ist Wilhelm dann nicht ins Kaffeehaus gekommen. Das hat er noch nie gemacht. Und nachdem mich die Abendkassierin abgelöst hat, bin ich rauf in die Wohnung und er war nicht da. Keine Nachricht, nix.«

Rudolf Kerl war mittlerweile aufgestanden und tigerte in seinem Arbeitszimmer nervös auf und ab.

»Dieser Inspector … was wollte er?«

»Das hat er mir nicht gesagt. Wieso fragst du?«

Statt zu antworten ging Rudolf Kerl weiter auf und ab.

»Warum bist denn so nervös?«

»Nervös? Wer ist nervös?«

»Rudolf bitte! Verstell dich nicht. Was ist los? Du verschweigst mir was!«

»Was soll ich dir verschweigen?«

»Das weiß ich nicht. Aber ich vermute, es hängt mit diesem Inspector Nechyba zusammen. Stimmt's?«

Rudolf hielt inne, machte ein gequältes Gesicht und schwieg.

»Also, was hast du, beziehungsweise was hat Wilhelm, mit der Polizei zu tun?«

»Wilhelm? Nichts. Außer, dass er jetzt wahrscheinlich in einem Raum in der Polizeidirection sitzt und verhört wird.«

»In der Polizeidirection?«

»Weil dort das Polizeiagenteninstitut untergebracht ist.«

»Du glaubst also, dass dieser Inspector Nechyba meinen Wilhelm verhaftet hat?«

»Na ja … wahrscheinlich hat er ihn zu einem Verhör mitgenommen.«

»Aber weshalb? Weshalb Rudolf?«

»Nun … ich muss dir gestehen, dass ich mich derzeit in gewissen Kalamitäten befinde.«

»Kalamitäten mit der Polizei?«

»Gewissermaßen.«

»Aber warum wird dann Wilhelm verhört?«

»Weil dieser Inspector Nechyba ihn wahrscheinlich mit mir verwechselt hat. Er hat im Landtmann nach dem Herrn Kerl gefragt, nicht wahr?«

»Ja …?«

»Ihm war offenbar nicht bewusst, dass es im Landtmann zwei Cafetiers namens Kerl gibt. Mich und meinen Bruder. Da ich nicht anwesend war, hat er meinen Bruder in die Polizeidirection mitgenommen.«

»Dann hat der Inspector dich gesucht?«

»Wahrscheinlich.«

»Und deshalb willst du dich jetzt aus dem Staub machen? Rudolf! Was hast du angestellt? Gestehe!«

»Nichts. Das ist ja das Tragische.«

»Der Poliziagent hat dich nicht wegen nix gesucht!«

»Bitte schrei nicht so. Meine Nerven sind sowieso aufs Äußerste angespannt.«

Fanny Kerl verlor die Beherrschung. Sie stürzte sich auf Rudolf und hämmerte mit ihren Fäusten auf ihn ein. Dabei kreischte sie:

»Gesteh, was du verbrochen hast. Gestehe!«

Rudolf flüchtete sich hinter seinen Schreibtisch, sah sie entsetzt an und stammelte:

»Ich hab wirklich nix g'macht. Außer, dass ich mir ein süßes Mädel gehalten hab, das jetzt tot ist.«

»Hast du sie umgebracht?«

»Fanny! Bitte!«

⁓⊙⁓

Fanny Kerl lief wie von einer Meute Höllenhunden gehetzt durch den 7. Bezirk in Richtung Lederergasse. Sie war fest entschlossen, die dortige Hausmeisterin zu schnappen und mit ihr auf die Polizeidirection zu gehen. Dort würde sie bezeugen, dass der verhaftete

Herr Kerl nicht derjenige war, der bei ihr regelmäßig die Miete für die Wohnung von Fräulein Sommerblum bezahlt hatte. Ja, so würde sie ihren Wilhelm entlasten. Und Rudolf, der Filou, sollte selbst schau'n, wie er aus diesem Schlamassel am besten wieder herauskommen würde. Völlig verschwitzt und abgekämpft stolperte sie in die Hausmeisterwohnung des Hauses Lederergasse 18 hinein. Zu ihrer großen Verwunderung war niemand da. Obwohl die Wohnungstür unversperrt war, befand sich niemand in der Wohnküche.

»Hallo ...? Ist da jemand?«

Plötzlich hörte sie ein Rumoren nebenan, eine Verbindungstür wurde geöffnet und ein langer Lulatsch rieb sich verschlafen die Augen.

»Jo ... wos is' los?«

»Ich such die Hausmeisterin.«

»Die Frau Mutter ist nicht da.«

»Wo ist sie?«

»Wahrscheinlich den Herrn Vater vom Branntweiner holen.«

»Ich muss sie dringend sprechen. Wegen der Toten, die es in dem Haus da gegeben hat. Wegen des Fräuleins Sommerblum.«

»Wegen der Fritzi?«

»Hast du das Fräulein Sommerblum gekannt?«

»Freilich. Hat ja da in unserem Haus gewohnt.«

»Kannst du mir ihre Wohnung zeigen?«

Der Lulatsch zögerte kurz, nickte schließlich und nahm einen dicken Schlüsselbund von einem Haken neben der Tür. Zügig ging er dann die Stiegen voran. Im dritten Stock angekommen, kämpften beide mit der Luft. Der junge Mann suchte den richtigen Wohnungsschlüssel und sperrte auf. Höflich ließ er Fanny Kerl den Vortritt. In der Wohnung roch es merkwürdig. Das Gaslicht funktionierte noch und Fanny Kerl sah sich um: eine nette Wohnung. Zimmer, Küche, Kabinett und sogar eine Badenische, die sich in der Küche gleich neben der Abwasch befand. Fanny Kerl ging mit Argusaugen durch die Wohnung. Vielleicht fand sie irgendetwas, was der Polizeiagent übersehen hatte. Sie öffnete Kästen und Schubladen, sah in alle Winkel und Ecken der Wohnung. Sie hoffte, ein Bild Rudolf Kerls zu finden. Allein das wäre schon ein wunderbarer Beweis dafür gewesen, dass ihr Wilhelm unschuldig war. Allein sie fand nichts. Bertl schlich hinter ihr her, sagte aber kein Wort.

»Wie gut hast du das Fräulein Sommerblum eigentlich gekannt?«

Bertls teilnahmsloses Gesicht fing zu strahlen an.

»Sehr gut. Täglich bin ich raufgekommen und hab ihr g'holfen. Einmal einen Brief aufgeben, ein anderes Mal einkaufen … Dann hab ich ihr auch die Schmutzwäsche zu den Wäschermädeln getragen und überhaupt … Immer hab ich ihr g'holfen.«

»Warst ein bisserl verliebt in sie, du Schlingel?«

Bertl lächelte verschämt, dann fing er zu stottern an:

»Ich hab sie so … soo … sooo … lieb g'habt …«

Tränen begannen über seine Wangen zu rinnen. Fanny Kerl streichelte ihm über den breiten Buckel* und sagte mütterlich:

* Rücken

»Geht's dir sehr ab?«

Bertl stöhnte auf wie ein gequältes Tier. Unter Tränen stammelte er:

»Ich hab's net wollen … ich hab's net wollen …«

»Was hast net wollen?«

»Sie totmachen … ich wollt sie doch nur umarmen … ihr G'sichterl in meine Händ nehmen … ihr ein Busserl geben …«

»Ja und?«

»Da hat's mich wegg'stoßen. Mit Händ' und Fiaß … und ich … ich … bin wütend g'worden … gaunz, gaunz wütend und dann hab i zuadruckt … bis sie kan Muckser mehr g'macht hat.«

Fanny Kerl war leichenblass geworden. Sie war mit einem Mörder allein in einer fremden Wohnung. Ein kalter Schauer lief ihr über den Rücken. Beruhigend wollte sie Bertl neuerlich über den Buckel streicheln, doch der schüttelte ihre Hand ab. Mit tränenfeuchten Augen blickte er sie misstrauisch an. Sein Körper wurde steif, seine Muskeln spannten sich an.

»I hab mi jetzt verraten. Sie werden das weitererzählen. Und dann kommen s' und holen s' mich …«

Erschrocken machte Fanny Kerl einen großen Schritt zurück. Der Mörder hob langsam seine Arme. Und Fanny Kerl sah, dass der Lulatsch riesige Pranken hatte.

❧

Nechyba war sauer. Kaum, dass er das stundenlange Verhör Wilhelm Kerls beendet und diesen abführen hatte lassen, klopfte es an der Tür seines Dienstzimmers. Eigentlich wollte er nun nach Hause gehen. Deshalb polterte er:

»Was is'?«

Sein Adjutant Pospischil öffnete vorsichtig die Tür und meldete:

»Ein Herr Kerl möchte dringend mit Ihnen sprechen!«

Nechyba wurde schwindlig. Ein Herr Kerl? Grantig replizierte er:

»Aber den habe ich doch gerade in den Arrest abführen lassen.«

»Das ist aber ein anderer Kerl ...«

»Was?«

»Ein anderer Herr Kerl.«

»In Gottes Namen, er soll eintreten.«

Der Adjutant trat zur Seite, und Rudolf Kerl schlich wie ein begossener Pudel in die Höhle des Löwen.

Eine Viertelstunde später saß Nechyba mit Rudolf Kerl in einem Fiaker, der sie in die Lederergasse führte. Als Nechyba erfahren hatte, dass Fanny Kerl alleine dorthin aufgebrochen war, um die Hausmeisterin zur Rede zu stellen, überkam ihn ein ganz merkwürdiges Gefühl. Nein, das passte ihm gar nicht, dass die Frau sich alleine dorthin begeben hatte. In der Lederergasse angekommen, ging er schnurstracks voraus in die Hausmeisterwohnung, die unverschlossen und leer war. In seinem Inneren schellte eine Alarmglocke. Im Laufschritt hastete der dicke Mann die Stiegen in den dritten Stock hinauf, in einigem Abstand folgte ihm Rudolf Kerl. Vor Friederike Sommerblums Tür blieb er keuchend stehen.

Als er drinnen einen tierischen Schrei hörte, trat er das Türschloss mit einem energischen Tritt ein. Schmerzensschreie hallten durch die Wohnung. Er stürmte durch die Küche ins Zimmer. Dort lag Bertl, der lange Lulatsch, am Boden, krümmte sich vor Schmerzen und schrie wie von Sinnen. Als er genauer hinsah, erkannte Nechyba, dass eine Hutnadel in Bertls linkem Auge steckte. Leichenblass, hustend und zitternd stand Fanny Kerl in einem Zimmereck und massierte sich den Hals, auf dem massive Blutergüsse zu sehen waren.

◦◦◦

Etwas nach elf Uhr nachts wurde Wilhelm Kerl aus dem Polizeiarrest entlassen. Fanny Kerl wartete vor der Zelle auf ihn. Ohne Worte nahm er sie in die Arme, herzte und drückte sie. Nechyba, der danebenstand, grinste verlegen und brummte:

»Sie haben ein Riesenglück, dass Sie so eine starke Frau haben.«

Mlejnek in Mauer

Eine Kriminalgeschichte nach wahren Begebenheiten
im Jahr 1898

»Mauer …«, seufzte der junge Mann, an dessen Tisch sich Joseph Maria Nechyba in Ermangelung eines anderen freien Platzes niedergelassen hatte. Im Gasthaus Zur Bärenmühle war an diesem Abend die Hölle los. Nechyba bestellte ein Krügel Bier sowie Dukatenschnitzerln mit Reis und Apfelkompott. Er musterte sein Vis-à-vis. Ein junger Kerl, fast noch ein Bürscherl, mit hohem Seitenscheitel und nach rückwärts pomadisiertem dunklem Haar. Zügig trank Nechyba sein Krügel Bier aus und bestellte ein zweites. Er bemerkte, dass sein Gegenüber nur an seinem Bier nippte, und als Nechyba die Dukatenschnitzerln serviert bekam, starrte dieser mit gierigem Blick auf Nechybas Teller. Der Inspector, der ein erfahrener mit allen Wassern gewaschener Polizeiagent war, registrierte, dass sein Tischgenosse offensichtlich Hunger hatte. Da er in Ruhe sein Essen genießen wollte und ihn die hungrigen Blicke des anderen störten, fragte er:

»Haben S' einen Hunger? Darf ich Sie auf was einladen? Auf einen Teller Gulaschsuppe?«

Sein Gegenüber schluckte mehrmals und stammelte schließlich:

»Wenn S' so gütig wären … Euer Gnaden müssen nämlich wissen … ich bin im Moment a bisserl stier* …«

Nechyba nickte, rief dem Ober die Bestellung zu und begann dann konzentriert die goldbraun gebackenen Dukatenschnitzerln zu verspeisen. Die Panier war knusprig und das Fleisch so zart, dass man es fast mit der Zunge auf dem Gaumen zerdrücken konnte. Kein Wun-

---

* in pekuniären Nöten

der, schließlich stammten die dukatengroßen Fleischstücke vom Lungenbraten*, dem edelsten Teil eines Kalbes. Nechyba gönnte sich diesen Luxus, da er einen langen, harten Arbeitstag hinter sich hatte. Seinem Tischgenossen wurde ein dampfender Teller Gulaschsuppe serviert sowie ein Körberl mit knusprigen Semmerln. Gierig stürzte sich der junge Mann aufs Essen, löffelte den Suppenteller im Handumdrehen leer und nahm dann eine Semmel, um damit die Reste der Suppe im Teller aufzutunken. Danach lehnte er sich zufrieden zurück, trank den letzten Schluck Bier und murmelte »Wunderbar«.

Nechyba, der gerade das letzte Stück Schnitzerl mit einer Gabel Reis aß und diesen beiden Bissen mehrere Löffel Apfelkompott folgen ließ, lehnte sich nun ebenfalls zurück. Wohlgesättigt faltete er die Hände über seinem respektablen Bauch. Irgendwie tat ihm der Junge leid, und so brummte er:

»Wollen S' noch ein Bier?«

»Wenn Euer Gnaden …«

»Herr Ober, bringen S' dem jungen Mann noch ein Krügerl!«

Der Inspector zog eine Schachtel Virginier aus seiner Sakkotasche, zupfte eine der langen Zigarren heraus und bot dann seinem Tischgefährten ebenfalls eine an. Der akzeptierte dankend, nicht ohne vor Verlegenheit rot zu werden. Die beiden Männer rauchten die Zigarren an, das bestellte Bier wurde serviert. Nechybas Gegenüber nahm einen kräftigen Schluck und seufzte neuerlich:

»Mauer …«

---

* Filet

Versonnen paffte er einige Züge und sagte dann:

»In Mauer hatte ich die schönste Zeit meines Lebens verbracht. Nun werde ich nie wieder dorthin zurückkönnen.«

Nechyba räusperte sich und fragte:

»Meinen S' Mauer bei Wien? Weil das kenn ich auch ganz gut. Da hab ich in meiner Jugend schöne Sommer verbracht.«

»Mein Gott! Der Sommer in Mauer ... Draußen vor der Stadt. Inmitten der Weinberge und der grünen Hügel. Der Maurer Berg, der Kadoltsberg, der Kroissberg ...«

Die Männer pafften eine Zeit lang Rauchwölkchen in die Luft. Schließlich begann der Junge wie in einem Selbstgespräch zu erzählen:

»Eigentlich bin ich a Behm, aus Jicin in Nordböhmen. Mlejnek heiß ich, mein Herr Vater war Hausknecht und meine Frau Mutter Dienstmädel bei sehr feinen Leuten ... g'wohnt ... g'wohnt hamma in einer Dachkammer, die der gnädige Herr meinen Eltern zur Verfügung gestellt hatte. Nach der Schul hat mich der gnädige Herr als Hilfsgärtner eingestellt. Die Arbeit hat mir gut g'fallen, den ganzen Tag draußd in der Natur, nur die beiden Gärtner, denen ich zur Hand gehen musste, die waren G'fraster. Die ham mich die ganze schwere Arbeit machen lassen und sind selber auf der faulen Haut g'legen. Und g'schlagen haben s' mich auch, wenn ihnen irgendwas nicht gepasst hat, hat's gleich Watschen* g'regnet ... und mit dem Stock haben s' mich

---

* Ohrfeigen

g'schwartelt* … einmal hab i am ganzen Hintern Striemen g'habt, da hat's mir g'reicht … endgültig …«

Nechyba beobachtete einen bitteren Zug um Mlejneks Mund. Der junge Kerl tat ihm leid, und er dachte: Was manche Menschen schon in frühester Jugend durchmachen müssen. Sein Vis-à-vis sog heftig an der Zigarre und stieß sodann den Rauch wie ein Dampfross aus. Sein Gesicht war von Rauchschwaden verhüllt, als er weitererzählte:

»I hab mich dann aufg'rafft, hab meinen Ranzen gepackt und bin losmarschiert … nach Wien.«

»Des is' a breiter Weg …«

»Wem sagen Sie das?«

Neuerlich machte Mlejnek einen tiefen Zug und verschwand danach in einer Rauchwolke.

»Und? Wie sind S' nach Mauer gekommen?«

»I bin Gärtner. Und da draußen vor der Stadt gibt's jede Menge Gärtnereien.«

Nechyba nickte. Seine Tante hatte eine Gärtnerei in Speising, das nicht allzu weit von Mauer entfernt lag. Beide Männer stierten gedankenverloren vor sich hin. Mlejnek nahm schließlich den Faden seiner Erzählung wieder auf.

»In Mauer hat mich der Macher Fritz als Lehrling in seiner Gärtnerei aufgenommen. Das waren keine schlechten Jahre. I hab dort beim Macher in seinem Betrieb viel g'lernt, aber natürlich auch viel und schwer g'hackelt. Zum Essen hat's auch genug gegeben. Im Großen und Ganzen is' es mir in derer Zeit recht gut gangen.«

---

* verprügelt

Na endlich hat er auch einmal ein Glück gehabt, räsonierte Nechyba und klopfte Asche von seiner Virginia, während Mlejnek sein Bierglas leerte. Da der Inspector für seinen Tischgenossen mittlerweile eine gewisse Sympathie entwickelt hatte, fragte er ihn in väterlichem Tonfall:

»Willst noch ein Bier, Mlejnek?«

Dieser nickte schüchtern, und Nechyba rief dem Kellner nach:

»Ein großes Bier für den Herrn an meinem Tisch und für mich einen großen Schnaps! Einen Barack*!«

Die Getränke wurden serviert, Mlejnek erhob artig sein Glas in Nechybas Richtung und murmelte:

»Ich dank recht schön, Euer Gnaden.«

Dann trank er fast das halbe Krügel leer, stellte es ruckartig auf den Tisch, räusperte sich und begann neuerlich zu erzählen:

»In meinem letzten Lehrjahr dann is' mir nimmer so gut gangen. Da hat der Macher Fritz nämlich geheiratet, und mit seiner Frau is' auch deren Mutter zu uns in die Gärtnerei übersiedelt. Das junge Ehepaar hat s' nach Strich und Faden verwöhnt. Mich aber hat s' karnifelt. Plötzlich hab i zwei Dienstherren g'habt: Den Macher Fritz und seine Schwiegermutter, die Dworacek.«

»War die wirklich so schlimm?«

Mlejnek nickte, machte einen letzten Zug von der Virginia und tötete sie dann im Aschenbecher mit einem wilden Zucken, das über sein Gesicht huschte, aus. Er nahm neuerlich einen langen Schluck Bier, und Nechyba

---

* Ungarischer Aprikosenbrand

dachte sich, der arme Kerl hat wirklich nie ein Glück gehabt.

»Wenn i den ganzen Tag draußen am Feld wie a Vieh gearbeitet hab, hab i in der Nacht dann noch der Gnädigen Frau, so musste ich sie anreden, bei allen möglichen Dingen im Haushalt helfen müssen, obwohl i todmüd' war.«

»Das is' natürlich unangenehm.«

»Unangenehm? Nein, das war noch net unangenehm! Unangenehm war dann wie s' ang'fangen hat, mir dauernd unten zwischen die Haxen zu greifen. Und einmal hat's mich in ihre Hapf'n zogen und sich auf mi drauf gestürzt. Das war wirklich unangenehm.«

Mlejnek schüttelte es vor Ekel und er fügte leise hinzu:

»Das war grauslich.«

Nechyba schwieg betroffen und drückte nun auch seine Virginia aus. Armer Bub, schoss es ihm durch den Kopf.

»Zum Glück war das erst ganz am Ende meiner Lehrzeit. Und als i ausg'lernt hab, wurde ich zum Militär assentiert*. Ich bin dann bei den 74ern in Josefstadt eingerückt.«

Nechyba musste kurz nachdenken. Nein, hier war nicht die Wiener Josefstadt gemeint, sondern die Festung Josefstadt in Nordböhmen.

»Na dann hast ja endlich a Ruh g'habt …«

»Von der Dworacek schon. Aber wir haben einen Feldwebel g'habt, einen Österreicher, der was uns Behm

---

* für tauglich zum Militärdienst erklären

in einem fort schikaniert hat. Das hab i irgendwann nimmer ausg'halten.«

»Und? Was hast g'macht?«

»Dann bin i weg … aus der Garnison. I wollt nimmer. I wollt einfach nimmer, i bin z'ruckgangen nach Mauer.«

Nechyba hielt den Atem an. Hatte Mlejnek ihm gerade gestanden, dass er desertiert war? Der Inspector glaubte seinen Ohren nicht zu trauen. Sein Hirnkastel, das eigentlich schon aufgehört hatte zu arbeiten, da ja Abendessen, Entspannen und anschließend Schlafengehen geplant war, begann auf Hochtouren zu arbeiten. Ein Deserteur sitzt da bei mir am Tisch! Was soll ich tun? Muss ich ihn verhaften? Oder is' mir das einfach wurscht*? Gehen mich als k.k. Polizeiagent interne Angelegenheiten der k. u. k. Armee etwas an? Nechyba nahm einen großen Schluck Bier, kratzte sich am Schädel und kam zu dem Schluss: Mir is' das Blunzn. Dafür bin ich nicht zuständig. Und außerdem hab ich Feierabend. Sein Vis-à-vis hatte Nechybas Verdüsterung der Miene registriert und war verstummt. Er machte einen Buckel wie ein geprügelter Hund.

»Wollen … wollen S' jetzt nix mehr mit mir zu tun haben? Tun S' … tun S' mich am End' … am End' anzeigen?«

Nechyba lächelte milde. Der junge Depp tat ihm einfach leid. Er räusperte sich und sagte in väterlichem Ton:

»Geh! Hör' auf. Was geht mich das an? I bin ja ka Militarist. Und wennst desertiert bist, hast halt einen Fehler g'macht.«

---

* egal

»Einen Fehler?«

»Freilich. Weil: Irgendwann werden s' dich schnappen. Dann kommst vor ein Militärgericht und dort wirst ordentlich Schmalz ausfassen.«

»Schmalz ausfassen?«

»Ich hab ganz vergessen, dass du ja a Behm bist! Also, Schmalz ausfassen heißt bei uns in Wien: vom Gericht a saftige Haftstrafe aufgebrummt zu bekommen.«

»Ah so.«

Nechyba nahm neuerlich einen Schluck Bier, runzelte die Stirn und brummte:

»Wennst einen Rat von mir haben willst, dann kann ich nur sagen: Stell dich. Je früher, desto besser. Wennst freiwillig z'ruckkommst, wirst weniger Schmalz ausfassen, als wenn s' dich so irgendwo schnappen.«

»Ich werd' sowieso ordentlich Schmalz kriegen.«

»Wieso?«

»Na weil i z'ruck nach Mauer gangen bin.«

»Das is' ja kein Verbrechen.«

»Na, das noch net. Aber i hab mich in Mauer dann bei einer Witwe einquartiert.«

»Das is' auch noch kein Verbrechen.«

»Na eh net. Aber nach drei Tagen hab i … hab i ihr Sparbüchl g'stohlen …«

Nechyba schluckte. Der dumme Bub hatte also eine alte Frau bestohlen. Er nahm einen Schluck Bier, setzte das Bierglas bedächtig ab, starrte kurz auf den Wirtshaustisch und brummte:

»War a Losungswort auf dem Sparbüchl drauf?«

»Ja.«

»Na dann hast eh nix abheben können. Dann fahrst morgen raus nach Mauer und gibst der Alten das Büchl z'ruck.«

»Aber, aber ...«

»Was aber?«

»Aber das Losungswort hat s' ja hinten reing'schrieben g'habt. Ins Sparbüchl.«

»Na und?«

»Ich hab ihr auch 15 Gulden g'stohlen, die im Küchenkastl herumg'legen sind. Mit dem Geld bin ich von Mauer hinein nach Wien g'fahren und hab mir einen schönen Tag g'macht. Und dann, dann bin ich einfach reinspaziert in die Zentralanstalt der Ersten Österreichischen Sparkasse am Graben. Dort hab ich einem Beamten das Sparbüchl auf den Kontor gelegt, hab ihm das Losungswort g'sagt und dann hat er mir die 200 Gulden ausbezahlt. Ich hätt' schreien können vor Glück. Nachher bin i ins Kaffeehaus gangen und hab dort einen Kerl kenneng'lernt, der mich zu einer Kartenpartie eing'laden hat. Und dann ... dann ...«

»Dann hast das ganze Geld verspielt.«

Mlejnek rannen plötzlich Tränen über die Wangen. Mit eingesunkener Brust und hängendem Kopf saß er da und stammelte:

»So a Depp war i. Mit dem letzten Geld bin i wieder rausg'fahren nach Mauer.«

Nechyba nahm einen Schluck Bier. Es war ein kleiner Schluck, und er rief dem Kellner nach:

»Noch ein Krügel!«

»Eins oder zwei?«

Es ist eh schon wurscht, verhaften muss ich ihn auf alle Fälle. Soll er vorher in Freiheit noch ein Bier trinken, räsonierte der Inspector und bestellte zwei. Als das Bier serviert wurde, bedachte Mlejnek ihn mit einem dankbaren, geradezu treuherzigen Blick. Die beiden Männer tranken, und plötzlich sprudelte es aus Mlejnek heraus:

»Aber … aber … des war noch net alles. Draußen in Mauer hab ich mich in einer Weingartenhütte verkrochen und dort übernachtet. Kalt war's. Bitterkalt. Und so hab ich mich bei meinem ehemaligen Arbeitgeber, beim Macher Fritz, eingeschlichen. Da der immer alle Türen offen lassen hat, hab ich in die Küche schlupfen können. Dort hab ich auf einem Sessel übernachtet. Schön warm war's da.«

»Na ja, das soll vorkommen, das ist ja auch kein Verbrechen.«

Mlejnek nahm einen kräftigen Schluck Bier, stellte dann mit einem Ruck sein Glas ab, beugte sich zu Nechyba vor, zu dem er sichtlich Vertrauen gefasst hatte, und wisperte:

»Das eh net. Aber in der Früh ist seine Schwiegermutter, die grausliche Dworacek, in die Küche gekommen. Und da … da … i weiß net, was in mich g'fahren is', hab ich ein Küchenmesser g'schnappt und auf sie eing'stochen …«

»Um Gotteshimmelswillen!«

»Aber … aber … i bin an der Küchenlampe hängen blieben und hab sie nur zweimal am Kopf erwischt. Sie hat g'schrien wie verruckt, und dann is' schon der

Macher Fritz in der Untergatte* hereingestürzt. I hab das Messer fallen lassen und bin g'rannt. So schnell i können hab. Hinter mir der Macher. Fast hätt' er mi erwischt. Aber nur fast.«

Mlejnek trank sein Bier aus, sprang auf und stammelte:

»I ... i muss ... muss jetzt gehen.«

Nechyba konnte gar nicht so schnell schauen, wie der Bursche aus dem Wirtshaus verschwunden war. Nechyba sprang ebenfalls auf und rannte ihm hinterher. Er hörte den Kellner rufen:

»Hallo! Sie! Gnä' Herr! Sie müssen noch zahlen!«

Später! Später werd' ich zahlen! Hämmerte es durch des Inspectors Kopf, als er hinaus auf das nächtliche Areal des Naschmarktes stürmte. Jede Menge Klumpert vom Markt wie Fässer, Kisten und Bretter lagen oder standen herum. Dazwischen ragten die kahlen Äste von Bäumen und Sträuchern in die nächtliche Finsternis. Die aber infolge eines vollen Mondes gar nicht so finster war. Und so sah Nechyba weiter vorne einen Schatten davonhuschen. Er lief, was das Zeuge hielt, rutschte auf den Resten eines zu Boden gefallenen und zermantschten Kürbis aus und fiel fast nieder. Ein Schrei entwich seiner Kehle. Der Schatten blieb stehen, sah sich um und zögerte. Der Inspector rief keuchend:

»Mlejnek, bleib stehen! Bitte!«

Der Schatten stand wie angewurzelt da. Nechyba ging langsam auf ihn zu. Er sah nun das bleiche Antlitz des Jungen. Dessen Augen starrten ihn an. Nechyba

---

* Unterhose

streckte die Hand aus. Mlejnek machte automatisch mehrere Schritte zurück. Der Inspector hielt inne, der andere ebenfalls.

»Komm! Lauf net weg. Lass uns reden.«

»I hab eh alles erzählt, was es zu erzählen gibt. Es gibt nix mehr zum Reden.«

»O doch! Wir müssen über das Schlamassl reden, in das du da eineg'raten bist.«

»Das hilft doch nix!«

Mlejnek entfernte sich einige Schritte, Nechyba folgte.

»Bitte! Bitte bleib stehen!«, flehte er und hielt neuerlich inne. Mlejnek blickte über die Schulter, verlangsamte seinen Schritt und blieb schließlich auch wieder stehen.

»Ich will dir helfen!«

»Mir kann keiner helfen!«

»Ich kann dir sehr wohl helfen!«

»Wie denn?«

»Ich kann für dich aussagen, dass du alles gestanden hast. Und dass du unbescholten bist. Und dass das Ganze nur eine Riesenblödheit war.«

Mlejnek zögerte und ließ Nechyba näher herankommen.

»Ich werde mich für dich einsetzen.«

Der Inspector war Mlejnek nun so nahe, dass er einen Hoffnungsschimmer in dessen Augen erkennen konnte. Nechyba streckte neuerlich die Hand aus und sagte in väterlichem Ton:

»Komm her. I begleite dich aufs Kommissariat und helf' dir.«

Mlejnek ging einen Schritt auf ihn zu. Er streckte nun ebenfalls die Hand aus.

»Hörn S', Sie! Sie müssen noch zahlen!«, erscholl es hinter Nechyba, »Sie ham net zahlt! I ruf die Polizei!«

Mlejnek zuckte zusammen. Er machte auf der Stelle kehrt und rannte davon. Augenblicke später war er verschwunden. Der Inspector wandte sich vor Zorn bebend dem Kellner zu. Der stand nun keuchend vor ihm und versuchte ihn am Krawattl zu packen. Nechyba schlug dessen Hand weg und herrschte ihn an:

»I bin Inspector beim k.k. Polizeiagenteninstitut und du, du bist verhaftet! Du Rindvieh, du vermaledeites!«

»Aber Sie … Sie sind doch … ein … ein Zech… ein Zechpreller!«

»Da hammas! Amtsehrenbeleidigung!«, knurrte Nechyba. Er stopfte dem verdattert Dastehenden eine Zwei-Gulden-Münze in die Tasche seines Gilets[*].

»Da hast deine Marie!«

»Dankschön, Euer Gnaden. Jetzt sind wir quitt.«

»Das tät' dir so passen! Gar nix samma. Du hast dich der Obstruktion einer Amtshandlung schuldig gemacht. Dafür nah i di ein. Gemma!«

◦◦◦

Kein rasselnder Wecker störte sein regelmäßiges Atmen, das nur hin und wieder von einem schnaubenden Schnarchgeräusch unterbrochen wurde. Als er schließlich aufwachte, sickerte fahles Licht durch die Spalte

---

[*] Weste

zwischen den Vorhängen. Langsam, ganz langsam glitt er aus dem Reich der Träume zurück in die Realität. Er streckte und reckte sich, gähnte herzhaft und rieb sich den Schlaf aus den Augen. Es war Freitagmittag und er hatte dienstfrei, da er zuvor einen 24-Stunden-Dienst abgeleistet hatte. Es erwartete ihn ein Tag in Ruhe und Gemütlichkeit. Joseph Maria Nechyba hatte kurz, aber gut geschlafen. Er riskierte einen Blick auf den Wecker und stellte fest, dass es bereits Zeit fürs Mittagessen war. Wunderbar! Er schlüpfte aus den Federn, zog sich seinen Schlafrock und die Schlapfen an und begab sich hinaus auf den Gang aufs Klo. Zurück in der Küche entfachte er das glosende Feuer im Herd aufs Neue, legte einige Holzscheiter nach und stellte Wasser auf, um sich einen Kaffee zu kochen. Es klopfte. Nechyba fuhr sich mit den Fingern durch die blonde Bürstenfrisur, zwirbelte hektisch seinen Schnauzbart auf, zog den Gürtel des Schlafrocks um seine gewaltige Leibesmitte etwas enger und öffnete die Wohnungstür. Gott sei Dank, war es kein Fremder, sondern die Antschi-Tant', seine Ziehmutter, die in der Nachbarwohnung lebte.

»Guten Morgen, Pepi. Ich hab g'hört, dass du vorher am Klo warst, und hab mir gedacht, wennst schon wach bist, hast vielleicht einen Hunger.«

Nechyba begann über das ganze Gesicht zu strahlen und replizierte:

»Hunger? Ha! Hunger hab ich fast immer.«

»Na dann is' ja gut. Zieh dich an und komm rüber zu mir. In einer Viertelstunde gibt's was zum Essen.«

Der Inspector umarmte die alte Frau und brummte:

»Du verwöhnst mich schon wieder.«

»Na ja, wann i des net tu, tut's ja sonst keiner.«

Nach nicht ganz einer Viertelstunde klopfte Nechyba an Anna Grubenschlagers Wohnungstür.

»Komm rein, Pepi! Die Tür ist offen.«

Nechyba betrat die Wohnküche der alten Frau und schnupperte. Wunderbar roch es da. War es ein Braten? Ein Hendl oder ein Fisch? Da heute Freitag war, musste es eigentlich Fisch sein. Und als die Antschi-Tant' das Rohr des Herds öffnete und eine große, gusseiserne Pfanne mit Topflappen heraushob, begann er zu strahlen. Faschierter Karpfen! Sein Mund wurde ganz wässrig und er setzte sich voll Erwartung an den Küchentisch. Doch kaum hatte er sich niedergesetzt, sprang er wieder auf und sagte:

»Antschi-Tant', ich hol einen Schluck Wein zum Fisch dazu.«

»Aber heut' ist doch Freitag. Da sollt ma fasten.«

»Es is' eh ein Messwein.«

»Na in Gottes Namen …«

Als Nechyba mit der Weinflasche in Anna Grubenschlagers Wohnung zurückkehrte, hatte sie den faschierten Karpfen bereits aus der Bratpfanne gehoben und auf einem länglichen Servierteller angerichtet. In der Pfanne bereitete sie gerade mit Rahm und einem Spritzer Essig die Sauce zu. Sie verrührte sie mit den Bratrückständen und ließ alles ein bisschen einkochen, sodass eine sämige

Sauce entstand. Inzwischen hatte Nechyba die Weinflasche entkorkt und zwei Gläschen eingeschenkt. Er erhob das seine und prostete der alten Frau zu:

»Auf deine Kochkünste, Antschi-Tant'.«

Die Alte lächelte verlegen, murmelte »Aber geh …« und nahm dann einen kräftigen Schluck Wein.

»Ah! Der is' guat. Resch, aber guat.«

»Der is' aus Mauer. Den hab ich von Bekannten dort.«

Die Grubenschlager schnitt nun den kunstvoll zu einem Karpfen geformten Fisch in Scheiben und gab ihrem Pepi drei große Stücke. Sie selbst nahm sich nur eines. Wie ein Wolf stürzte sich Nechyba auf die Köstlichkeit, aß und murmelte mit vollen Backen:

»So viel Arbeit hast du dir gemacht.«

»Geh! Das ist doch net der Rede wert. Wenn i weiß, dass du Nachtdienst g'macht hast und zu Mittag wahrscheinlich einen Bärenhunger hast, dann mach ich uns doch gerne was Gutes. Es ist ja auch nicht so viel dabei. Weißt, mein Fischhändler richtet mir den Karpfen schon so her, wie ich ihn brauch. Er enthäutet und filetiert das Fleisch und gibt mir die Karkasse extra dazu. Das spart mir eine Menge Arbeit. Dann brauch ich den Fisch nur mehr ganz klein schneiden und mit Eiern und eingeweichten Semmeln vermischen. Richtig faschiert* wird er ja net der Karpfen, obwohl er faschierter Karpfen heißt.«

»Sag, was ist das für ein Gewürz, das da so wunderbar pikant herausschmeckt?«

»Meinst den Knofl?«

»Nein. Das ist was anderes.«

---

* durch den Fleischwolf gedreht

»Na ja, was geb' ich rein? Salz, Pfeffer, Knoblauch, ein gestoßenes Lorbeerblatt und Kuttelkraut*.«

»Das ist es! Das Kuttelkraut gibt dem Ganzen den b'sonderen G'schmack.«

Die Antschi-Tant' lächelte zufrieden und nahm sich noch eine Scheibe von dem faschierten Karpfen, löste mit Liebe und Sorgfalt die im Rohr gebratene Masse von dem Teigboden, auf dem auch noch die Karkasse des Karpfens lag. Sie gab dem Bratstück ein bisschen zusätzlichen Geschmack. Nechyba liebte dieses Gericht. Es schmeckte nicht nur ausgezeichnet, es war auch ziemlich viel Arbeit. Schließlich wurde in eine Bratpfanne zuerst Mürbteig gelegt, darauf die Karkasse samt Fischkopf platziert und dann die Masse darüber so arrangiert, dass sie wiederum dem Körper eines Karpfens ähnlich sah. Die glatt gestrichene Oberfläche wurde sodann mit Ei bestrichen und mit Bröseln bestreut. Hernach wurde mit einem Löffelstiel die Form der Schuppen nachempfunden. Das Ganze war ein veritabler Augenschmaus. Joseph Maria Nechyba und Anna Grubenschlager aßen mit Genuss und Bedacht den faschierten Karpfen mit der Rahmsauce. Dazu genossen sie Salzerdäpfel und einen Gemischten Satz aus Mauer. Wobei die Säure dieses Weines aufs Angenehmste mit dem Geschmack des Fisches und der zart säuerlichen Rahmsauce harmonierte. Als sich Nechyba schließlich zufrieden zurücklehnte und einen satten Rülpser nur halb unterdrückte, strich ihm die alte Frau mütterlich über den Kopf und murmelte:

---

* Thymian

»Hat er ein Glucksi g'macht?«

Nechyba grinste und erinnerte sich an seine Kindheit, als er laut und unbeherrscht rülpste. Anna Grubenschlager, die ihn aufgezogen hatte, hatte ihn deswegen nie gerügt. Im Gegenteil, als er ein kleiner Bub war, war dies ihr Leitspruch gewesen. Später, als er erwachsen war, hatte sie dann seine Rülpser meist mit folgendem Stehsatz kommentiert:

»Alles, was keine Miete zahlt, muss raus!«

❧

Nach dem üppigen Mittagessen verfügte sich Nechyba ins Café Sperl, wo er auf den Redakteur Leo Goldblatt traf.

»Nechyba, habe die Ehre! Setzen S' Ihnen her zu mir.«

Der Inspector nahm die Einladung an, ließ sich ächzend nieder, hielt sich den Bauch und rülpste ein paar Mal leise vor sich hin.

»Haben S' üppig zu Mittag gegessen?«

»Das kann man wohl sagen. Deswegen werde ich mir jetzt einen Goldblatt bestellen.«

Der Redakteur grinste geschmeichelt. Schließlich hatte er diese Kaffeespezialität erfunden und hier im Kaffeehaus eingeführt. Der Goldblatt, ein Türkischer mit einem ordentlichen Schuss Trebern-Schnaps, half Nechyba beim Verdauen und er begann, sich rundum wohlzufühlen. Er fingerte eine Virginia aus der Schachtel, rauchte sie paffend an und bestellte nun einen großen Mokka. Er griff zu einer der unzähligen Zeitungen, die der Redakteur auf dem Kaffeehaustisch gestapelt hatte, und begann zu blättern. Plötzlich stutzte er, als er folgende Überschrift las: »Der Raubmordversuch in Mauer.« Vor seinem geistigen Auge sah er das schmale, verzweifelte Gesicht Mlejneks, als er den Artikel, der alle Dummheiten Mlejneks penibel aufzählte, las. Neuerlich tat ihm der Kerl leid. Mein Gott, warum hatte er ihm nicht helfen können? Am Ende des Artikels angelangt, hielt Nechyba inne. Er blies eine gewaltige Rauchwolke in den Kaffeehaushimmel, als er Folgendes las:

»Nun wird aus Josefstadt mitgetheilt, daß sich Mlejnek am 28. November nachts bei seinem Truppenkörper, dem dort garnisonirenden Infanterieregiment Nr. 74, selbst gestellt hat. Mlejnek wurde in Haft behalten und wird von der Militärbehörde abgeurtheilt werden.«

Nechyba blies neuerlich eine Rauchwolke in Richtung der stuckverzierten Decke des Café Sperl und murmelte:

»Ich werd' mich mit dem Militärrichter in Josefstadt in Verbindung setzen. Vielleicht kann ich für den Buam a gutes Wort einlegen.«

Goldblatt blickte von seiner Zeitung auf und fragte:

»Was werden Sie für wen einlegen?«

⁓☙∽

Als Nechyba und Goldblatt im Juli 1899 wieder einmal gemeinsam im Sperl saßen, fragte der Redakteur:

»Sagen Sie, haben S' mir nicht letztes Jahr knapp vor Weihnachten eine abenteuerliche G'schicht über einen gewissen Mlejnek erzählt?«

Der Inspector nickte und brummte:

»Wieso? Wie kommen S' denn plötzlich auf diese alte G'schicht?«

»Na weil's da eine neue Wendung gibt.«

»Mit dem Mlejnek? Der ist doch anlässlich des 50-jährigen Regierungsjubiläums seiner Majestät begnadigt worden. So wie alle anderen Deserteure auch. Die Sache ist erledigt.«

»Na ja, net ganz.«

»Wie meinen S' denn das?«

Leo Goldblatt schob Nechyba die neueste Ausgabe des Welt-Blatts hin, deutete auf einen Artikel und sagte lakonisch:

»Da! Lesen S' das!«

Nechyba nahm die Zeitung zur Hand und begann den Text zu studieren. Im Zuge der Lektüre wurde er blass im Gesicht. Sein Glaube an die eigene Menschenkenntnis wurde aufs Heftigste erschüttert, als er folgenden Artikel im Welt-Blatt las:

Ein amnestierter Deserteur als Raubmörder

Im Juni vorigen Jahres war aus Josefstadt in Böhmen der zweiundzwanzigjährige Infanterist Anton Vaclavik spurlos verschwunden. Derselbe war als Soldat in dem Gemüsegarten der Josefstädter Kaserne beschäftigt. In dem Garten, der sich in einem abseits gelegenen Theile der Schanzmauern befindet, arbeitete zugleich mit ihm der Infanterist Rudolf Mlejnek. Sie hatten eine gemein-

same Wohnung in einem gewölbten Lokale der Schanz-
mauern inne.

Sechs Monate nach dem Verschwinden des Anton
Vaclavik verschwand auch plötzlich Mlejnek. Man
glaubte, dass Beide von ihrem Truppenkörper desertirt
seien. Als in Josefstadt das Gerücht auftauchte, daß ein
verschwundener Soldat, namens Mlejnek, nächst Wien
einen Raub an einer Frau ausgeführt habe, wurde der
Verdacht rege, ob nicht das geheimnisvolle Verschwin-
den des Vaclavik mit der Flucht des Mlejnek in Ver-
bindung stehe.

Anläßlich des Regierungsjubiläums des Kaisers nun,
als alle Deserteure amnestirt wurden, kehrte auch Mlej-
nek freiwillig nach Josefstadt zurück. Bald darauf wurde
er wegen dringenden Verdachtes, den Vaclavik ermor-
det zu haben, verhaftet und fand man bei der Durch-
suchung seiner Sachen eine dem Vaclavik gehörige Uhr,
sowie eine Militärblouse, die Blutflecken hatte.

Nach längerem Leugnen gestand Mlejnek, den
Kameraden am 13. Juni 1898 in dem Lokale, in dem
sie zusammen schliefen, mit einer Hacke ermordet, ihn
des Geldes, der Uhr und des Anzuges beraubt und die
Leiche Nachts in dem Garten, in welchem sie gemein-
sam arbeiteten, vergraben zu haben. Zugleich bezeich-
nete Mlejnek die Stelle, wo er die Leiche vergraben
hatte. Man fand auch dort thatsächlich das Skelett des
Ermordeten. An dem Schädel wurden zwei schwere
Verletzungen konstatirt.

Der Leichnam wurde in das Militärspital übertragen
und am 23. d. M. mit allen militärischen Ehren unter

Betheiligung des ganzen Regimentes Nr. 74 und einer
übergroßen Menschenmenge begraben.«

∾◉∾

Rudolf Mlejnek wurde wegen Meuchelmordes zum
Tod durch den Strang verurteilt und am 23. Oktober
1899 hingerichtet.

Powidl

Eine Kriminalgeschichte nach wahren Begebenheiten
im Jahr 1899

»Das ist mir völlig powidl[*]!«

Mit einer ungeduldigen Handbewegung wischte Zentralinspector Rudolf von Götz alle Einwände hinweg. Joseph Maria Nechyba zuckte zusammen. So unwirsch hatte er seinen Vorgesetzten noch nie erlebt.

»Was immer Sie derzeit machen, legen Sie's auf Eis. Diese G'schicht hat absolute Priorität. Haben Sie mich verstanden, Nechyba?«

Der Inspector nickte ohne aufzublicken. In begütigendem Tonfall fuhr Rudolf von Götz fort:

»Schaun S', Sie sind von allen unseren Polizeiagenten, die im Außendienst tätig sind, mittlerweile einer der erfahrensten. Und das, obwohl Sie ja noch relativ jung sind. Also: Es ist unmittelbar vor Weihnachten und ich möchte Weihnachtsfrieden in der Stadt haben. Deshalb nehmen Sie das jetzt in die Hand.«

Nechyba nickte seufzend:

»Jawohl, Herr Zentralinspector.«

»Also: Machen S' Ihnen auf die Socken und fahren S' hinaus auf die Schmelz aufs Kommissariat. Jetzt. Auf der Stelle.«

»Jawohl.«

»Und nehmen S' zwei Mann aus Ihrer Gruppe mit. Ich wünsche, dass mit Nachdruck ermittelt wird!«

Als Nechyba schon fast bei der Tür war, gab ihm der Zentralinspector noch aufmunternde Worte mit auf den Weg:

»In Fünfhaus gibt's übrigens einen Schippl[**] guter

---

[*] egal
[**] eine Menge

Gaststätten. Sie werden da draußen nicht verhungern.«

❧

Mit dem Stellwagen fuhr der Inspector in Begleitung seines Assistenten Pospischil und des Polizeiagenten Fraczyk hinaus in den 15. Wiener Gemeindebezirk. Nechyba, der ob dieser Ermittlung restlos angefressen[*] war, sagte während der ganzen Fahrt kein einziges Wort. Da seine Untergebenen wussten, dass man ihn, wenn er in so einer üblen Stimmung war, keinesfalls ansprechen durfte, schwiegen sie ebenfalls. Als die drei Beamten das letzte Stück zu Fuß zurücklegten, streifte Nechybas Blick seine beiden Untergebenen, und er dachte sich: Schön schau ma aus. Zwei Blade[**] und ein Zniachtl[***]. Eine Beobachtung, die seine trübe Gemütsverfassung keinesfalls aufhellte. Als die drei schwarz gekleideten Männer die Wachstube betraten, verstummten alle Anwesenden. Drei k.k. Polizeiagenten auf einen Schlag, das sah man in der Vorstadt selten. Der diensthabende Sicherheitswachmann salutierte und schnarrte:

»Habe die Ehre, die Herren! Was gibt's? Wo brennt's?«

Nechyba musterte ihn mit müdem Blick und murmelte:

»Wir wollen zum Kommissariatsleiter.«

»Jawohl! Einen Augenblick bittschön!«

---

[*] sauer
[**] Dicke
[***] schmächtiger Typ

Wenig später wurden sie zum Oberkommissär vorgelassen. Ein kleiner, drahtiger Mann mit schlohweißer Bürstenfrisur und Schnauzbart. Nechyba tippte an seine Melone:

»Gott zum Gruß! Inspector Nechyba ist mein Name. Das sind die Polizeiagenten Pospischil und Fraczyk. Der Herr Zentralinspector hat angeordnet, dass wir uns schleunigst hierher begeben und uns bei Ihnen melden sollen.«

»Oberkommissär Gruber. Sehr erfreut, meine Herren. Bitte nehmen S' doch Platz.«

Gruber strich sich mehrmals über den Schnauzbart, bevor er mit ernster Stimme zu einem Monolog ansetzte:

»Meine Herren, wir haben ein Riesenproblem im Bezirk. Deshalb hab ich mich auch an die Zentralinspection gewandt und um Hilfe gebeten. Ausgerechnet jetzt vor Weihnachten ist es losgegangen: eine Serie von Einbrüchen, die kein Ende nimmt. Alle meine Leut' sind wachsam und am Posten, aber irgendwie nutzt das nix. Fast jeden Tag gibt es einen neuen Einbruch. Immer nach demselben Schema: Die Einbrüche erfolgen ganz frech untertags. Und zwar dort, wo niemand zu Hause ist. Das legt den Schluss nahe, dass die Pülcher* die Wohnungen, in die sie später einbrechen, peinlich genau ausspionieren. Da es sich um eine fortlaufende Serie handelt, gehe ich davon aus, dass da nicht ein einzelner Einbrecher, sondern eine Bande dahintersteckt.«

◦◦◦

---

* Verbrecher

Nechyba stapfte durch den knöcheltiefen Schnee voran. Bei jedem zweiten Schritt rutschte er. Und während ihm Schneeflocken auf der Nase herumtanzten und sich in seinem gewaltigen Schnauzbart als Eiskristalle festsetzten, fluchte er leise vor sich hin. Die vermaledeite Wiener Stadtverwaltung! Dieser unfähige Bürgermeister Lueger! Er verantwortete eine Schandwirtschaft, die ein Skandal war. Skrupellos setzte er die Gesundheit und das Leben von Zehntausenden Mitbürgern und von Tausenden von Pferden aufs Spiel. Auf den ungeräumten Straßen Wiens rutschten nicht nur die Menschen aus, sondern auch die Gäule, die Fuhrwerke zogen. Da aufgrund dieser widrigen Umstände oftmals nicht oder viel zu spät geliefert wurde, schnellten die Lebensmittelpreise in die Höhe. Und dann das Schuhwerk! Lueger kümmerte es einen feuchten Kehricht, dass das Schuhwerk von Tausenden von Wienern angesichts dieses Schneechaos ruiniert wurde. Es litten die Schwer- und Leichtfuhrwerker, die Fiaker, die Einspänner, die Tramwaybediensteten, die Lenker der Stellwagen, die wagenziehenden Lehrbuben, die Greißler* und Dienstmänner, die Marktleute und alle, die mit Paketen, Körben, Butten, Säcken und Bündeln beladen durch die Straßen keuchten. Sie alle wollten nur eines: Schneeschaufler heraus! Vergebens! Tausende von Arbeitslosen gab es in der Stadt, für die das Schneeschaufeln eine willkommene Einkommensquelle wäre. Doch es gab für sie keine Arbeit, da Lueger ein absurd niedriges Rei-

---

* Krämer

nigungsbudget angesetzt hatte, in dem kein Geld für Schneeräumung vorhanden war.

»Damit beweist Lueger, dass er völlig unfähig ist, die Millionenstadt zu verwalten«, murmelte Nechyba voll Zorn. Am Reithofferplatz betrat er Ferdinand Rotters Bürgerliches Gasthaus. Seine Leute folgten ihm in die Gaststube, in der es nach warmem Essen, kühlem Bier und Zigarettenqualm roch. Nechyba putzte den Schnee von Melone und Mantel. Ächzend setzte er sich an einen freien Tisch und deutete seinen Untergebenen mit einer Handbewegung, ebenfalls Platz zu nehmen. Dann wurde bestellt. Er orderte für sich und seine Leute Herrengulasch und Bier. Als er später, nachdem das Essen serviert worden war, beobachtete, wie Pospischil den Serviettenknödel mit dem Messer zerschnitt, grantelte er:

»Wer den Knödel nicht reißt, ist auch nicht wert, dass er ihn beißt.«

Pospischil zuckte zusammen. Nechyba fuhr fort:

»Hat Ihm das niemand beigebracht? Schau Er sich den Fraczyk an! Der reißt seinen Knödel auch auseinander.«

Pospischil nickte, zerteilte den Knödel nun mit Messer und Gabel ohne ihn zu zerschneiden und murmelte:

»Jawohl, Herr Inspector.«

Nach dem Essen hatte sich Nechybas Laune etwas gebessert.

»Also, meine Herren. Was wissen wir über die Einbrüche?«

Pospischil räusperte sich, sagte jedoch nichts. Fraczyk brummte:

»Na, dass sie bisher eher in größeren Straßen als in kleinen Gasserln stattgefunden haben.«

Nechyba nickte:

»Und was sagt uns das?«

»Dass die Pülcher inmitten vieler Menschen weniger auffallen, wenn sie ihre Ziele ausspionieren.«

Nechyba nickte neuerlich und ergänzte:

»Das heißt: Wir teilen uns auf. Pospischil, Er geht runter zur Felberstraße und zur Goldschlagstraße und patrouilliert dort. Fraczyk, Er übernimmt die März- und die Hütteldorferstraße. Und ich, ich bleib hier in der Mitte rund um den Reithofferplatz.«

»Und wonach soll ma genau Ausschau halten?«

Nechyba bedachte Pospischil mit einem vernichtenden Blick.

»Na wonach schon? Nach zwei, vielleicht auch drei Halawacheln*, die in jedes Haus einegehen, sich umschau'n und gleich wieder aussekommen. Wenn Er so a Partie entdeckt, holt Er sofort Verstärkung und naht die Falotten ein**.«

⟿⟾

Dass der Inspector sich den Reithofferplatz ausgesucht hatte, war wohlüberlegt. Nachdem er sich von seinen Untergebenen getrennt hatte, stapfte er tapfer eine Runde

---

* Schlingeln
** und verhaftet die Gauner

um den Platz. Von Anfang an hatte er nur ein Ziel im Auge: sobald als möglich in die wohlige Wärme von Ferdinand Rotters Bürgerlichem Gasthaus zurückzukehren. Hier würde er sich niederlassen und in Ruhe abwarten. Wozu gab es schließlich Untergebene? Sollten sich die hier draußen im Schneetreiben den Hintern abfrieren, dachte er grimmig, während ihm der Wind eisig ins Gesicht blies. Ihn fror, obwohl er die Melone tief in die Stirn gezogen, den Kragen seines Überziehers aufgestellt und einen wärmenden Wollschal um den Hals geschlungen hatte. Seine Augen waren kaum auf die Umgebung, sondern vielmehr auf den Weg vor ihm gerichtet. Der schwere Mann vermied ausgetretene Stellen, die von blankem Eis überzogen waren. Lieber stapfte er durch den Schnee, da hatte er mehr Halt. Hin und wieder blieb er stehen. Nicht um zu verschnaufen, sondern um das Treiben auf dem Platz und in den angrenzenden Gassen zu beobachten. Doch so oft er sich auch umsah, er konnte keine verdächtigen Gestalten erblicken, die zu zweit oder zu dritt in Hauseingängen verschwanden. Die meisten Passanten konzentrierten sich so wie er auf ihren Weg, um ja nicht auszurutschen und hinzufallen. Einzig ein paar Straßenbuben hüpften wild herum und lieferten einer anderen Gruppe von Lausebengeln eine Schneeballschlacht. Nach nicht ganz zehn Minuten hatte er seine Runde beendet und betrat neuerlich Ferdinand Rotters Gaststube. Er klopfte sich den Schnee von Mantel und Melone, suchte sich ein gemütliches Eckplätzchen und bestellte ein Bier. Während er auf das Krügerl wartete, klaubte er kleine Eisstücke aus seinem Schnauzbart.

Später, als er bereits eine Portion Quargeln* mit Butter gegessen und das zweite Bier konsumiert hatte, begann er zu träumen. Von den letzten Märztagen heuer, als er hinunter in den Prater spaziert war und im Gastgarten des Schweizerhauses Platz genommen hatte. Obwohl die Nächte noch sehr kalt gewesen waren, hatte die Sonne untertags doch schon einige Kraft gehabt. Und da waren Nechyba sowie einige andere Luft- und Sonnenhungrige bereits im Gastgarten des Schweizerhauses gesessen. Sonnenstrahlen hatten seine Nase gekitzelt, kühles Bier seinen Gaumen erfrischt und ein mildes Frühlingslüfterl seine Lungen durchgeputzt. Daran dachte er an diesem düsteren, saukalten Dezembertag, an dem es in einem fort schneite. Mein Gott! Wie sehr sehne ich mich nach Frühling, Sonne und Wärme, räsonierte er, bevor er einnickte.

»Wünschen der Herr noch ein Bier?«

Nechyba wurde jäh aus seinem Nickerchen gerissen. Er brauchte einige Momente, um sich zu orientieren, dann brummte er:

»Nein, danke.«

Er zückte seine Taschenuhr und stellte fest, dass es bereits knapp vor fünf Uhr war. Er schaute zum Fenster hinüber und sah, dass sich draußen schon die Dunkelheit ausgebreitet hatte. Sich den Schlaf aus den Augen reibend, trank er den letzten Schluck Bier und rief:

»Ich möcht' zahlen!«

Nachdem er dies getan hatte, stand er seufzend auf, zog

---

* Sauermilchkäse

den Überzieher an, wickelte den Schal um seinen Stiernacken, setzte die Melone auf und trat voll Widerwillen in die Schneehölle hinaus. Da keine Tramway und wahrscheinlich auch kein Stellwagen fuhr, stapfte er hinunter zur Felber Straße, ging diese zum Gürtel vor, überquerte ihn und marschierte dann in flottem Schritt die Mariahilfer Straße entlang. Daheim angekommen, erwartete ihn eine kalte Wohnung. Das Feuer im mächtigen Küchenherd war ausgegangen. Nechyba fluchte und machte mit klammen Fingern Feuer. Als es endlich knisterte und brannte, schlüpfte er in seine Hausjacke und die Patschen[*], verließ seine Wohnung und klopfte nebenan an die Tür. Es dauerte nur einen Augenblick, bis sie geöffnet wurde, und die Antschi-Tant' ihn mit einem strahlenden Lächeln zu sich in ihre wohlig warme Wohnung hereinbat.

☙

Es war saukalt, aber es schneite nicht mehr. Der Himmel war von dichten Wolken verhangen und unter Nechybas Schuhen knirschte nach wie vor der Schnee. In einer Laune, die ebenso frostig war wie die derzeitige Außentemperatur, stapfte er von der Papagenogasse zur Mariahilfer Straße hinauf, die er dann stadtauswärts ging. Nein, er hatte keine Eile. Für flottes Gehen waren die ungeräumten Gehsteige sowieso viel zu rutschig. An der Kreuzung Mariahilfer Straße und Gürtel angekommen, genehmigte sich Nechyba ein Frühstück im Café Westend. Zwei Eier im Glas,

---

[*] Hausschuhe

ein resches Buttersemmerl und ein großer Schwarzer. Solchermaßen gestärkt machte er sich nun auf den Weg durch die äußere Mariahilfer Straße. Wachsam schweifte sein Blick entlang der Häuserfassaden. Er warf einen prüfenden Blick in fast jedes Haus hinein, bemerkte aber nichts Verdächtiges. Als er schon fast draußen beim Schwendermarkt und damit bei seinem Ziel, dem Gasthof Zum Schwarzen Adler, angelangt war, sah er zwei Kerle in eine Hauseinfahrt verschwinden. Er überlegte kurz, ob er den beiden nachgehen sollte, ließ es aber bleiben. Sein Verlangen nach einem köstlichen, frisch gezapften Bier im Schwarzen Adler war größer als sein Pflichtbewusstsein. Bevor er endgültig nach links zum Schwarzen Adler abbog, blickte er noch einmal zurück und erstarrte. Die beiden Figuren von vorhin kamen gerade wieder aus dem Haus heraus, überquerten die Mariahilfer Straße und gingen vis-à-vis in eine Hofeinfahrt hinein. Also doch! Na wartet! Im Laufschritt, teils rutschend und schlitternd legte Nechyba den Weg zu der Einfahrt, in der sie verschwunden waren, zurück. Als sie gerade wieder auf die Mariahilfer Straße heraustraten, baute er sich vor ihnen auf und keuchte:

»Nechyba, k.k. Polizeiagenteninstitut. Es seid's verhaftet!«

Der eine wollte wegrennen, doch Nechyba erwischte ihm beim Schlafittchen und riss ihn um. Der andere blieb wie versteinert neben dem Inspector stehen. Den einen zog er am Arm hoch, den anderen, schmächtigeren packte er ebenfalls am Arm und schleppte sie fort.

Zwei Gassen weiter trafen sie auf einen uniformierten Polizisten. Ein dicker Kerl, der in einen ihn noch dicker machenden Winteruniformmantel gehüllt war. Nechyba schubste den größeren dem Wachmann in die Arme und brummte:

»I bin Inspector vom k.k. Polizeiagenteninstitut. Wir suchen die Einbrecherbande, die da die Gegend unsicher macht. Die zwei sind aus den unterschiedlichsten Häusern raus- und reingegangen. Wahrscheinlich haben s' spioniert. Kommen S', jetzt bring ma die beiden aufs Kommissariat auf die Schmelz.«

Der Wachmann hielt den einen Kerl fest, rührte sich aber nicht von der Stelle.

»Was is'? Gemma!«, kommandierte Nechyba. Doch sein uniformierter Kollege blieb wie ein Bock stehen, bekam einen hochroten Kopf und stammelte:

»T'schuldigen ... t'schuldigen Herr ... Herr Inspector, aber das is' ein Irrtum.«

»Was is' des?«

»Melde gehorsamst, ein Irrtum.«

»Wieso?«

»Weil i die beiden kenn. Das is' der blinde Willi und sein Cousin, der Bertl. Der Willi singt in Hinterhöfen. Er hat nämlich a gute Stimme. Und der Bertl führt ihn und sammelt in den Höfen, in denen der Willi singt, das Geld auf, das die Leut' runterschmeißen. Weil selber kann er's ja net aufheben, der Willi. Er is' ja blind.«

Nechyba sah in das puterrote, pausbäckige Gesicht des Wachmanns, das von einem mächtigen Backenbart eingerahmt wurde. Vor Zorn hätte er ihm am liebsten jedes Barthaar einzeln ausgerissen.

»Und Sie bürgen für die Unschuld dieser beiden Falotten?«

Der Sicherheitswachmann wurde dunkelrot. Er rollte verzweifelt mit den Augen und stammelte schließlich:

»Ja ... jawohl, Herr Inspector. Wenn Sie darauf bestehen ... bürge ich für ... für sie. Weil s' nämlich keine ... keine Falotten sind.«

Nechyba ließ den blinden Willi los. Nicht zuletzt deshalb, weil er ihm zuvor in dessen blinde Augen geschaut hatte. Eine Welle von Mitleid und Scham überkam ihn. Er kramte in seinem Geldbörsel, holte einen Gulden hervor, drückte ihn dem Blinden in die Hand und murmelte »Nix für ungut ...«. Dann stapfte er davon. Einem plötzlichen Impuls folgend, drehte er sich noch einmal um und rief dem Sicherheitswachmann, der immer noch verdattert mit den beiden anderen dastand, zu:

»Halten S' die Augen offen! Wir suchen zwei oder drei Pülcher, die in die Häuser spionieren gehen, ob wer z' Haus is'. Wenn niemand da is', brechen s' ein. Also, wachsam sein! Wenn irgendwas ist, ich sitz im Schwarzen Adler.«

Im Schwarzen Adler angekommen, bestellte er sich zuallererst einmal einen doppelten Barack und ein Krügel Bier. Den Schnaps trank er in einem Zug aus. Zur Beruhigung. Dann nahm er einen kräftigen Schluck Bier und griff zur Speisekarte. Er orderte eine Milzschnittensuppe sowie ein Wiener Backfleisch. Dabei handelt es sich um ein erlesenes Stück Rindfleisch wie zum Beispiel einen Rostbraten, das mit Senf und frisch geriebenem Kren* mariniert wird. Nachdem Senf und Kren gut ins Fleisch eingezogen sind, wird es paniert und goldgelb herausgebacken. Dazu genoss er einen Erdäpfelsalat. Allmählich war die Welt für den Inspector wieder in Ordnung. Nach dem Essen, das er mit einem weiteren Bier und einem Barack hinuntergespült hatte, überkam ihn eine bleierne Müdigkeit. Er machte es sich in seinem Eck auf der Wirtshausbank bequem, lehnte sich entspannt zurück und nickte ein. Als er erwachte, wusste er zuerst nicht, wo er sich befand. Allmählich dämmerte es ihm, und er beobachtete voll Interesse, wie der Gast am Nebentisch Powidltascherln** verzehrte. Nechyba beobachtete mit gierigem Blick, wie die Gabel in die weichen Tascherln drang und der schwarze Powidl*** aus diesen hervorquoll und sich mit der flüssigen Butter und den Butterbröseln aufs Angenehmste verband. Ein zarter Appetit regte sich.

»Herr Ober! Bringen S' mir bittschön auch Powidltascherln! Und noch a Krügerl Bier!«

Im Gegensatz zu den meisten anderen Wienern liebte Nechyba es, ein Bier zu Powidltascherln, Buchteln und Rahmdalken zu trinken. Das Bier erfrischte seinen Gaumen und als die Powidltascherln serviert wurden, hatte er nicht mehr nur einen zarten Appetit. Voll Gier fuhr er

---

* Meerrettich
** Teigtaschen aus Kartoffelteig, die mit Powidl gefüllt sind.
*** sehr lange eingekochtes und daher sehr intensiv schmeckendes Zwetschgenmus

mit der Gabel in so ein Tascherl, der schwarze Powidl quoll heraus und …

»T'schuldigen … t'schuldigen Herr … Herr Inspector, aber diesmal is' es kein Irrtum. Wir haben drei Kerle, die sich in fremden Häusern herumgetrieben haben, geschnappt. Sie sollen bittschön ganz dringend mit mir aufs Kommissariat kommen.«

Nechyba blickte auf, sah das vor Aufregung gerötete Gesicht des Sicherheitswachmanns, dem er vor Stunden begegnet war, und verfluchte seine eigene Mitteilungsfreudigkeit. Nie und nimmer hätte er diesem Hammel sagen dürfen, wo er zu finden war. Hastig schob er ein ganzes Powidltascherl in den Mund, zahlte und verließ, ohne aufgegessen zu haben, den Schwarzen Adler.

~⊙~

Nechybas linke Hand schoss nach vorn. Sie packte sein Gegenüber bei der Huastn und zog ihn blitzschnell über den Tisch. Dann landete seine Rechte so hart in dessen Gesicht, dass er vom Sessel fiel. Nechyba stand langsam auf und der am Boden herumkugelnde Bursche krabbelte hektisch auf allen vieren davon. Doch das interessierte Nechyba nicht mehr. Drei Powidltascherln! Drei köstliche Powidltascherln hatte er unverzehrt zurücklassen müssen wegen der drei Scheißfiguren, die ihm nun gegenübersaßen. Eine Haustetschn* für jedes Powidltascherl, dachte Nechyba und griff sich

* eine Ohrfeige wie daheim

den zweiten Kerl. Eine verkehrte Ohrfeige fegte auch ihn vom Sessel. Der Inspector näherte sich nun dem Dritten. Der erhob abwehrend die Hände und schrie hysterisch:

»Bitte net hau'n! I sag alles! Alles sag i! Nur net hau'n!«

»Was sagst?«, knurrte Nechyba.

»No alles!«

»Was alles?«

»Alles von den Einbrüchen und vom Ausspionieren und überhaupt! Alles, alles, sag i!«

Nechyba wandte sich an Pospischil und Fraczyk, die, ohne eine Miene zu verziehen, dem Inspector beim Verhör zusahen.

»Führt's die zwei Watschenaffen* raus. Ich will mit dem da allein reden.«

Seine Untergebenen taten wie befohlen, der uniformierte Polizist, der die bisherige Vernehmung mitstenografiert hatte, stotterte:

»So ... soll ... i ... ich auch ... ausse... au... aussegehn?«

»Nein. Sie bleiben.«

Nechyba packte nun den Dritten mit beiden Händen und hob den Kerl zu sich hoch. So nahe, dass sein Schnurrbart den anderen im Gesicht kitzelte.

»Namen! Ich will Namen hören. Wer ist bei eurer Platt'n** dabei?«

»Die Freundin vom Wessely. Die Vali ... die Vali Christ.«

---

* Prügelknaben
** Bande

»Wer is' der Wessely?«

»Der, dem S' die erste Watschn geben haben.«

»Gut«, brummte Nechyba und ließ ihn sinken, sodass er wieder auf eigenen Beinen stehen konnte. »Und? Wer noch?«

»Na und die Opitz Otti. Des is' die Freundin vom Hruby. Das is' der Zweite, den S' abg'watscht haben. Dann der Dirmayer Stefan und sei Freundin, die Hofbauer Poldi und der Rutschmann Lorenz.«

»Und wer hat das g'stohlene Klumpert verdraht*?«

»Wie … wie mein S' denn das?«

Nechyba bekam einen roten Schädel und brüllte:

»Wer war euer Hehler?«

»Der … der Kellner Joschi und sein Schani**.«

»Wie heißt der Schani?«

»Schebesta. Franz Schebesta.«

Neuerlich hob der Inspector den Schmächtigen zu sich hoch. Er ließ ihn kurz zappeln und fragte dann:

»Und sind das alle?«

»Ja, Herr Polizeirat.«

Nechyba ließ ihn wie einen heißen Erdapfel fallen und brummte:

»Ich bin Inspector. Merk dir das!«

Er ging zur Tür und machte Anstalten, den Verhörraum zu verlassen, zögerte aber kurz und wandte sich an den Stenografen:

»Haben S' die Namen alle?«

»Jawohl, Herr Inspector!«

---

* verkauft
** Helfer, Hilfskraft

138

»Zeigen S' her!«

Zum Glück hab ich stenografieren gelernt, dachte Nechyba, als er die Mitschrift überflog. Er gab sie dem uniformierten Beamten zurück und ordnete an:

»Die Watschen werden gestrichen. Stattdessen fügen Sie nach der Aussage des Zeugen folgenden Passus hinzu: Aufgrund heftigen Widerstandes der beiden Einvernommenen Wessely und Hruby kam es bei deren Abtransport zu einem Unfall. Sie fielen die Stiegen hinunter und erlitten Gesichtsverletzungen. Diesbezüglich werden sie wegen Widerstands gegen die Staatsgewalt belangt werden. Haben Sie das? Gut. Dann bringen S' das in Reinschrift. Ach ja! Noch was: Als Zeugen für den Vorfall auf der Stiege führen Sie die Polizeiagenten Pospischil und Fraczyk an.«

❧

Mit schweren, müden Schritten stieg Nechyba die Stiegen zu seiner Wohnung hinauf. Als er, vor seiner Wohnungstür angekommen, die Schlüssel aus einer Hosentasche fischte, wurde die Nachbartür geöffnet und die Antschi-Tant' musterte ihn sorgenvoll:

»Na, Pepi. Hast schon wieder so lange gearbeitet?«

»Ich hab a paar Pülcher eing'naht*.«

»Und das hat so lange dauert?«

»Jetzt is' erledigt.«

»I wart schon seit Stunden auf dich. Ich hab dir nämlich was ganz Besonderes gekocht heut.«

---

* verhaftet

Über Nechybas müde Gesichtszüge huschte ein Lächeln.

»Komm rein, Pepi, und setz dich an den Tisch. Gleich kriegst a gutes Papperl*.«

Er setzte sich und goss aus dem am Tisch stehenden Wasserkrug für die Antschi-Tant' und für sich jeweils ein Glas Wasser ein. Mit Bedacht trank er einige Schlucke. Während die alte Frau am Herd herumwerkte, fragte sie neugierig:

»Na erzähl' mir doch, was du g'macht hast. Und wen du eing'naht hast!«

»Du weißt eh, dass ich mich in den letzten Tagen draußen in Fünfhaus und in Rudolfsheim herumgetrieben hab.«

»Ja, ja! Die Einbrecherbande, net wahr?«

»Genau. Heut' hamma drei der G'fraster g'schnappt, wie's neue Wohnungen ausspioniert haben. Ich hab sie dann verhört und im Anschluss hamma die restlichen Falotten verhaftet.«

Er nahm einen weiteren Schluck Wasser und fuhr fort:

»Stell dir vor, unter den Verhafteten waren auch drei Blunzerln** dabei. Blutjunge Madeln, die jetzt im Häfn*** sitzen.«

»Also so etwas hat es früher nicht gegeben! Die Zeiten werden immer schlimmer.«

Nechyba seufzte. Er holte tief Luft und roch das

---

* Essen
** junge, dumme Mädel
*** Gefängnis

Aroma von in Butter abgerösteten Bröseln. Das Wasser lief ihm im Mund zusammen und er fühlte sich plötzlich rundum wohl.

»Sag, Pepi, wie machst du das eigentlich beim Verhör? Wie ziehst du diesen Pülchern die Würmer aus der Nase?«

Sein Wohlbefinden war schlagartig verflogen und er zog den Kopf ein. Wie ein Schulbub, dem der Lehrer eine Frage gestellt hatte, die er nicht beantworten konnte. In Nechybas Fall wollte er die Frage nicht beantworten. Um keinen Preis der Welt würde er der Antschi-Tant' verraten, dass er das Geständnis mit brutaler Gewalt erzwungen hatte. Seine Verhörmethoden waren zwar effizient, aber nicht korrekt. Nechyba schämte sich, das vor der Antschi-Tant' zuzugeben. Er nahm einen Schluck Wasser und stotterte:

»Na ja … weißt … das ist halt … weißt, die Erfahrung. Ja, die Erfahrung ist das … was bei einem Verhör zum Erfolg führt.«

»I bin ja so stolz auf dich!«, sagte die Grubenschlager und servierte Nechyba einen Teller voll Powidltascherln, der von einem Berg goldbrauner Butterbrösel und einer zarten Schicht Staubzucker gekrönt war. Rundum schwammen sie in einem See von zerlassener Butter. Obgleich er sich nun noch mehr schämte, konnte er nicht anders, als zur Gabel zu greifen und in das vorderste Powidltascherl zu stechen. Schwarzer, zähflüssiger Powidl quoll heraus und vermengte sich mit den Bröseln und der flüssigen Butter. Nechyba schob den ersten Bissen in den Mund und kaute andächtig. Er schloss die Augen, seufzte voll Genuss und dachte: Im Grunde ist eh alles powidl.

Diva des Todes

Eine Kriminalgeschichte aus dem Jahr 1906

DIE SCHREIE EINES STREITS hallten über den menschenleeren abendlichen Naschmarkt. Ein paar Tauben flatterten aufgeregt, in einem Gebäude der linken Wienzeile bellte ein Hund. Viele Stunden später, es war gegen sieben Uhr in der Früh, schlurfte die Naschmarkt-Hedi zu ihrem Stand. Zwischen dem Baugerümpel, das in Folge der Bauarbeiten an den neuen Marktständen herumlag, ragten zwei Beine hervor, über die sie fast gestolpert wäre. »Jössas na!«, kreischte sie, als sie dann den ganzen toten Burschen da liegen sah. Es dauerte keine fünf Minuten und ein Beamter der Sicherheitswache war vor Ort. Er hatte alle Hände voll zu tun, um die immer größer werdende Menge der Gaffer vom Ort des tödlichen Geschehens fernzuhalten.

∽∾∾

Inspector Joseph Maria Nechyba traf eineinhalb Stunden später ein. Er sah, dass es sich bei dem Burschen fast noch um ein Kind handelte. Allerdings war es keiner dieser unterstandslosen Straßenbuben, die hier am Markt in zerfetzter Kleidung und barfüßig nach etwas Essbarem suchten. Nein, dieser Bub hatte gepflegte Schuhe, lange Hosen und einen gut geschnittenen Herrenrock an. All das ließ auf ein wohlhabendes Elternhaus schließen.

»Gell, der passt da überhaupt net her am Naschmarkt? In seiner feschen Schaln*«, sprach die Naschmarkt-Hedi

---

* Kleidung

den Inspector an. Nechyba brummte etwas Unverständliches. Er nickte zustimmend und die Naschmarkt-Hedi fügte hinzu:

»Ich hab den Buam schon a paarmal am Markt da g'sehn. Einmal hat er mit dem Stanislaus Gotthelf, dem Planetenverkäufer, getratscht.«

Da schau her, der Gotthelf, dachte sich Nechyba und musste über den Kerl schmunzeln, der hier am Naschmarkt mit Hilfe seines Papageis Planeten – sprich: Horoskopzetterln – verkaufte. Die hatte er in einem Bauchladen dicht gestapelt, und wer ihm zwei Heller gab, dem pickte der Papagei so ein Horoskopzetterl heraus.

»Wenn S' den Gotthelf suchen, Herr Inspector, dann müssen S' rauf in den Raimundhof gehen. Weil der hat grad ein Gspusi* mit der Piskowicz Gusti, die dort wohnt.«

Nechyba bedankte sich bei der Hedi für den Tipp und befahl, die Leiche in die Gerichtsmedizin zu überstellen. Dann machte er sich auf in den Raimundhof.

~∞~

»Ich bin gestern spät in die Hapf'n** kommen«, rechtfertigte sich Stanislaus Gotthelf, als er um halb zehn am Vormittag verschlafen und verkatert aus Gusti Piskowiczs Bett kroch. Bevor er auf Nechybas Fragen antwortete, drehte er sich gemütlich ein Zigaretterl,

---

* Liebesverhältnis
** Bett

zündete es an und blies Rauchkringel in die Luft. Solchermaßen entspannt vor sich hin qualmend ließ er sich den Buben beschreiben. Dessen dunkle Haare und den gepflegten Haarschnitt sowie dessen edles Schuhwerk und teure Kleidung. Gotthelf kratzte sich am Kopf und antwortete schließlich:

»Na ja, die Beschreibung passt auf drei Buam. Den einen kenn ich flüchtig. Von dem weiß ich nur, dass er ins Akademische Gymnasium geht. Den zweiten und den dritten kenn i besser. Der eine is' der Alphonse Schmerda und der andere der Filius vom Herzmansky.«

»Herrrrrrrrzmansky«, kreischte Gotthelfs Papagei und flatterte mit den Flügeln. Nechyba machte ein verblüfftes Gesicht und fragte nach:

»Was? Von dem Kaufhausbesitzer?«

»Ja, genau von dem. Das is' ein ziemlicher Lauser, obwohl er einen strengen Hauslehrer hat.«

»Der geht also gar net in eine öffentliche Schule?«

»Geh wo denn! Der sitzt im Kaufhaus in einem Extrazimmer, wo er von seinem Hauslehrer unterrichtet wird. Am Nachmittag beaufsichtigt ihn seine alte Gouvernante. Da macht er dann, was er will. Die erlaubt ihm, allein spazieren zu gehen. Runter zum Naschmarkt und zum Theater an der Wien. So hab ich den Buam kennengelernt.«

～◈◯

Auf dem kurzen Weg zum Kaufhaus Herzmansky brummelte Nechyba vor sich hin:

»Der Alphonse Schmerda is' net die Leich'. Den Lausbuam kenn ich. Na schau ma einmal, ob's der junge Herzmansky is'.«

Nechyba betrat das prächtige Kaufhaus und fühlte sich plötzlich ganz klein. Wie ein Kind, das in ein Wunderland voll zauberhafter Sachen gekommen war. Gemächlich spazierte er durch das ebenerdige Geschoss und sah sich all die angebotenen Waren an. Schließlich besann er sich des Grundes, warum er eigentlich hier war, und steuerte mit energischem Schritt auf das Fräulein zu, das hinter dem Auskunftsschalter saß. Er zückte seine Polizeiagenten-Kokarde, räusperte sich und brummte:

»Nechyba, k.k. Polizeiagenteninstitut. Ich such' den jungen Herrn Herzmansky.«

»Der Herr Direktor ist heute leider net da.«

»Blödsinn! Nicht den Herrn Direktor! Seinen Sohn will ich sprechen. Der sitzt da irgendwo in einem Zimmer und lernt mit seinem Hauslehrer.«

»Woher … woher … wissen Sie das?«

»Die Polizei weiß alles.«

Das Fräulein bekam ein rotes Gesicht, drückte einen Knopf und eine schrille Glocke ertönte in der Ferne. Einige Minuten später erschien ein grobschlächtiger Kerl in einem Arbeitsmantel.

»Der Herr Inspector hier wünscht den Kari Herzmansky zu sprechen.«

Der Kerl nickte und wandte sich höflich an den Inspector:

»Bittschön mir zu folgen.«

Durch eine unauffällige Seitentür verließen sie die Schauräume des Kaufhauses und stiegen über unzählige Treppen empor zu Kari Herzmanskys Studierstube. Dort saß ein dunkelhaariger, gut gekleideter Knabe und mühte sich ab, den altgriechischen Philosophen Platon zu übersetzen. Vor ihm ging der Hauslehrer, ein asketischer Typ mit steinernen Zügen, auf und ab. Er hatte einen Rohrstock bei sich, der permanent nervös in seiner Hand wippte. Und obgleich Kari Herzmansky leichenblass wurde, als Nechyba ihm von dem Toten erzählte, war eines klar: Die Leiche war er nicht.

⁓☙⁓

Nachdenklich spazierte Nechyba die Mariahilfer Straße entlang. Wer war der dritte Lausbub, der sich ständig am Naschmarkt herumtrieb? Er bog rechts in die Theobaldgasse ab und kam dann zu einem seiner Lieblingsplätze in der Stadt: zur neu errichteten Fillgrader Stiege. Der Inspector bewunderte die prächtige Anlage, die von den höheren Gefilden der Mariahilfer Straße hinunter zu den Gestaden des Wienflusses führte. Als er versonnen die Stiegen hinunterstapfte, huschte eine Person an ihm vorbei. Nechyba reagierte sofort:

»Halt!«

Der vorbeiflitzende Schatten hielt inne. Es war Alphonse Schmerda. Der Inspector grinste böse und grantelte:

»Na, ist das eine Art? Einfach an einer Respektsperson, die man noch dazu gut kennt, ohne zu grüßen vorbeizurennen?«

»Ent...schuldigung ... He... Herr Inspector. Ich wünsche einen guten Tag.«

»Ja, das wünsche ich dir auch, Alphonse. Aber bevor du mir jetzt davonrennst, habe ich eine Frage an dich.«

Alphonse verdrehte enerviert die Augen.

»Heute ist eine Leiche von einem Burschen am Naschmarkt gefunden worden. Der war etwas jünger als du. Gut, sehr gut gekleidet, Lederschuhe, dunkles Haar, tadelloser Haarschnitt. Kennst so einen?«

»Da gibt's Hunderte in Wien.«

»Aber Hunderte treiben sich nicht am Naschmarkt herum. Also: Kennst so einen?«

»Na der Kari Herzmansky ...«

Nechyba winkte ab:

»Der erfreut sich bester Gesundheit.«

Alphonse ergänzte:

»Es könnt' auch der Pauli Fichtinger sein. Der geht aufs Akademische Gymnasium.«

~∾⊚∾~

Da es mittlerweile Mittag war und Nechyba ein gewaltiges Hungergefühl verspürte, beschloss er, ein Schinkenomelette im Café Sperl zu verzehren. Kaum war er damit fertig, betrat Stanislaus Gotthelf das Kaffeehaus. Er sah sich verschlafen, einen Sitzplatz suchend, um. Nechyba winkte Gotthelf zu sich her.

»Das trifft sich gut. Ich wollt' Ihn eh noch was fragen.«

»Und was?«, gähnte Gotthelf.

»Haben sich der Herzmansky und der andere aus dem Akademischen Gymnasium, ich glaub übrigens, er heißt Paul Fichtinger, gekannt?«

»Was heißt gekannt? Die haben dauernd zusammengesteckt.«

»Die waren also beste Freunde?«

»Na das hab ich net g'sagt.«

Gotthelf machte eine Nachdenkpause. Er bestellte beim Ober einen Kapuziner* und drehte sich eine Zigarette. Schließlich wandte er sich wieder dem Inspector zu:

»Ich hab nur g'sagt, dass sich die beiden Rotzpipn** immer gemeinsam am Markt herumgetrieben haben. Manchmal waren s' auch mit dem Alphonse Schmerda zusammen.«

»Aber der ist doch um einiges älter.«

»Die beiden haben ihn bewundert.«

»Für was?«

»Weil er ein persönlicher Freund von der Henriette Hugó ist. Der geht mit ihr am Markt einkaufen, schleppt ihr die Einkäufe heim und scharwenzelt auch sonst ständig um sie herum. Das haben die beiden maßlos bewundert. Weil sie für diese Diva vom Theater an der Wien schwärmen. Die Schwärmerei hat die beiden verbunden, aber Freunde waren's trotzdem nicht.«

---

* Schwarzer Kaffee mit ein bisschen Obers
** Rotzlöffel

»Ah so?«

Der Gotthelf nahm einen langen Schluck vom Kapuziner, der ihm mittlerweile serviert worden war, zündete sich die sorgsam gewuzelte Zigarette an und bemerkte schließlich beiläufig:

»Weil die beiden des Öfteren wild miteinander gerauft haben …«

⤜⟡⤏

Nachmittags fuhr der Inspector in sein Bureau, das sich im Polizeigebäude an der Elisabethpromenade* befand. Dort verrichtete er allerlei Schreibarbeiten, wobei ihm der Tote vom Naschmarkt nicht aus dem Kopf ging. Irgendwie schien die Henriette Hugó in diese Sache verwickelt zu sein. Er schlug die Tageszeitung auf, sah bei den Theateraufführungen nach und hatte ein Masel**: Die Hugó trat heute Abend in der Operette »Der schöne Gardist« auf.

Zum Glück wohne ich gleich ums Eck, dachte sich Nechyba, als er um sieben Uhr abends am Bühneneingang seine Polizeiagenten-Kokarde zückte und verlangte, zur Frau Hugó gebracht zu werden. Ein Theaterdiener führte ihn durch zahlreiche Korridore und Gänge zur Garderobe der gnädigen Frau. Nechyba klopfte an die Tür, nach einer kurzen Pause erklang ein melodisches »Herein!«.

---

* heute: Rossauer Lände
** Glück

Er trat ein, lüftete seine Melone und verbeugte sich höflich:

»Verzeihen Sie, dass ich Sie vor der Aufführung störe, aber ich habe ein paar dringende Fragen.«

»Dringend? Wer sind Sie überhaupt?«

»Inspector Nechyba, k.k. Polizeiagenteninstitut. Heut' in der Früh ist ein ermordeter Knabe am Naschmarkt gefunden worden ...«

»Das ist ja schrecklich! Aber was hab ich damit zu tun?«

»Nun, der Knabe war einer Ihrer Bewunderer. Er bewunderte auch Ihren Verehrer, den Alphonse Schmerda.«

Die schon etwas aus den Fugen geratene Diva lachte perlend:

»Mein Gott, die lieben Buben. Natürlich kenn ich sie. Die waren meistens zu dritt. Zwei dunkelhaarige und ein rotblonder mit Sommersprossen.«

»Ah so? Davon hat mir der Gotthelf aber nix erzählt ...«

»Der Gotthelf ist Ihre Quelle? Ja wissen S', der ist wahrscheinlich eifersüchtig. Vor ein paar Jahren hab ich nämlich a Gspusi mit ihm g'habt ...«

⁓⊛⁓

Am nächsten Tag war der Inspector kurz nach acht Uhr morgens beim Direktor des Akademischen Gymnasiums. Der empfing ihn mit einem Stirnrunzeln:

»Was hat meine Schule mit der Polizei zu tun?«

Nechyba antwortete mit einer Gegenfrage:

»Ist einer Ihrer Oberstufenschüler abgängig?«

»Um Gottes willen, ja. Der Paul Fichtinger.«

Der Direktor begleitete den Inspector in die 6a. Nechyba beschrieb dem Klassenlehrer die Leiche, der nickte und murmelte: »Das könnt' schon der Fichtinger sein.«

Als Nechyba sich in der Klasse umsah, fiel ihm ein sommersprossiger, rothaariger Bub auf, der seinem forschenden Blick auswich.

»Du da! Mit dir muss ich reden!«

Der Direktor stellte Nechyba für das Verhör ein Lehrmittelzimmer zur Verfügung. Nechyba kam ohne Umschweife zur Sache. Der Schüler, er hieß Bertram Sperling, begann schließlich zu reden:

»Der Fichtinger Pauli und ich sind seit Jahren Freunde. Oft sind wir auf den Naschmarkt gegangen. Dort haben wir den Kari Herzmansky kennengelernt. Wir alle drei schwärmen für die Henriette Hugó.«

»Und warum bist in letzter Zeit nicht mehr am Naschmarkt?«

»Weil der Stanislaus Gotthelf mich verprügelt hat. Jetzt trau ich mich nimmer.«

Sperling zögerte, um dann verschämt fortzufahren:

»Der Pauli und ich haben dem Kari eine signierte Fotografie der Henriette Hugó entwendet, die er wiederum seinem Vater stibitzt hat. Der Kari ist ein guter Freund vom Gotthelf, der kauft ihm immer Planeten ab. Er hat dem Gotthelf das erzählt und dann hat der Gotthelf mich verprügelt und wollt' mir das Foto abnehmen.

Außerdem hat er gedroht, mich zu erschlagen, wenn er mich noch einmal am Naschmarkt sieht.«

»Wo ist das Foto jetzt?«

»Das hat der Pauli gehabt.«

～◎～

Nechyba hatte die Adresse von Fichtingers Vater in der Schule erfahren. Der Vater war der Pächter der Gaststätte Zu den 3 Hacken. Nechyba traf einen Verzweifelten an, dessen Sohn seit zwei Nächten verschwunden war. Der Vater zeigte dem Inspector eine Fotografie seines Sohnes. Nechyba nickte düster und murmelte:

»Ja, das ist der Tote.«

Der Gastwirt bekam einen Weinkrampf. Nechyba wartete geduldig, bis sich der alte Fichtinger etwas beruhigt hatte, trank mit diesem dann einen doppelten Schnaps und fragte vorsichtig:

»Wussten Sie, dass sich Ihr Herr Sohn am Naschmarkt herumgetrieben hat?«

Der Vater nickte und replizierte:

»Was hätt ich denn machen sollen? Meine Frau ist seit Jahren bettlägerig, und ich muss mich um das G'schäft kümmern. Da hab ich net viel Zeit für den Buam g'habt.«

»Hat Ihr Sohn erwähnt, dass er wie narrisch für die Henriette Hugó schwärmt?«

Der Vater schüttelte den Kopf und fragte ungläubig:

»Für die berühmte Diva vom Theater an der Wien? So ein Lauser! Na nix, gar nix hat er mir davon erzählt.«

Nechyba strich sich über seinen Schnurrbart, atmete tief durch und erzählte dann dem Gastwirt das, was er bisher herausbekommen hatte:

»Es ist nämlich so: Er hat einem anderen Buam eine signierte Fotografie der Diva abgeluchst. Darüber hat es dann offensichtlich Streit gegeben. Wissen Sie, wo er dieses Bild versteckt hat?«

Der Vater schüttelte den Kopf. Er hatte keine Ahnung. Er meinte aber, dass seine Frau eventuell mehr wisse. An deren Krankenbett habe sein Bub oft stundenlang gesessen. Nechyba ließ sich genau beschreiben, wo die Fichtingers wohnten: im zweiten Hof des Hauses Blutgasse N° 3 im ersten Stock. Der kürzeste Weg dorthin führte über die Grünangergasse. Joseph Maria Nechyba bedankte sich bei dem leidgeprüften Gastwirt und fragte ihn, ob er kurz telefonieren dürfe. Dieser nickte zustimmend und Nechyba rief in der Gerichtsmedizin an. Was er dort erfuhr, machte ihn sehr nachdenklich. Paul Fichtinger hatte eine Reihe von Verletzungen an den Unterarmen. Typische Abwehrbewegungen gegen Schläge mit einem Stock. Sie waren aber nicht die Todesursache. Paul Fichtinger war gestorben, weil er sich das Genick gebrochen hatte.

～≫～

Im Haus Blutgasse N° 3 stieg der Inspector in den ersten Stock und klopfte bei Fichtinger. Ein Dienstmädchen öffnete, Nechyba zückte seine Dienstkokarde und erklärte ihr, was passiert war. Die Magd war fassungslos und ließ ihn ohne Umstände eintreten.

»Ob ich wohl kurz mit der gnädigen Frau sprechen dürfte?«

Das Dienstmädel, dem die Tränen in Strömen herunterrannen, nickte schluchzend. Es ging voran und kündigte den Inspector mit tränenerstickter Stimme an.

»Mizzi, was ist denn? Warum plärrst* denn?«

»Der Pauli ist tot.«

»Wer sagt das?«

Nechyba trat an das Krankenbett der Frau, lüftete höflich seine Melone und sagte leise:

»Ich sag das. Inspector Nechyba, k.k. Polizeiagenteninstitut.«

Paul Fichtingers Mutter schlug die Hände vorm Gesicht zusammen und begann hemmungslos zu weinen. Nechyba wandte sich an das Dienstmädel und fragte es, ob er Paulis Zimmer durchsuchen dürfe. Diese nickte nur, ohne einen Ton zu sagen. Leider fand der Inspector das gesuchte Foto in dem Kinderzimmer nicht. So nahm er sich ein Herz und ließ sich von dem Mädel noch einmal zu Paulis Mutter führen. Diese lag weinend in ihrem Bett, Nechyba kondolierte ihr und fragte sie vorsichtig:

»Hat Ihr Herr Sohn irgendjemanden gehabt, dem er besonders vertraute. Bei dem er etwas Kostbares hinterlegen würde?«

Die verhärmte Frau dachte kurz nach, dann sagte sie mit leiser Stimme:

---

* weinen

»Mein Schwager Fritz. Er arbeitet als Buchhalter hier gleich ums Eck.«

~☙~

In der renommierten Buchhandlung, in der Fritz Fichtinger arbeitete, war man etwas überrascht über den Besuch eines k.k. Polizeiagenten. Nichtsdestotrotz führte man ihn zu Paulis Onkel, den er mit einigen dürren Sätzen über den Stand der Dinge informierte. Die Nachricht vom Ableben seines Lieblingsneffen nahm den vorerst sehr reserviert wirkenden Mann sichtlich her. Er musste sich abstützen, da ihm schwarz vor den Augen wurde. Nachdem er ein Glas Wasser getrunken und sich etwas beruhigt hatte, führte er den Inspector zu einer versperrten Schatulle. Fritz Fichtinger kramte in seiner Hosentasche und förderte einen kleinen Schlüssel zutage, mit dem er die Schatulle öffnete. Er entnahm ihr ein Bündel geschäftlicher Papiere, um am Grund der Schatulle zu einem verschlossenen Briefumschlag zu gelangen. Diesen gab er dem Inspector. Nechyba öffnete ihn. Er enthielt das gesuchte und signierte Foto der Henriette Hugó sowie einen kurzen Brief:

Lieber Onkel Fritz,
wenn Du diese Zeilen liest, ist mir höchstwahr-
scheinlich etwas Schlimmes zugestoßen. Dann
hat nämlich der Kari Herzmansky mit Hilfe sei-
nes Hauslehrers versucht, mit Gewalt beiliegen-

des, signiertes Portrait der Diva meiner Träume
zurückzubekommen.
Paul Fichtinger

PS: Kari hat nämlich gedroht, dass sein Hausleh-
rer mir sämtliche Knochen brechen werde, falls
ich das Portrait nicht freiwillig retourniere.

PPS: Ich begebe mich jetzt zu einer Aussprache
mit den beiden.

Joseph Maria Nechyba faltete den Brief zusammen
und sah vor seinem geistigen Auge, wie der Hauslehrer mit dem Rohrstock auf Pauli Fichtinger einprügelte.
Der hob abwehrend die Arme, taumelte einige Schritte
zurück, stolperte über Baustellenklumpert*, fiel rück-
lings hin und brach sich dabei das Genick. Der Inspector steckte den Brief samt Kuvert ein und machte sich
auf, um Kari Herzmansky und dessen Hauslehrer zu
verhaften. Dabei ging ihm die Henriette Hugó nicht
aus dem Sinn. Er schüttelte den Kopf und murmelte:
»Die ist nicht nur eine Diva, sondern eine Diva des
Todes.«

---

* Gerümpel

Viribus unitis

Eine Kriminalgeschichte nach wahren Begebenheiten
im Jahr 1909

Es geschah in der letzten Biegung. Viribus unitis griff mit aller Kraft an. Von seinem Besitzer Oberleutnant Bregant sehr gut geritten überholte Viribus unitis die vier bis dato vor ihm galoppierenden Pferde und zog davon. In der Hofloge starrten die Erzherzöge Franz Ferdinand, Leopold, Friedrich, Albrecht und Franz Salvator gebannt in ihre Feldstecher, die Erzherzoginnen Maria Annunziata, Gabriele, Isabella Marie und Alice hielten zierliche Operngucker vor ihre Augen. Die kaiserlich königlichen Hoheiten konnten sich nicht losreißen. Das Rennen wurde immer dramatischer, denn plötzlich schien Viribus unitis zu schwächeln. Thronfolger Franz Ferdinand ließ seinen Feldstecher sinken und rieb sich mit Daumen und Zeigefinger die Nasenwurzel. Nicht dass er seinem Oheim, dem Kaiser, übermäßige Sympathien entgegengebracht hätte, aber dessen Wahlspruch Viribus unitis* erschien auch ihm ein für den Fortbestand der Donaumonarchie zielführendes Motto zu sein. Und so gehörten seine Sympathien diesem Pferd. Als er den Feldstecher neuerlich hochgehoben hatte, sah er, wie Viribus unitis von F.-W. Bickfics attackiert wurde. Der junge Graf Teleki, der F.-W. Bickfics ritt, trieb sein Pferd auf der Flachen unbarmherzig an. Oberleutnant Bregant hingegen schien eher entspannt im Sattel zu sitzen. »Worauf wartet er verdammt noch einmal?«, murmelte Erzherzog Franz Ferdinand. Und dann geschah es! Ein Raunen ging durch die Zuschauermenge, als F.-W. Bickfics knapp vor dem Zieleinlauf Viribus unitis überholte und das Armee-

* mit vereinten Kräften

Steeplechase 1909 sowie den Ehrenpreis Sr. Majestät des Kaisers um eine Länge gewann.

⁓⊚⁓

Die Nacht war stockdunkel. Ganz besonders draußen am Rande von Wien in Währing. Dort lag das Fuhrwerksunternehmen von Ignaz Arnberger. In dem einstöckigen Gebäude waren im Erdgeschoss allerlei Wirtschaftsräume sowie die Unterkunft des Stallmeisters gelegen. Im ersten Stock befanden sich die Wohnung und das Bureau des Unternehmers. An dieses Gebäude grenzte ein Hof, der von einer Remise für den Fuhrpark, einem Pferdestall sowie einer Scheune mit Heuboden umfriedet war. Im Heu raschelte es. Eine dunkle Gestalt hatte es sich hier bequem gemacht. Leise Schnarchtöne erklangen. Hin und wieder wurden sie von besagtem Rascheln unterbrochen, wenn der Kerl, der hier schlief, gekitzelt von einem Strohhalm aufwachte und sich umdrehte. Gegen halb drei Uhr morgens war plötzlich Betrieb im Hof des Fuhrwerkunternehmers. Lustig und ein bisserl beschwipst kletterte Arnberger aus seiner Kutsche. Galant reichte er Marie Gollern, die nicht nur seine Wirtschafterin, sondern auch seine Lebensgefährtin war, die Hand und half ihr aus dem Wagen. Letzterer wurde vom Stallmeister, der am Kutschbock gesessen hatte, in die Remise gebracht. Nachdem er die Pferde versorgt hatte, ging er in seine Wohnung und alsbald verloschen sowohl im Erdgeschoss als auch im ersten Stock die Lichter. Darauf hatte der Kerl, der nun hellwach am Heuboden lauerte, gewartet. Er kletterte hinunter, schnappte sich eine

Leiter, schlich über den Hof und lehnte sie an ein offenes Fenster im ersten Stock. Dann zog er die Stiefel aus, nahm sie unter den Arm und kraxelte empor. Durch das offene Fenster stieg er in Arnbergers Wohnung ein und schlich einer Katze gleich in dessen Wohnzimmer. Seine Stiefel hatte er zuvor am Fensterbrett abgestellt. Auf dem Wohnzimmertisch lagen Arnbergers Brieftasche, seine Taschenuhr, zwei Operngläser sowie einige Münzen. Der Eindringling zögerte kurz, ignorierte aber dann Geld und Wertgegenstände. Sein Ziel war Arnbergers Schlafzimmer. Leise öffnete er dessen Tür, wurde aber von einem verhaltenen Knurren und einem japsenden Bellen gestoppt. Nach einer Schrecksekunde riss er die Tür auf, stürzte auf das Bett zu, zückte ein Jagdmesser und stach wild auf den aus dem Schlaf hochschreckenden Arnberger und auf Marie Gollern ein. Gollerns Hund, ein Foxterrier namens Lisi, keifte wie wild und verbiss sich in die Hose des Attentäters. Dieser versuchte verzweifelt den Hund abzuschütteln. Das ermöglichte Arnberger, der ein großer kräftiger Mann war, aufzuspringen und blutüberströmt auf den Angreifer einzuschlagen. Dieser packte den Foxterrier beim Genick, riss ihn von seiner Hose los und warf das Tier Arnberger ins Gesicht. Der machte einen Schritt zurück und wehrte mit einem Arm den tobenden Hund ab. Diesen Augenblick nutzte der Eindringling, rannte zum Wohnzimmerfenster, warf seine Stiefel in den Hof, kletterte die Leiter hinunter und verschwand in der dunklen Antonigasse.

Es klopfte. Inspector Joseph Maria Nechyba wurde aus seinem Nachmittagsschläfchen gerissen. Er setzte sich aus einer halb liegenden Position auf, räusperte sich und brummte:

»Ja, bitte!«

Die Tür wurde geöffnet, und der Untersuchungsrichter Dr. Alfred Müllner trat ein. Nechyba war überrascht. Müllner schloss die Tür und kam auf Nechybas Schreibtisch zu. Der erhob sich und streckte dem Richter die Hand entgegen:

»Herr Dr. Müllner, ich begrüße Sie. Was verschafft mir die Ehre Ihres Besuchs?«

Müllner nahm auf dem Besucherstuhl vor Nechybas Schreibtisch Platz und kam sofort zur Sache:

»Es wird Sie nicht sehr freuen, aber ich hab Arbeit für Sie.«

»Ich hab so schon genug zu tun. Aber bitte! Worum geht's denn?«

»Sie haben sicher von dem nächtlichen Raubüberfall auf den Fuhrwerkunternehmer Arnberger gehört beziehungsweise davon in der Zeitung gelesen. War ja sogar auf der Titelseite.«

Der Inspector dachte kurz nach und nickte.

»Also, besagter Arnberger ist ein enger Freund meiner Familie. Deshalb habe ich die Untersuchung des Falls an mich gezogen. Das Problem ist, dass jetzt schon eine Woche vergangen ist, und der Täter immer noch frei herumläuft. Deshalb möchte ich, dass Sie den Fall übernehmen und ihn so bald wie möglich einer Aufklärung zuführen.«

»Ihr Vertrauen ehrt mich, aber ich fürchte, ich bin in dieser Angelegenheit nicht zuständig. Zuständig sind die Kollegen vom Kommissariat Währing.«

»Das hab ich schon geregelt. Der Herr Zentralinspector hat eingewilligt, dass das Kommissariat Währing die Fortführung der Untersuchung an Sie abtritt. Auch Ihr unmittelbarer Vorgesetzter, der Oberinspector Karner, hat zugestimmt.«

»Und wann soll ich mit den Ermittlungen beginnen?«

»Sofort.«

Nein, nein, nein! Das gefiel Nechyba gar nicht. Unwillig schüttelte der große dicke Mann den Kopf, als er schnaufend die Stiegen der Stadtbahnstation Alserstraße hinaufstapfte. Dieser Arnberger verschwieg ihm was. Und auch sein schlampertes Verhältnis, diese Marie Gollern, sagte nicht die Wahrheit. Dieses Weibsstück war überhaupt die Falschheit in Person. Am liebsten hätte Nechyba sie angebrüllt, auf der Stelle mit der Wahrheit herauszurücken. Nein, die Geschichte von dem zufälligen Raubüberfall glaubte er nicht. Dazu hatte der Angreifer sich viel zu gut in Arnbergers Gebäuden ausgekannt. Wieso wusste er, wo das Schlafzimmer des Unternehmers lag? Und wieso hat der Einschleichdieb Arnberger überhaupt attackiert? Er hätte doch alle leicht greifbaren Wertsachen stehlen und sich aus dem Staub machen können. Hinter dieser Messerattacke steckte ein persönliches Motiv, von dem Arnberger und Gollern wussten, über das sie aber schwiegen. In ein Selbstgespräch vertieft stieg Nechyba in die Stadtbahn ein und beschloss, sich von dem Fuhrwerkunternehmer und seiner Geliebten nicht papierln* zu lassen. Zwei Polizeiagenten seiner Gruppe würden in den nächsten Tagen im Leben der beiden herumwühlen und Angestellte, Nachbarn, Hausmeister, Geschäftspartner, Freunde und Familie befragen. Nicht nur in Währing, sondern auch rund um den Naschmarkt. Diesbezüglich hatte ihm die Gollern, diese dumme Gans, unfreiwillig einen Hinweis gegeben. Als Nechyba Arnberger befragt hatte, war sie ganz echauffiert nach Hause gekommen und hatte lauthals vermeldet, dass sie am Naschmarkt gewesen war und dass alles erledigt sei. Arnberger hatte zufrieden genickt und sofort das Thema gewechselt. Bei der Gumpendorfer Straße stieg Nechyba von der Stadtbahn in den 57er um und fuhr mit der Tramway stadteinwärts bis zum Café Sperl, in dessen vertraute Gefilde er sich sodann begab.

～☙～

»Servus Joseph, ich hab g'hört, dass du dich für die Causa Arnberger interessierst.«

»Ah so? Hat sich das schon herumgesprochen?«, nuschelte Nechyba ins Telefon und grinste. Denn die Stimme am anderen Ende der Leitung gehörte unverkennbar seinem Freund Alois Bitzinger, der das Kommissariat Mariahilf leitete.

---

* veräppeln

»Du, ich hätt' da was für dich.«

»Was denn, Alois?«

»A Hurenmensch, das meine Leut' gestern Nacht am Naschmarkt verhaftet haben. Sie heißt Fanny Pawlata und sagt, dass sie was über den Arnberger weiß.«

»Und was?«

»Sie behauptet, dass sie was weiß. Mehr kann ich dir nicht sagen. Die is' nämlich a ganz a Odrahte*. Sie will unbedingt mit dem Untersuchungsrichter sprechen, der den Fall Arnberger bearbeitet. Vor dem legt sie nieder**, wenn er ihr verspricht, dass sie nicht ins Arbeitshaus kommt. Davor hat s' mächtig Spundus***.«

»Na ja, verleg ma sie halt zu uns ins Polizeigebäude. Und ich werde den Dr. Müllner verständigen, dass er mit ihr plaudert.«

»Gut Joseph, so mach ma das.«

»Eine Frage noch!«

»Ja?«

»Woher weißt du eigentlich, dass ich die Causa Arnberger bearbeite?«

»Na weil einer deiner Polizeiagenten rund um den Naschmarkt alle wurlert**** macht mit seinen Fragen nach dem Arnberger und seinem Gspusi, der Marie Gollern.«

~∽⊚◠~

---

* gerissene Person
** packt sie aus
*** Angst
**** verrückt machen

»Au! Pass g'fälligst auf! I bin a Dame!«

»A Dame willst sein? A Badhur* bist!«

»Du Grobian!«, kreischte Fanny Pawlata und schlug wild um sich. Pospischil, der sie in Nechybas Bureau mehr gestoßen als geführt hatte, wich ihren Schlägen geschickt aus und zischte:

»Dir gebührt das Arbeitshaus!«

Fanny hörte augenblicklich auf zu randalieren. Nachdem sich ihr Furor gelegt hatte, registrierte sie die beiden Herren, die im Zimmer saßen. Der Untersuchungsrichter runzelte seine Glatze und Nechyba brummte grantig:

»Fanny Pawlata ... Bist du das?«

Als sie nickte, fuhr er in selbigem Tonfall fort:

»Und? Was kannst uns über den Arnberger erzählen?«

»Ihnen nix. Nur dem Untersuchungsrichter, der was den Fall bearbeitet.«

Nun schaltete sich Dr. Müllner ein:

»Ich bin der Untersuchungsrichter. Also, was haben Sie mir zu sagen?«

»Euer Gnaden, ich möchte nicht ins Arbeitshaus!«

»Sie sind wegen Prostitution verhaftet worden. Und das nicht zum ersten Mal. Da werden wir um eine Verurteilung und eine Einweisung ins Arbeitshaus wohl kaum herumkommen.«

»Euer Gnaden, ich bitt' Sie! Ich erzähl Ihnen alles, was ich über den Arnberger weiß.«

»Na dann legen S' einmal nieder. Was wissen S' denn?«

_____
* billige Nutte

168

»Also … also … vor drei Tagen hat mich ein fescher Herr Oberleutnant ins Separee eing'laden. Ins Sacher. Das war vielleicht ein Mulatschak*! Champanisiert hamma, Tokaier trunken hamma und Gänseleber-Kanapees gegessen.«

»Und? Was hat das mit dem Überfall auf den Arnberger zu tun?«

»Na ja … wie der Herr Oberleutnant blunznfett** war, hat er mir erzählt, dass er im Moment im Geld schwimmt. Er hatte die Marie*** nur loseisen müssen, wie er g'sagt hat. Von einem gewissen Arnberger.«

»Und von wo hat der Arnberger das Geld g'habt?«

»Das hat er angeblich beim Pferderennen g'wonnen.«

»Kennen S' den Namen von dem Oberleutnant?«

»Der ist bekannt im Sacher. Bregant heißt er. Die Kellner haben ihn mit seinem Namen ang'sprochen.«

»Und wie war das mit dem Loseisen von dem Geld?«

»Na ja … das weiß i net so genau … jedenfalls hat der Bregant g'sagt, dass er dem Arnberger erst eine Abreibung verpassen hat müssen, bevor der den Flieder umewachsen**** hat lassen.«

»Und von wo hat der Arnberger das Geld g'habt?«

»Vom Pferderennen, wie i schon g'sagt hab. Mehr weiß i net.«

»Ist das alles?«

»Ja.«

---

* Trinkgelage
** volltrunken
*** Geld
**** das Geld herausgerückt hat

»Gut. Sie können gehen.«

»Und … und … komm' i jetzt net ins Arbeitshaus?«

»Wir werden sehen.«

Nun schaltete sich Nechyba ein. Er befahl seinem Untergebenen:

»Pospischil, führ Er die Person ab!«

»Ich will net ins Arbeitshaus! Bitte! Bitte, Euer Gnaden, net ins Arbeitshaus!«

Pospischil packte die Pawlata am Genick, schleifte sie aus Nechybas Bureau hinaus und knurrte:

»Kusch, du Hundstuttel!«

❦

Das hatte dem Inspector gerade noch gefehlt! Ein Offizier als Verdächtiger! Dr. Müllner war bezüglich dieser überraschenden Wendung gleichfalls wenig erfreut. Aus langjähriger Erfahrung wussten sowohl der Inspector als auch der Richter, dass die k. u. k. Armee die Verfehlungen ihrer Angehörigen, ganz besonders wenn es sich um Verfehlungen von Offizieren handelte, deckte. Nach gründlichem Hin- und Herüberlegen fiel Dr. Müllner ein, dass ein Onkel von ihm, der Alfons Blaschka hieß, Oberst-Auditor* bei der Armee war. Mit ihm würde er sich in Verbindung setzen und ihn über den Fall Arnberger unterrichten. Weiters würde er ihn bitten, Nechyba zu treffen, um das weitere Vorgehen in dieser Causa zu koordinieren.

---

* hoher Militärrichter

Zu des Inspectors Überraschung stimmte der Oberst-Auditor dem Treffen zu und schlug als Treffpunkt das Café Sperl vor. Mit äußerst gemischten Gefühlen betrat Nechyba einen Tag später das Sperl, sah sich unter den anwesenden Offizieren um und identifizierte Alfons Blaschka anhand seiner dunkelblauen Uniform mit roten Aufschlägen. Er saß allein an einem Kaffeehaustischchen und blätterte in einer Zeitung.

»Herr Oberst-Auditor Blaschka?«

»Inspector Nechyba?«

Die beiden Männer reichten einander die Hand und der Offizier sagte freundlich:

»Ich bitte Sie, Platz zu nehmen.«

Nechyba tat dies, und als ihn der Cafetier Kratochwilla mit seinem Namen begrüßte, meinte der Militärrichter:

»Da schau her! Sie sind bekannt hier?«

»Ich wohn' ums Eck und das ist eines meiner Stammkaffeehäuser.«

»Sehr kommod, sehr kommod. Ich würd' auch gerne ums Eck von so einem schönen Kaffeehaus wohnen. Aber ich wohn leider draußen an der Peripherie. In Währing. Da gibt's nichts Vergleichbares.«

»Apropos Währing: In der Währinger Antonigasse ist das Verbrechen geschehen, dessentwegen wir uns heute treffen.«

»Ich hab's g'hört. Mein Neffe hat mich unterrichtet. Das ist ja eine furchtbare Sache. Man muss sich das vorstellen: Da schläft man friedlich und plötzlich rammt einem so ein Verbrecher einen Dolch in den Leib. Das ist ja horribel.«

Nechyba bekam, ohne ihn extra bestellt zu haben, einen Goldblatt serviert. Alfons Blaschka warf einen interessierten Blick auf Nechybas Kaffeeschale. Der Inspector schmunzelte und erklärte ihm, dass dies ein Türkischer passiert mit einem ordentlichen Schuss Trebernen sei. Blaschka war neugierig und orderte ebenfalls einen Goldblatt. Genussvoll das heiße alkoholische Gebräu schlürfend, begannen die beiden Herren über ihre Vorlieben beim Essen und Trinken zu plaudern. Der Oberst-Auditor wurde Nechyba immer sympathischer. Und als sie über den Naschmarkt redeten, berichtete ihm Nechyba von der Geschichte, die Fanny Pawlata zu Protokoll gegeben hatte. Der Auditor hörte aufmerksam zu und fragte schließlich:

»Und Sie sind der Auffassung, dass der Oberleutnant Bregant beim Arnberger eingestiegen ist und ihn mit dem Messer verletzt hat?«

»Möglich wäre es.«

»Nun ja, dann werde ich mir diesen feinen Herrn Oberleutnant einmal vorknöpfen.«

»Darum wollte ich Sie bitten.«

Der Militärrichter nickte, kraulte seinen weißen Backenbart und fuhr fort:

»Folgendes Prozedere möchte ich vorschlagen: Ich lade den Bregant zu einem offiziellen Verhör im Kriegsministerium vor. Sie holen die Pawlata aus der Zelle und warten mit ihr in einem Nebenraum. Wie ich den Herrn Oberleutnant einschätze, wird er zuerst alles abstreiten. Dann bitte ich Sie, mit der Pawlata dem Verhör beizuwohnen. Ich werde die Pawlata auffordern, ihre Aussage vor Bregant zu wiederholen. Und dann schau ma uns an, wie der feine Herr Oberleutnant darauf reagiert.«

~~☙~~

Nachdem Oberleutnant Bregant eine halbe Stunde lang alle Beschuldigungen hartnäckig geleugnet hatte, begann er heftig zu schwitzen, als Fanny Pawlata in Begleitung von Nechyba vorgeführt wurde. Der Oberst-Auditor sah die Pawlata scharf an und fragte:

»Sind Sie die Fanny Pawlata?«

»Jawohl Euer Gnaden.«

»Kennen Sie den Herrn Oberleutnant hier?«

»Jawohl Euer Gnaden.«

»Wie heißt er?«

»Bregant. Oberleutnant Bregant.«

»Stimmt es, dass er Sie vor sechs Tagen am Naschmarkt angesprochen hat und mit Ihnen dann ins Hotel Sacher ins Separee gegangen ist?«

»Jawohl Euer Gnaden. Dort hamma dann champanisiert. Weil er was zu feiern hatte.«

»Und was hatte er zu feiern?«

»Na, dass der Arnberger die Marie herausgerückt hat, die er ihm ursprünglich nicht geben wollte.«

»Und was hat der Herr Oberleutnant Bregant unternommen?«

»Das weiß i net so genau. Er hat mir nur g'sagt, dass er dem Arnberger eine Abreibung verpassen musste, bevor er den Schotter* bekommen hat.«

---

* Geld

»Oberleutnant Bregant, was war das für eine Abreibung, die Sie dem Fuhrunternehmer Arnberger verpasst haben?«

»Das ist alles net wahr. Das Mensch* lügt, wann immer es den Mund aufmacht. Ich kenn' diese Person überhaupt nicht.«

Nun schaltete sich Nechyba ein:

»Herr Oberst-Auditor, darf ich zu dieser Aussage des Herrn Oberleutnants was bemerken?«

»Bitte sehr, Herr Inspector.«

»Meine Leute waren mit der Pawlata im Hotel Sacher. Sie haben verifiziert, dass der Herr Oberleutnant Bregant dort Stammgast ist. Zweitens gibt es eine Reihe von Zeugen, die ausgesagt haben, dass der Herr Oberleutnant tatsächlich vor sechs Tagen mit der Fanny Pawlata ein Separee frequentiert hat.«

»Danke, Herr Inspector. Herr Oberleutnant Bregant, da Sie offensichtlich nicht die Wahrheit sagen, gebe ich Ihnen etwas Zeit nachzudenken. In einer Arrestzelle. Wache! Führen Sie den Herrn Oberleutnant ab!«

∽◈◇

Fröhlich vor sich hin pfeifend, schlenderte er die Rückwand des Stalls entlang. Die Sonne brannte auf die unverputzte Ziegelmauer, das Gras war kniehoch und mit allerlei Wiesenblumen, Kräutern und Unkräutern durchsetzt. Fliegen und Bremsen zogen träge ihre Bahnen durch die Luft. Es roch nach Wiese, Heu, Pferde-

---

* junges Ding

äpfeln und natürlich nach Pferden. Hier hinter dem Stall befand sich sein Lieblingsplätzchen. Er setzte sich, lehnte den Rücken an die wohlig warme Ziegelmauer, pflückte einen Grashalm und steckte ihn zwischen die Zähne. Ja, hier in der Freudenau ließ es sich als Stallbursche leben. Die Arbeit war mäßig anstrengend und nur an Renntagen war wirklich viel zu tun. Mit sich und der Welt in vollkommenem Einklang, schloss er die Augen und schlief ein.

Ein brutaler Tritt. Er kippte aus seiner sitzenden Schlafposition um. Stechender Schmerz im Oberschenkel. Er wand sich am Boden, blinzelte empor und erschrak. Über ihm stand ein riesengroßer, schwarz gekleideter Mann mit Melone. »Steh auf!«, dröhnte es von oben herab. Als er dieser Aufforderung nicht Folge leistete, bekam er neuerlich einen schmerzhaften Tritt verpasst. Der meint es ernst, zuckte es durch sein Gehirn und er sprang auf. Auch im Stehen überragte ihn der Schwarzgekleidete gut und gerne um einen Kopf. Nun registrierte er, dass da ein k.k. Polizeiagent vor ihm stand. Panik überkam ihn und seine Füße setzten sich in Bewegung. Er rannte um sein Leben. Hinter ihm hörte er das Schnaufen des mächtigen Mannes. Er rannte die Stallmauer entlang, bog um die Ecke, stolperte über ein ausgestrecktes Bein und fiel der Länge nach hin. Eine Hand packte ihn brutal beim Haarschopf und zog ihn hoch. Dann raste eine Faust mit einem Schlagring auf sein Gesicht zu.

Als er zu sich kam, saß er mit auf den Rücken gefesselten Händen auf einem Holzschemel, der an die Innenwand des Stalls gelehnt war. Verschwommen nahm er vor sich den Riesen wahr sowie einen kleinen ebenfalls schwarz gekleideten Kerl mit Melone. Noch ein Polizeiagent!, schoss es ihm durch den Kopf. Der Schmächtige hatte eine windschiefe Visage. Er riss ihn an den Haaren und hielt ihm die Faust mit dem Schlagring vor die Nase.

»Ich schlag dir a Wendeltrepp'n ins Hirn, wennst deppert bist«, zischte der Schmächtige. Und der Große brummte:

»Bist du der Burda? Der Josef Burda?«

Der Schmächtige hob drohend seine Faust, Burda pischte sich vor Angst fast in die Hose. Leugnen würde wehtun. Sehr wehtun. Also sagte er die Wahrheit:

»Ja! Der bin ich! Der Josef Burda aus Pilsen.«

»Na also. Und? Warst du beim Ignaz Arnberger Stallbursche, bevor du da in der Freudenau ang'fangen hast?«

»Ja, Euer Gnaden. Das war ich.«

»Und kennst du den Oberleutnant Bregant?«

»Ja! Der hat mir hier die Hack'n* verschafft.«

»Gut. Das reicht. Ab mit ihm ins Polizeigefängnis!«, brummte der Dicke und stapfte davon.

※

Diesmal spazierte Nechyba bestens gelaunt ins Café Sperl. Er freute sich, den Oberst-Auditor Blaschka zu treffen. Nechyba war der Erste und so nahm er in seiner

---

* Arbeit

Lieblingsloge, die zum Glück frei war, Platz. Er bestellte einen Goldblatt, schlürfte vergnügt das heiße Gebräu und sah beim Fenster auf die Gumpendorfer Straße hinaus. Im Geiste ließ er die letzten Tage Revue passieren. Mit grimmigem Lächeln erinnerte er sich, wie er Arnbergers Stallmeister, einen gewissen Josef Diamant, ins Gebet genommen hatte. Der Kerl war nämlich bei Nechybas erstem Besuch in Währing plötzlich wie vom Erdboden verschluckt gewesen. Das hatte den Inspector veranlasst, noch einmal hinaus zu dem Fuhrwerkunternehmen zu fahren, Diamant abzupassen und ihn unter Druck zu setzen. Von ihm erfuhr er, dass Arnberger höchstwahrscheinlich von einem geschassten Stallburschen namens Josef Burda überfallen worden war. Aus Rache wegen dessen Entlassung. Als Nechyba das als Motiv nicht ausreichte und er Josef Diamant mit einer Übernachtung im Polizeigefängnis drohte, rückte der Stallmeister mit folgender Geschichte heraus: Ignaz Arnberger war in jeder Hinsicht ein Pferdeliebhaber. Zu dieser Leidenschaft gehörte auch, dass er möglichst jedes Rennen in der Freudenau frequentierte und dort hohe Summen auf diverse Pferde wettete. Da Arnberger sich nicht scheute, gemeinsam mit Pferdebesitzern, Stallburschen und Jockeys zu saufen und sich zu verbrüdern, erfuhr er immer wieder Tipps, die ihm beachtliche Wettgewinne ermöglichten. Dies war auch beim diesjährigen Armee-Steeplechase der Fall gewesen. Er hatte nicht nur eigenes Geld auf Viribus unitis gesetzt, sondern auch einen Batzen, den ihm der Oberleutnant Bregant anvertraut hatte. Ausgemacht war, dass Bregant sein Pferd auf einen Platz, aber keinesfalls zum Sieg reiten würde. Dies geschah dann auch und Arnberger gewann eine Riesensumme. Auf der Heimfahrt hörte Diamant, wie Arnberger sagte, dass er nicht gewillt sei, die Summe mit Bregant zu teilen. Der, so zitierte der Stallmeister seinen Dienstgeber, könne ihm den Buckel runterrutschen.

Alles Weitere war dann Routine gewesen. Nechyba hatte bei der Verwaltung der Freudenau nachgefragt und erfahren, dass hier Viribus unitis, das private Pferd von Oberleutnant Bregant, eingestellt war und von einem neuen Stallburschen namens Josef Burda betreut wurde. Mittlerweile konfrontierte Alfons Blaschka den Oberleutnant Bregant mit Nechybas Nachforschungen. Diese hatten auch ergeben, dass Marie Gollern das Geld in einem handschriftlich personalisierten Kuvert dem Oberleutnant am Naschmarkt übergeben hatte. Im Dauerverhör brach Bregant zusammen und gestand sowohl den Wettbetrug als auch das Attentat auf Arnberger. Nicht zuletzt deshalb, weil in Bregants Zimmer besagtes Kuvert, in dem sich noch einiges an Geld befunden hatte, gefunden worden war. Das Attentat hatte Bregant allerdings nicht selbst ausgeführt. Dafür hatte er Josef Burda gedungen, den er bei einem Besuch in Arnbergers Fuhrwerksunternehmen kennengelernt hatte. Als Lohn für diese Schandtat hatte er Burda Arbeit in den Stallungen der Freudenau verschafft.

»Na? Schau ma ins Narrenkastl, Herr Inspector?«

Nechyba schreckte aus seinen Gedanken hoch, sah Blaschka, grinste und machte eine einladende Handbewegung:

»Ich begrüße Sie, Herr Oberst-Auditor! Bitte Platz zu nehmen. Ich hab mir gerade noch einmal die Aufklärung der Arnberger Geschichte durch den Kopf gehen lassen. Das hamma gemeinsam prima hingekriegt.«

Blaschka setzte sich und replizierte lächelnd:

»Armee und Polizeiagenteninstitut gemeinsam. Viribus unitis sozusagen.«

Nechybas Nemesis

Eine Kurzgeschichte aus dem Jahr 1910

So wie an jedem anderen Arbeitstag auch begab sich Joseph Maria Nechyba in der Früh zur Greißlerei der Lotte Landerl. Hier kaufte er bereits seit vielen Jahren das Gabelfrühstück ein, das er dann in seinem Bureau im Polizeigebäude, so um halb zehn am Vormittag, zu verspeisen pflegte. Er betrat die Greißlerei, eine Glocke ertönte und die Greißlerin tauchte aus den Tiefen ihres Ladens auf.

»Grüssie! Na was hamma denn heut' Gutes?«

Die sonst so leutselige Greißlerin blickte ihn abweisend an und murmelte:

»Nix! Heut gibt's nix!«

Nechyba glaubte sich verhört zu haben.

»Wieso gibt's nix? Ich seh da frische Salzstangerln und Mohnweckerln, Handsemmerln und Wachauer Laberln. Und a frisches Schwarzbrot gibt's ja auch … Da hätte ich gerne zwei Scheiben davon, mit viel Butter und zehn Dekagramm Käse dazwischen. Fein aufgeschnitten.«

»Ich hab g'sagt, heut' gibt's nix.«

»Was soll das heißen? Sie haben genug Köstlichkeiten da. Ich könnt mir auch ein resches Semmerl mit einem eingelegten Russen[*] als Gabelfrühstück vorstellen. Das würde sogar besser zum Bier passen, das der Pospischil mir immer serviert. Geben S' mir doch lieber so ein Semmerl mit einem Russen drinnen!«

»Ich sag's zum letzten Mal: Es gibt nix.«

»Aber es is' doch alles da!«

»Für Sie gibt's nix.«

---

[*] marinierter Hering

»Aber warum?«

»Weil Sie jetzt gehen werden und ich hinter Ihnen die Greißlerei zusperr'.«

»Wieso wollen S' zusperren?«

Die Landerl war inzwischen hinter ihrer Theke vorgekommen, hatte die Tür geöffnet und drängte den dicken Inspector mit erstaunlicher Kraft und enormem Elan aus ihrem Geschäft hinaus. Kaum war er draußen, sperrte sie ab und hing das Schild ›Komme gleich‹ in die Tür.

Nechyba stand verdattert vor der verschlossenen Greißlerei. So was hatte er noch nie erlebt.

»Vielleicht hat's dringend aufs Häusl müssen und mich deshalb so abgeschasselt*«, brummte er, während er immer noch schwer irritiert zur Tramway am Ring ging.

Es war halb zehn und Nechybas Magen knurrte wie ein hungriger Wolf. Mit der Faust pumperte er an die Wand, umgehend erschien Pospischil im Inspectoren-Zimmer.

»Der Herr Inspector wünschen?«

»Na was schon? Mein Bier möcht' ich. Aber ein bisschen plötzlich. Und nimm Er mir vom Wirt unten auch ein Fleischlaberl** und ein Semmerl mit! Meine Greißlerin hat mich heut' im Stich gelassen.«

Pospischil senkte sein Haupt und blieb wie ein begossener Pudel vor dem Inspector stehen.

---

* abwimmeln
** Frikadelle

»Was is' denn? Warum steht Er wie ein Mamlas*
herum?«

»Weil, weil ... weil bittschön es einen neuen Erlass
vom Herrn Polizeipräsidenten gibt.«

»Was für einen Erlass?«

»Na dass ... dass während der Amtsstunden nicht
gegessen und auch keinesfalls alkoholische Getränke
genossen werden dürfen.«

»Des is' mir wurscht! Er hat zu tun, was ich Ihm
befehle.«

»Das bitte ja. Aber nur solange es den Dienstvor-
schriften entspricht. Und dass ich Ihnen Bier und
Fleischlaberln servieren muss, steht in keiner Dienst-
vorschrift.«

Nechyba bekam einen dicken Hals und einen roten
Kopf:

»Er ist eine widerliche Kreatur! Schleich Er sich!«

Pospischil zog ob dieses Brüllers den Kopf noch weiter ein und verschwand auf der Stelle. Nechyba brütete
dumpf vor sich hin, während sein Magen ununterbro-
chen knurrte. Hatte sich heute die ganze Welt gegen
ihn verschworen? Seit über einem Jahrzehnt, seitdem er
Inspector geworden war, hatte er nun sein Gabelfrüh-
stücksritual gepflegt. Und nun, jetzt plötzlich, war das
nicht mehr möglich? Nein, so nicht! Nicht mit ihm!
Schnaufend stand er auf, schnappte Melone und Überzieher und stürzte aus seinem Bureau hinaus. In das
Nebenzimmer, das eher ein Saal war, in dem sich die
Agenten seiner Gruppe aufhielten, brüllte er hinein:

---

* Mensch ohne Energie

»Der Fraczyk übernimmt die Vertretung für mich. Und der Pospischil hat heute Innendienst. Bis ich wiederkomm, hat Er alle Akten, die in unserer Abteilung kursieren, alphabetisch zu ordnen und auf meinem Schreibtisch zu platzieren!«

Wie ein Orkan fegte er durchs Stiegenhaus hinunter – hinaus an die frische Luft. Er atmete tief durch, sein Schritt verlangsamte sich und er spazierte vor zur Gastwirtschaft Zum Rebhuhn. Mit einem beschwingten »Guten Morgen!« trat er ein und rief:

»Herr Ober, ein Krügerl Bier bittschön!«

Der Kellner kam herbeischarwenzelt, rieb sich die Hände und sagte in einem bedauernden Tonfall:

»Der werte Herr mögen entschuldigen, aber uns is' gestern Abend das Bier ausgegangen. Und der Bierwagen is' heut' noch net dahergekommen. Es ist ja noch früh.«

Nechyba schloss kurz die Augen. Er atmete tief durch. Nein, das durfte alles nicht wahr sein. Mühsam beherrschte er sich und sagte leise:

»Na gut, von mir aus. Aber Fleischlaberln gibt's schon?«

Wieder rieb sich der Kellner mit Bedauern die Hände und schüttelte den Kopf:

»Tut mir leid. Unsere Köchin is' krank. Und unser Jungkoch ist noch net vom Einkauf am Markt zurück.«

Ohne nachzudenken, gab Nechyba dem Ober eine schallende Ohrfeige, sodass dieser fast umfiel. Dann griff er sich wahllos Gläser, die auf der Schank herumstanden und warf sie voll Wut quer durchs Lokal. Es krachte, Splitter flogen und Nechyba brüllte:

»Wenn ihr mir nix zum Essen gebt's, wird mein Zorn euch vernichten. Ich werd' euch alle durch Sonn und Mond hauen. Es G'fraßter es! Ihr wollt's mich verhungern lassen! Aber so weit wird's nicht kommen!«

Erzürnt stürmte er aus der Gastwirtschaft und hatte nur noch eines im Sinn: Nichts wie heim! Denn daheim hatte er noch jede Menge Essbares: Erdäpfel, Speck, Zwiebel, Käse …

Joseph Maria Nechyba lief das Wasser im Mund zusammen. Im Laufschritt stürmte er zur Tramway. Und während er den Ring entlang zur Oper fuhr, legte er sich bereits einen Plan zurecht: Als Erstes würde er, sobald er daheim angekommen war, den Herd anheizen. Dann würde er Speck und Zwiebel schneiden und die Erdäpfel schälen. Mit ein bisschen Glück würde dann die vordere Herdplatte schon so heiß sein, dass er eine schöne große gusseiserne Pfanne draufstellen und den Speck hineingeben könnte. Vor seinem geistigen Auge sah er, wie die Speckstücke allmählich zu schwitzen begannen und nach und nach Fett abgaben. Kräftig umrühren, das Fett am Pfannenboden verteilen und warten, bis so viel Fett da ist, dass die Speckwürferln zu schwimmen anfangen. Sie würde er sodann sorgfältig herausfischen und die blättrig geschnittenen Erdäpfel in das heiße Fett geben. Ha! Er hörte es schon zischen! Nicht mehr lange und die Erdäpfel würden schön goldbraun und knusprig werden. Dann käme Zwiebel dazu und alles würde noch einmal kräftig angebraten werden, sodass wunderbare Röstaromen die Küche erfüllten. Zum Schluss würde er dann die Speck- und Käsestückerln über die Erdäpfel streuen. Mit Vorfreude auf den Genuss würde er zuschauen, wie der Käse schmilzt. Und dann: Die Pfanne vom Herd nehmen, einen Untersetzer auf den Tisch legen, eine Gabel aus der Kredenz[*] holen und Mahlzeit!

Nechyba erschauerte wohlig. Er öffnete die Augen und sah, dass er demnächst aussteigen musste. Sie befanden sich bereits auf der Höhe des Goethe-Denkmals am Ring. Als er von seinem Sitz aufstand und vor zum Ausstieg ging, musste er sich kurz eisern zusammenreißen. Ein Mann saß da und aß eine dick gefüllte Wurstsemmel. Nechyba hätte sie ihm am liebsten aus der Hand gerissen und auf einen Sitz verschlungen. Stattdessen räusperte er sich und fragte heiser vor Gier:

»Verzeihen Sie, wo haben Sie denn das Wurstsemmerl her?«

Der Mann sah ihn verblüfft an, zuckte mit den Schultern und antwortete mit vollem Mund:

»Von meiner Greißlerin. Woher denn sonst?«

Aha!, dachte Nechyba grimmig. Andere Greißlerinnen haben Wurstsemmeln für ihre Kunden. Nur meine nicht für mich. Na der Landerl werde ich morgen was erzählen! Bei der Oper sprang er vom Trittbrett der Tramway und eilte nach Hause. Auf dem Weg in die Papagenogasse tobte in seinen Ganglien ein Wirbelsturm an Rachegedanken. Sollte er jetzt gleich den Umweg zur Greißlerei machen und die Landerl niederbrüllen? Oder sollte er erst morgen früh wie ein Rachegott in Lotte Landerls Geschäft hineindonnern und alles kurz und klein

---

[*] (Küchen-)Kasten

schlagen? Hühnereier an die Wand werfen, Gläser zertrümmern, Sauerkraut, Würste, Zwieback, Mehl, Bröseln, Gries durch die Gegend schleudern. Und die Semmerln? Die würde er der Greißlerin in ihre unverschämte Gosche stopfen. Eine nach der anderen. Und dann Gurkerln! Ha! Das große Glas mit Essiggurkerln würde er ihr aufsetzen. Wütend schritt Nechyba voran und bedauerte erstmals in seinem Leben, dass er Polizist geworden war. All das, was er sich gerade im Geiste ausgemalt hatte, konnte er leider nicht machen. Aber, er konnte morgen am Vormittag gemeinsam mit Pospischil in Lotte Landerls Greißlerei erscheinen und unter dem Vorwand, dass sie Diebesgut in ihrem Laden versteckt halte, alles auf den Kopf stellen. Das Unterste zuoberst kehren. Jawohl! Das war es! Das würde er tun. Grimmig lachend rannte er immer zwei Stufen auf einmal nehmend hinauf zu seiner Wohnung in den zweiten Stock. Doch was war geschehen? Seine Wohnungstür stand offen. Das Schloss war aufgebrochen. Aus der Wohnung drangen Wohlgerüche. Essensgerüche! Wie ein wütender Stier trampelte er in die Wohnküche hinein und erblickte Unglaubliches. An seinem Esstisch saßen zwei Kerle, die fröhlich Essen in sich hineinstopften. Nechyba erbebte vor Wut und brüllte:

»Was is' da los?«

Einer der Einbrecher drehte sich um und antwortete frech grinsend:

»Na was soll schon los sein? Wir ham nix von Wert gefunden. Damit ma wenigstens irgendwas von dem Bruch* da haben, fress ma alle Vorräte auf.«

_____
* Einbruch

Nechyba packte ihn beim Krawattl, hob ihn hoch und schlug mit der Faust zu. Mitten ins Gesicht. Einmal. Noch einmal. Und …

Eine Hand packte Nechyba an der Schulter und schüttelte ihn. Wie von Sinnen schlug er um sich und stöhnte vor Aufregung.

»Nechyba! Hör sofort auf! Hör auf!«

Aurelias Stimme hallte durch sein tobendes Gehirn. Er riss die Augen auf und sah in das besorgte Antlitz seiner Frau.

»Was is'? Wo bin ich?«

»Nechyba! Du schlagst wie ein Wilder um dich. Bist narrisch?«

Er setzte sich im Bett auf, kratzte sich am Kopf und murmelte immer noch etwas echauffiert:

»Tut mir leid, t'schuldige bitte. Aber ich hab einen grässlichen Alptraum gehabt. Stell dir vor, die Greißlerin hat mir kein Gabelfrühstück verkauft, im Bureau hat der Pospischil, dieser Kretin, mir mein Bier nicht gebracht und dann im Wirtshaus … im Wirtshaus hat's kein Bier und keine Fleischlaberln gegeben! Und als ich heimkommen bin, haben Einbrecher gerade alle meine Essenvorräte aufgegessen. Das war furchtbar.«

»Du Armer. Aber dafür bekommst jetzt ein gutes Frühstück.«

Frühstück? Endlich was zum Beißen! Nechyba atmete tief durch und begann glücklich zu grinsen. Während Aurelia das Schlafzimmer verließ und hinaus in die Küche ging, verrauchte sein Zorn. Er gähnte laut, streckte sich, dass sein Rückgrat krachte, schwang die Füße aus dem Bett und schlüpfte in seine Hauspatschen. Langsam stand er auf, zog seinen Schlafrock an, verschnürte ihn vor der kugelförmigen Leibesmitte und tapste gemächlich in die Küche hinaus. Aber was sah er da? Eine riesige Torte mit unzähligen brennenden Kerzen drauf. Aurelia umarmte ihn und flüsterte ihm ins Ohr:

»Alles Gute zum 50er.«

Nur noch Asche

Eine Kriminalgeschichte aus dem Jahr 1911

NECHYBA HATTE NACHTDIENST. Von Sonntag auf Montag. Er mochte diese Dienste, da von Sonntagabend bis Montagmorgen meistens nichts los war. So verbrachte er, bequem auf seinem Bureausessel lümmelnd, diese Nachtdienste meist mit ungestörtem Bureauschlaf. Um wirklich kommod schlafen zu können, knöpfte er sich den etwas zu engen Hosenbund auf, lockerte die Krawatte, öffnete den Kragen seines Hemdes und zog sich die Schuhe aus. So war es auch an diesem Sonntag, den 7. Mai 1911. Der Inspector schlief tief und fest. Die Zeitung, in der er gelesen hatte, lag am Boden, die Überschrift »Länder-Match* Österreich-Ungarn« war deutlich zu erkennen. Nechyba träumte, Spieler bei einem Fußball-Match zu sein. Eine unglaubliche Leichtigkeit beflügelte den schweren Mann, der mit überraschender Wendigkeit durch die Reihen der Gegner trippelte.

Als knapp nach elf Uhr abends das Telefon auf seinem Schreibtisch läutete, empfand er dieses Störgeräusch als übles Foul. Völlig verschlafen brummte er in den Apparat:

»Was is'?«

»Oberkommissär Stubenberger hier, Kommissariat Wien 9. Ich wollte den Inspector Nechyba sprechen.«

»Am Apparat.«

»Sind Sie der leitende Beamte, der im Polizeiagenteninstitut heute Nachtdienst hat?«

»Der bin ich. Was gibt's?«

---

* Die Verwendung englischer Ausdrücke im Fußballsport war zu Joseph Maria Nechybas Zeit üblich, da Fußball in Wien von englischen Gastarbeitern populär gemacht wurde. So ist z. B. die Vienna 1894 als »First Vienna Football Club« gegründet worden.

»Ich hab da einen Fall, bei dem ich das Polizeiagenteninstitut hinzuziehen möchte.«

»Was is' denn so heikel, dass Sie mitten in der Nacht einen von uns brauchen?«

»A Leich. A prominente noch dazu.«

»Ui jegerl.«

»Sie sagen es. Also, schicken S' mir wen?«

»Nein. Ich komm selber«, den Nachsatz »weil ich jetzt eh schon munter bin« konnte sich Nechyba gerade noch verkneifen.

»Ausgezeichnet. Kommen S' bittschön in den 9. Bezirk, ins Hotel Auge Gottes. Ich wart' auf Sie. Habe die Ehre!«

❦

Von einem automobilen Kraftfahrzeug der Fahrbereitschaft ließ sich Nechyba von der Elisabethallee ans andere Ende des 9. Bezirks, in die Nussdorfer Straße 75 chauffieren. Als er vor dem Hotel ausstieg, blickte er auf seine Taschenuhr. Es war eine Viertelstunde vor Mitternacht. Der Inspector seufzte:

»Mir bleibt auch nix erspart.«

Ein drahtiger Hoteldiener mit roten Wangen eilte diensteifrig auf ihn zu:

»Sind Sie der Polizeiagent?«

Nechyba nickte.

»Sie werden schon erwartet. Kommen S' mit zum Aufzug … da … bitte schön. Wenn die Tür zu ist, bitte auf die Zwei drücken. Und wenn S' irgendwas brauchen, rufen S' mich. Ich bin der Schani. Stets zu Ihren Diensten.«

Nechyba tat wie ihm geheißen und der Aufzug rumpelte hinauf in den zweiten Stock. Dort wurde die Tür von einem uniformierten Sicherheitswachebeamten geöffnet.

»Sind Sie der Inspector vom Polizeiagenteninstitut?«

Neuerlich nickte Nechyba. Er wurde zu einem offen stehenden Hotelzimmer geführt, vor dem ein weiterer Sicherheitswachebeamter stand. Im Zimmer selbst, in dem es ekelhaft nach kaltem Zigarettenrauch stank, waren ein uniformierter Polizist, ein Doktor mit offener Arzttasche sowie zwei Männer in Zivilkleidung anwesend. Der Uniformierte rief »Ah!« und eilte auf Nechyba zu.

»Inspector Nechyba, vom Polizeiagenteninstitut, nicht wahr? Danke, dass Sie so schnell gekommen sind. Darf ich Ihnen die anwesenden Herren vorstellen? Das ist der Herr Szekely, der den Toten gefunden hat. Neben ihm steht der Herr Himmer, der Hoteldirektor. Er hat den Dr. Stierschneider verständigt, der den Tod des Mannes festgestellt hat. Ja und ich bin Oberkommissär Stubenberger.«

Nechyba, der noch immer ziemlich tramhapert[*] war – im Automobil wäre er fast wieder eingeschlafen –, brummte:

»Guten Abend, die Herren. Na, wiss ma schon, wer die Leich da is'?«

---

[*] verschlafen

Stubenberger nickte heftig. Er war ein Riegel von einem Mann, fast so groß und dick wie Nechyba. Aufgeregt erzählte er:

»Der Tote ist der bekannte ungarische Sportreporter Pal Csükor.«

Nechyba zog eine Augenbraue in die Höhe:

»Ist das am Ende gar der, der unsere österreichischen Kicker immer so durch den Kakao zieht und sie als barbarisch spielende Halbwilde hinstellt?«

»Genau der ist es«, mischte sich nun der Hoteldirektor ein, »der Tote hat sich mit seinen Schimpftiraden eine große Bekanntheit erschrieben. In Ungarn ist er ein Idol, bei uns ist er eher verhasst.«

»Wie kommen S' denn darauf?«

»Na hören Sie, heute Abend im Gästezimmer des Restaurants hat der doch glatt mit meinen Stammgästen zu streiten ang'fangen. Wenn ich nicht dazwischengegangen wär, hätt's a Mordsrauferei gegeben. Und das in meinem Hotel.«

Der Oberkommissär mischte sich ein:

»Das is' a Prominenter. Und a Ungar noch dazu. Deshalb hab ich das Polizeiagenteninstitut eingeschaltet. Das is' alles sehr heikel.«

»Wann haben S' ihn gefunden?«

Szekely zuckte zusammen, als Nechyba ihn plötzlich direkt ansprach. Stotternd antwortete er:

»Vor einer … Stunde … circa vor einer Stunde …«

»Was haben Sie so spät von ihm wollen?«

»Er wollte Bericht über Länder-Match von mir.«

»Hat er den nicht selber verfasst?«

»Das ging nicht. Herr Csükor war nicht bei Match.«

»Wo war er dann?«

»Das hätten Sie ihn schon selbst fragen müssen.«

⸎

Am Morgen frühstückte Nechyba im Gasthaus Zum Rebhuhn mit einem großen Gulasch und einem kleinen Bier. Dann begab er sich in die Sensengasse ins Gerichtsmedizinische Institut. Dort führte ihn Dr. Haberda in den Obduktionsbereich, wo in einem separierten Raum Pal Csükors Leiche verhüllt auf einem Seziertisch lag. Haberda enthüllte den Kopfbereich der Leiche, die auf dem Bauch lag. Nechyba pfiff durch die Zähne. Am Hinterkopf klaffte eine riesige Wunde.

»Dem wurde ja regelrecht der Schädel eing'schlagen. Das war gestern Nacht noch nicht so klar ersichtlich. Der ist nämlich am Rücken gelegen und von der Kopfwunde hat man kaum was g'sehn.«

»Ja, da hat einer mit wahnsinniger Wut zug'schlagen. Die Schädeldecke ist eing'haut und in der Wunde hab ich zahlreiche Glassplitter g'funden. Kurzum, dem Opfer hat jemand mit einer ziemlich schweren Flasche den Schädel eing'schlagen. Ja und dann hat er noch einen frisch gebrochenen Pfrnak*. Aber daran is' er net g'storben.«

»Können S' mir die Glassplitter zeigen?«

Dr. Haberda hielt Nechyba ein verchromtes Tablett unter die Nase, auf dem grüne, blutige Scherben in ver-

---

* große Nase

schiedenen Größen lagen. Nechyba betrachtete sie eine Zeit lang und brummte dann:

»Komisch, dort, wo er gestern g'legen ist, hat's rundum keinen einzigen Splitter gegeben. Ich fahr jetzt sofort ins Hotel und schau mir das noch einmal genau an. Eigentlich hätten ja überall grüne Scherben umadum kugeln* müssen.«

Bevor Nechyba ihn verließ, händigte Dr. Haberda dem Inspector noch die Brieftasche, die Tabatiere** sowie die Taschenuhr des Mordopfers aus. In der Tramwaylinie 38, mit der Nechyba zum Hotel Auge Gottes fuhr, sah er sich die Sachen kurz an und schluckte. In der Brieftasche befanden sich zwei Aktfotografien einer sehr bakschierlichen*** jungen Frau. Während der Tramwayfahrt rekapitulierte Nechyba noch einmal die Ereignisse der letzten Nacht. Im Hotelzimmer des Toten hatte ihm Szekely gestanden, dass er seit Jahren um einen Bettel**** Artikel für Csükor schrieb, die dieser dann in der ihm eigenen gehässigen Art überarbeitete. Ungefragt hatte Szekely hinzugefügt, dass der Tote zeitlebens ein echter Ungustl***** gewesen sei. Nechyba hatte ihm daraufhin den Pass abgenommen und ihn um zwölf Uhr Mittag zu einem Verhör ins Polizeigebäude bestellt.

～∽⊛∽～

---

* herumliegen
** Tabakdose
*** attraktiven
**** geringen Betrag
***** unangenehmer Kerl

Als Nechyba das Hotel betrat, wurde er von Schani, dem rotbackigen Hoteldiener, freundlich begrüßt:

»Ah, der Herr Inspector! Habe die Ehre! Womit kann ich dienen?«

»Ich muss dringend den Herrn Direktor Himmer sprechen.«

»Ka Problem, Exzellenz. Der Herr Direktor is' eh in seinem Bureau.«

Der Hausknecht ging voran, klopfte an einer Tür und öffnete sie für den Polizeiagenten, nachdem ein »Herein!« erklungen war:

»Schani, was gibt's?«

»Der Herr Inspector möcht' Sie sprechen!«

Nechyba trat ein, grüßte und kam sofort zur Sache:

»Dem Csükor wurde mit einer Glasflasche der Schädel eingeschlagen. Ich muss noch einmal hinauf in sein Zimmer und mich dort umsehen. Da müssten Splitter herum liegen.«

Himmer stand auf, nickte seufzend und bat den Inspector, ihm zu folgen. Auf dem Weg ins Zimmer fragte ihn Nechyba:

»Dieser Schlag mit der Flasche ist mit großem Schwung ausgeübt worden. Da scheint mir, dass jemand auf den Csükor ganz schön ang'fressen war.«

Himmer lachte bitter:

»Ang'fressen war ich auch. Weil er sich zweimal ein anderes Zimmer geben hat lassen. Einmal monierte er, dass das Zimmer nicht sauber sei, das andere Mal war das Zimmer zu schmal und düster. So hat er erreicht, dass ich ihm schließlich ohne Aufpreis das sogenannte Fürstenzimmer gegeben hab. Und dann der Wickel* mit meinen Stammgästen … Die waren so haß** auf ihn, dass ich dem einen oder anderen durchaus zutrau', dass ihm die Hand ausg'rutscht is' und er dem Csükor eine drübergezogen hat.«

Sie waren mittlerweile oben im Zimmer des Ermordeten angelangt. Ein Stubenmädchen war gerade beim Putzen. Nechyba kniete sich ächzend nieder und inspizierte den Parkettboden. Nirgendwo lag auch nur ein Glassplitter. Das Stubenmädchen bestätigte, dass es beim Zusammenkehren keinen einzigen Glassplitter gefunden hatte. Es war ihr nur aufgefallen, dass es unheimlich stark nach kaltem Rauch gestunken hatte. Deshalb hatte sie die Fenster sperrangelweit geöffnet. Nechyba seufzte und begab sich mit dem Direktor auf die Ochsentour durch alle Räumlichkeiten des Hotels. Er war überzeugt, dass er irgendwo viele grüne Glassplitter und damit den Tatort finden würde.

~ formatting ornament ~

Nechyba gähnte lange und ausgiebig. Es war mittlerweile ein Uhr Mittag und die Sicherheitswachebeamten des Kommissariats im 9. Bezirk hatten endlich alle vier Stammgäste, die gestern im Auge Gottes Streit mit Csükor gehabt hatten, ins Polizeigebäude gebracht. Da saßen nun alle Beteiligten aufgefädelt wie Musterschüler vor ihm. Vier Streithanseln***, die wie die reinsten

---

* Streit
** wütend
*** Streithähne

Unschuldsengel aussahen, sowie der Artikelschreiber Szekely und der Hoteldirektor Himmer. Wie ein Tiger ging Nechyba vor ihnen auf und ab. Er wandte sich zuerst an die Streithansln:

»So da, meine Herren! Sie vier haben gestern Abend einen Wickel g'habt. Warum?«

Xaver Gänsewein, ein dürrer Schneidermeister, fuhr den Inspector an:

»Wegen dieser Petitesse ham Sie uns von der Arbeit weggeholt? Das ist doch ein Skandal!«

Der dicke Bonifaz Kunz, seines Zeichens Fleischermeister*, stimmte mit Bassstimme ein:

»Was sich die Obrigkeit da leistet, is' a Sauerei!«

Nechyba fuhr die beiden an:

»Werden S' nur ja net präpotent, meine Herren, sonst habens S' gleich eine Amtsehrenbeleidigung am Hals. Beantworten S' meine Fragen wahrheitsgemäß und Sie können im Handumdrehen wieder zurück an Ihre Arbeit. Also, wie war das mit dem Wickel gestern Abend?«

Titus Smetacek, ein stämmiger Bäckermeister, sagte bedächtig:

»Gar nix war. Höchstens a Blödsinn. Wir viere waren gestern beim Länder-Match auf der Hohen Warte. Das ham wir Österreicher 3:1 gewonnen.«

»Jawohl! Die Ungarn ham an Schraufn** gekriegt.«

»3:1!«, fiel ihm der vierte Mann, der Schuster Ignaz Seifert, ins Wort. Smetacek fuhr fort:

»… und da hamma uns natürlich g'freut und das

---

* Metzgermeister
** Niederlage

hamma g'feiert. In der Gaststube vom Auge Gottes. Und wie ma dort auf den österreichischen Sieg anstoßen, fangt a Ungar vom Nebentisch zum Stänkern an.«

Bonifaz Kunz warf ein:

»Der Kerl hat doch tatsächlich behauptet, dass die österreichischen Spieler alles Raufhanseln und Gewalttäter seien…«

Gänsewein ergänzte:

»… und dass sie vom feinen und intelligenten Spielstil der Ungarn Welten entfernt seien. Der Fußball in Wien sei genauso primitiv und ordinär wie die Einwohner der Stadt.«

»Na daraufhin hab i …«, ereiferte sich Seifert, brach jedoch den Satz jäh ab. Nechyba insistierte:

»Was haben Sie daraufhin g'macht?«

Alle schwiegen, schließlich räusperte sich der bedächtige Bäckermeister und sagte:

»Na er hat ihm halt a Tatschkerl* gegeben …«

»… ja, so a Liebestatschkerl halt.«

»A Liebestatschkerl, mit dem S' ihm das Nasenbein gebrochen haben«, brummte Nechyba. Nun schaltete sich der Hoteldirektor ein:

»Das stimmt, der Ungar hat geblutet wie a Sau. Da hab ich die Anikó, unsere Hilfsköchin, gerufen, die wollt zuerst net, aber dann hat's ihn auf Ungarisch beruhigt und ihm in der Küche das Blut abg'waschen. Die zwei ham dann ziemlich lang miteinander geredet und ob Sie's glauben oder net, dann ham s' a zum Streiten ang'fangen.«

---

* leichter Schlag

Plötzlich erklang die Bassstimme von Kunz:

»Das war ka feiner Mensch net. Wie i aufs Klo gangen bin, hab ich g'hört, wie er die Köchin g'schimpft hat. Ganz verreart* war das Madl. Ich hab mir aber gedacht, ich misch mi besser net ein.«

»Wer von Ihnen war gestern sonst noch am Klo?«

»Na a jeder von uns war mindestens einmal«, antwortete Gänsewein, »weil nach dem Bahöö hat der Herr Direktor Himmer uns einen Doppelliter spendiert. Und wie der gar war, hab ich den Schani herg'rufen und einen weiteren bestellt.«

Nechyba runzelte die Stirn und dachte nach. Der bedächtige Smetacek störte ihn beim Nachdenken mit folgender Frage:

»Warum interessieren Sie sich denn ausgerechnet dafür, wer aller am Häusl war?«

Nechyba sah ihn böse an und brummte dann:

»Weil ich am Häusl grüne Glasscherben und Blutspritzer g'funden hab. Dort is' der Csükor derschlagen worden.«

〜◎〜

Todmüde und völlig erschöpft vor sich hindösend, saß Nechyba neben dem Hoteldirektor im Fiaker. Sein einziges Bestreben: den Fall so rasch wie möglich abzuschließen. Danach wollte er nur noch heim, um in die Federn zu kommen. Die Bagasch**, die er zuvor zum Ver-

---

* verweint
** Clique

hör im Polizeigebäude versammelt hatte, hatte er heimgeschickt. Dem Szekely hatte er seinen Pass zurückgegeben und ihm eine gute Heimfahrt gewünscht. Nur den Direktor Himmer hatte Nechyba nicht ausgelassen. Im Polizeigebäude hatte er ihm Bescheid gegeben, dass sie gemeinsam ins Auge Gottes fahren müssen. Ein Umstand, der Himmer alles andere als erfreute. Schließlich hatte er Nechyba aber, gutmütig wie er war, auf die Fiakerfahrt eingeladen. Seine Begründung für diese Einladung war nicht unoriginell:

»Damit ma in der Affär' endlich zu einem Ende finden. Die Ermittlungen ziehen sich ja wie ein Strudelteig. Und i mag keine Strudeln.«

Im Auge Gottes angekommen, verlangte Nechyba als Erstes die Hilfsköchin Anikó zu sprechen. Himmer führte ihn in die geräumige Küche, wo nach dem Mittagsgeschäft Ruhe eingekehrt war. Anikó wusch gerade einen riesigen Topf aus, an dessen Seitenwänden Reste von Gulasch klebten. Durch das dampfend heiße Wasser, fingen die Gulaschreste zu riechen an. Nechybas Magen knurrte vor Hunger, doch für Essen war keine Zeit. Denn der Anblick der Hilfsköchin regte seine kleinen grauen Zellen an, trotz Übermüdung arbeiteten sie plötzlich auf Hochtouren. Wie ein Blitz aus heiterem Himmel kam ihm nun eine Idee, wie der Tathergang möglicherweise abgelaufen sein könnte. Lauernd fragte er die Ungarin:

»Haben Sie den Ermordeten, den Herrn Csükor, gekannt?«

»Anikó nix kennen Gäste. Anikó arbeiten in Küche.«

Nechyba lächelte maliziös, fischte aus der Innentasche seines Sakkos Csükors Brieftasche heraus und entnahm ihr die zwei Fotografien, die die junge Anikó en nature zeigten. Als die Hilfsköchin die Fotos sah, wurde sie leichenblass, schlug die vom Putzen geröteten Hände vorm Gesicht zusammen und fing zu weinen an. Nechyba packte sie grob an der Schulter und schrie sie an:

»Also, kennst du den Herrn Csükor? Ja oder nein?«

Schluchzend nickte die Hilfsköchin. Himmer, der sich mittlerweile mit großem Interesse und noch größeren Augen die Fotos angeschaut hatte, schaltete sich ein:

»Anikó, ich bin entsetzt! Was wird denn der Schani dazu sagen?«

Die Köchin zuckte mit den Schultern und heulte weiter.

»Was hat der Hoteldiener mit der Hilfsköchin zu tun?«

»Na verlobt sind die beiden. Die wohnen seit einem halben Jahr gemeinsam in einer Kammer unterm Dach oben.«

»So, so«, brummte Nechyba, »Sodom und Gomorrha im Auge Gottes.«

Direktor Himmer protestierte:

»Gehen S', sind S' net so spießig! Den Schani kenn ich seit über 15 Jahren. So lange ist der bei mir schon im Dienst. Das is' a Mensch, dem ich vertrau. Der Schani hat beispielsweise als Einziger den Schlüssel zum Weinkeller. Kein anderer darf da runter und Wein holen. Was glauben S', wie die Kellner und die Köch' alle saufen? Ich sag's Ihnen: Wie die Löcher saufen die. Die ham mir in mein Leben schon Hektoliter an Wein g'stohlen.«

»Moment einmal! Wie war das? Der Schani hat als Einziger den Schlüssel zum Weinkeller? Das heißt, der rennt den ganzen Abend rauf und runter und holt die Weinflaschen?«

»So ist es, Herr Inspector.«

Nechyba wandte sich an das armselige Häufchen Mensch, das sich in einen Winkel der Küche gehockt hatte und das nach wie vor von Weinkrämpfen geschüttelt wurde. Er ging vor Anikó in die Hocke und sagte sanft:

»Kinderl, komm, sag mir die Wahrheit. Der Csükor hat dich mit den Fotos, die vor Jahren g'macht worden sind, erpresst. Stimmt's?«

Anikó nickte.

»Und so wie ich den Csükor kenn', wollt er was von dir. Dafür hat er dir versprochen, die Bilder zurückzugeben.«

Anikó sah Nechyba mit einem waidwunden Blick an. Tränen rannen über ihre Wangen.

»Hat mich erpresst schon in Budapest. Ich dann geflohen nach Wien. Hat mich hier aufgestöbert. Gestern hat mich belästigt ganzen Tag lang. Wollte unbedingt mit mir …«

Anikó zog lautstark den Rotz auf. Nechyba nickte verständnisvoll.

»… hat gedroht, sagen alles meinem Verlobten. In Verzweiflung hab ich nachgegeben schließlich …«

Die junge Frau schlug neuerlich die Hände vorm Gesicht zusammen. Nechyba fuhr mit leiser Stimme fort:

»… und gerade da ist der Schani mit einem Doppler[*] in der Hand vom Keller raufgekommen. Er hat komische Geräusche aus der Toilette gehört, schaut nach, sieht dich und den Csükor und schlagt zu. War's so?«

Anikó nickte schluchzend. Nechyba nahm sie vorsichtig beim Arm und ging mit ihr in Himmers Bureau. Dort rief er den Oberkommissär Stubenberger an, der ihm zwei Sicherheitswachebeamte vorbeischickte, die den Hoteldiener verhafteten. Inzwischen diktierte Nechyba der Hilfsköchin das Geständnis in die Feder, das sie ohne zu zögern unterschrieb. Als er das erledigt hatte, fischte er eine Virginia aus seinem Sakko. Wie zufällig fielen ihm dabei die beiden Aktfotos zu Boden. Nechyba zündete sich genussvoll paffend die Zigarre an und ließ dann das lodernde Streichholz auf den Boden fallen. Genauer gesagt auf die beiden Fotos, die sofort Feuer fingen. Anikó machte »Huch!« und versuchte die Flammen auszutreten. Nechyba hielt sie mit einem Ruck zurück und bemerkte trocken:

»Nicht doch, Kinderl. Gleich sind's nur noch Asche …«

---

[*] Doppelliterweinflasche

Kapfenstein

Eine Kurzgeschichte aus dem Jahr 1914

»Haben Sie an Sonnabend 'ne Kuranwendung?«, wurde Joseph Maria Nechyba beim Spaziergang durch den Kurpark von seinem Begleiter gefragt. Nachdenklich strich der Inspector über die aufgezwirbelten Enden seines Schnurrbarts, erinnerte sich, dass Sonnabend in deutschen Gefilden Samstag bedeutete, und replizierte schließlich:

»Soviel ich weiß, hab ich Samstag und Sonntag meine Ruhe. Wieso fragen Sie, mein lieber Rittmeister?«

»Nun, mein geschätzter Herr Inspector. Ick würde mich freuen, Sie kommendes Wochenende auf Schloss Kapfenstein als Gast begrüßen zu dürfen. Das wär mir 'ne ausgesprochene Freude.«

Nechyba hielt überrascht inne. Rittmeister Dr. Ludwig Arendt war eine Kurbekanntschaft. Ein Deutscher, der sich hier in der Steiermark niedergelassen und ein Schloss samt dazugehörigem Gut gekauft hatte. Obwohl Nechyba die Preußen nicht sonderlich mochte, widerlegte Dr. Arendt so ziemlich alle Vorurteile, die man als geborener Wiener gegen Preußen und dessen Einwohner haben konnte. Er war liebenswürdig und charmant. Außerdem hatte er sich sprachlich dem heimischen Idiom, so weit er konnte, angepasst. Er sprach nicht mehr ganz so hart und zackig, wie Nechyba es von einem wie ihm erwartet hätte. Hin und wieder berlinerte er ein bisschen. Das fand Nechyba durchaus liebenswert. Kurzum Dr. Arendt war inmitten des langweiligen Kurbetriebs eine äußerst positive Erscheinung und ein angenehmer Gesprächspartner. Und so sagte Nechyba ohne lange nachzudenken zu, das kommende Wochenende auf Schloss Kapfenstein zu verbringen.

❧

Samstag, pünktlich um elf Uhr, hielt vor der Ungarischen Krone, jenem Gasthof, in dem Nechyba während seines Kuraufenthaltes logierte, ein Landauer. Der Inspector stand fertig adjustiert vor dem Eingang der Gaststätte. Der Kutscher kraxelte vom Bock, musterte ihn und verbeugte sich:

»San Sie da Herr von Nechyba?«

»Ihnen schickt der Rittmeister Arendt? Net wahr?«

Der Kutscher nickte und verbeugte sich neuerlich. Nechyba brummte:

»Übrigens: Herr Nechyba reicht.«

Der Kutscher öffnete den Schlag und murmelte:

»Ganz wie Sie wünschen, Euer Gnaden.«

Nechyba ließ sich in die weichen Sitze des Landauers fallen und genoss während der kommenden Dreiviertelstunde die Fahrt durch die sanft hügelige Landschaft der Oststeiermark. Eine angenehme Sommerbrise machte die an sich heißen Temperaturen erträglich. Gegen die direkte Sonneneinstrahlung schützte ihn ein fescher Strohhut, den er sich auf Anraten seiner Frau Aurelia vor der Abreise aus Wien zugelegt hatte. Nechyba lehnte sich entspannt zurück und genoss die gemächliche Fahrt, die von Gleichenberg über einen Hügel nach Bairisch-Kölldorf, Kölldorf und weiter nach Kapfenstein führte. Das Schloss lag oberhalb des Dorfes auf einem kegelartigen Berg, auf den sich eine schmale Straße hinaufschlängelte. Über eine Zugbrücke rollte der Landauer schließlich in den mit Kies bestreuten Schlosshof. Kaum hatte er angehalten, kam ein Lausbub dahergerannt und krähte:

»Griaß Gott schön, der Herr! Was mach'n Sie denn bei uns auf'm Schloss?«

Ob dieser direkten Anrede verblüfft, musterte Nechyba das sonnengebräunte Rotzbubengesicht, aus dem ihn zwei dunkle Augen neugierig anstarrten. Ächzend stieg er aus der Kutsche und brummte:

»Wer bist denn du, dass du da solche Fragen stellst? Normalerweise stell ich die Fragen.«

»Wieso stöll'n Sie die Fragen?«

Der Kutscher stieg vom Bock und wies den Buben zurecht:

»Hoit die Papp'n* Toni! Und verzupf di**. Der Herr Nechyba ist übers Wochenend' Gast auf'm Schloss.«

Der Bengel zog einen Fotz und starrte den Neuankömmling weiter an. Da Nechyba für den Rotzbuben eine gewisse Sympathie empfand, antwortete er ihm:

»Fragen stellen ist mein Beruf. Ich bin Inspector bei den k. k. Polizeiagenten in Wien.«

Toni stieß ein schrilles »Ui!« aus und rannte wie der Blitz davon. Mittlerweile war Rittmeister Arendt oben auf der Schlossstiege erschienen. Mit etwas Mühe stieg er Stufe für Stufe herunter und sagte schmunzelnd:

---

* Halt den Mund!
** verschwinde

»Mein lieber Herr Inspector. Wie ick sehe, ist mir unser kleener Toni, der Sohn meiner Haushälterin, mit der Begrüßung zuvorgekommen. Nichtsdestotrotz möchte auch ich Sie auf Schloss Kapfenstein herzlich willkommen heißen.«

»Wissen Sie, warum wir hier im Ort seit 'n paar Jährchen 'nen eignen Gendarmerieposten haben?«

Nechyba kaute genüsslich das Stück Schweinsbraten samt krachend knuspriger Kruste, das er zuvor in den Mund gesteckt hatte, schluckte hinunter, spülte mit einem Schluck Bier nach und stellte erst dann folgende Gegenfrage:

»Sie haben tatsächlich in Kapfenstein einen eigenen Gendarmerieposten?«

Der Rittmeister nickte:

»Das war 'n Politikum. Der Herr Bezirkshauptmann und einige andere hier haben nämlich 'ne Macke. Die Herrschaften behaupten steif und fest, dass unsre schöne Gegend von ungarischen Zigeunern heimgesucht wird. Das führte dazu, dass schlussendlich 'n Gendarmerieposten errichtet wurde.«

»Ja, ja, wenn sich die Großkopferten* was einbilden, dann wird das durchgesetzt. Wurscht, ob es ein Blödsinn ist oder net.«

»Sie sagen es, Sie sagen es.«

Dieser Bemerkung hatte Nechyba nichts hinzuzufü-

---

* hochgestellte Persönlichkeiten

gen und so speisten die beiden Herren wortlos weiter. Nach Beendigung des Mittagessens lobte der Inspector das Mahl, das Dr. Arendts Haushälterin Rosalia Grabenbauer zubereitet hatte.

Ein kleiner Verdauungsspaziergang, das war es, worauf die beiden Herren nach dem recht üppigen Mittagessen Lust hatten. Ihr Weg führte durch den Schlosshof und über die Zugbrücke hinein in den Wald, der einer grünen Haube gleich den lang gestreckten Kapfensteiner Kogel bedeckte. Über einen Karrenweg erreichten sie eine Lichtung, auf der sich rechter Hand eine Grabstätte befand. Dr. Arendt sah des Inspectors staunenden Blick und lächelte melancholisch:

»Das ist die letzte Ruhestätte von Adolfine Máriássy de Márkus- et Batizfalva. Sie war hier vor 30 Jahren die Gutsherrin.«

Nechyba nickte. Während sie über eine Wiese zu einer Barockkapelle spazierten, fügte der Rittmeister hinzu:

»Nach meinem Ableben möchte ick ooch hier oben begraben werden. Mal sehen, ob sich das einrichten lässt. Sie wissen ja, die Behörden … die Behörden …«

Da Nechyba beruflich selbst Teil einer Behörde war, verkniff er sich jeden Kommentar. Vor dem bezaubernden Rundbau der Herz Jesu-Kapelle stand eine schlichte Holzbank, von der man weit ins Land hineinschauen konnte. Die beiden Herren ließen sich nieder und genossen den Ausblick. Lange Zeit sprach keiner ein Wort. Nechyba räusperte sich schließlich, atmete tief durch und seufzte:

»Mein Gott ist es hier schön!«

»Ein hübsches Fleckchen, fürwahr. Ick bin heilfroh, dass mich der Herrgott hierher geführt hat. Und dass ich hier meine letzten Jährchen verbringen darf.«

Nechyba betrachtete die sich vor ihm ausbreitende Landschaft und sagte schließlich in einem für ihn ungewöhnlich herzlichen Ton:

»Ich möchte mich noch einmal bedanken, dass Sie mich eingeladen haben, hier auf Schloss Kapfenstein das Wochenende zu verbringen. In Gleichenberg ist es zwar auch schön, aber hier ist es ein bisserl schöner.«

»Ach, wissen Sie mein Guter, ick hatte bei der Einladung 'nen Hintergedanken.«

»Ah so?«

»Ick hab nämlich 'n kleenes Problem. Und da Sie Inspector sind, dachte ick, Sie könnten mir vielleicht helfen …«

»Na ja … Wenn ich helfen kann, gerne.«

»Sehn Sie, ick hab ein Faible für Zigeunermusik. Und so hab ick 'nen Zigeuner immer wieder zu mir aufs Schloss eingeladen. Vilmos Horvath heißt der Gute. Spielt die Fiedel wie kein anderer. Nächtelang hat er für mich gefiedelt. Übernachtet hat er dann immer in der Scheune des Meierhofs.«

»Und wo ist das Problem? Hat er Sie bestohlen?«

»Nee! Der Vilmos Bácsi* bestiehlt mich nicht. Hab

---

* Bácsi: ungarische Bezeichnung für jemanden, den man gut kennt. (eigentlich: Onkel)

ihn immer fürstlich entlohnt. Hätte ihn heut' Abend auch glatt aufs Schloss gebeten, dass er uns was vorfiedelt. Geht aber nicht. Die Dorfgendarmen haben ihn eingebuchtet.«

»Und warum?«

»Irgend so 'n Döskopp hat die Scheune des Meierhofs abgefackelt. Und im Dorf unten sind alle überzeugt, dass es mein Zigeuner war.«

⁓☙⁓

Zurück im Schloss bat Dr. Arendt Nechyba in die Bibliothek, wo Rosalia Grabenbauer Kaffee und Apfelstrudel servierte.

»Kosten Sie, mein Lieber. Der Strudel ist mit eigenen Äpfeln zubereitet.«

Nechyba stopfte ein großes Stück in den Mund und kaute mit Bedacht. Wunderbar säuerliche Apfelstücke, Butterbrösel, Zimt, in Rum getränkte Rosinen und ein knusprig gebackenes Strudelblatt entzückten seinen Gaumen. Gierig schob er das nächste Stück in sich hinein, kaute mit Genuss und nahm dann einen kleinen Schluck Kaffee. Mit einem leisen Lächeln auf den Lippen beobachtete der Hausherr seinen Gast. Er selbst nippte nur kurz am Kaffee, lehnte sich dann in seinem Sessel zurück und begann zu räsonieren:

»Wissen Sie, früher haben zur Gutsverwaltung auch Weingärten gehört. Aber die wurden von der Reblaus ratzfatz zerstört. Heute stammen die Haupteinnahmen des Gutes von den Apfelbäumen. Eine der Scheunen, in denen wir die Äpfel nach der Ernte lagern, ist eben jene, die abbrannte. Zum Glück haben wir das Obst, das dort lagerte, schon verkauft. Trotzdem gab's 'nen Aufruhr im Ort, der dazu geführt hat, dass der Vilmos Horvath nun im Dorfkotter sitzt.«

»Ja gibt's denn Beweise dafür, dass er das Feuer gelegt hat?«

»Nee. Kein Fünkchen von 'nem Beweis.«

Nechyba kratzte sich am Kopf, steckte ein Stück Strudel in den Mund, kaute andächtig, schluckte runter und brummte dann:

»Sie wollen mir also sagen, dass man Ihren Zigeuner auf Verdacht hin eingesperrt hat?«

Dr. Arendt starrte beim Fenster auf die hügelige Landschaft hinaus und nickte seufzend.

⁓◍⁓

Nach einem Verdauungsschläfchen machte sich Joseph Maria Nechyba auf den Weg. Von seinem Nickerchen erfrischt stapfte er nicht die Straße, sondern einen steilen Pfad hinab ins Dorf, der zuerst an den Mauern des Schlosses entlang und dann in engen Serpentinen durch den Wald führte. »Das werden wir uns jetzt einmal anschaun«, murmelte er im Selbstgespräch, während er schnaufend bei einer Kehre innehielt. Die Knie schlotterten ihm und er musste zur Kenntnis nehmen, dass ihm einerseits sein Alter, er hatte mittlerweile seinen 54. Geburtstag hinter sich, und andererseits sein beachtliches Körpergewicht zu schaffen machten. Vor allem in den letzten zwei Wochen, seitdem er auf Anordnung des Kurarztes Dr. Pollross nicht mehr rauchte, hatte er gewichtsmäßig stark zugelegt. Früher hatte er sich zum Kaffee immer eine Virginia angeraucht, nun griff er zu einem Stück Mehlspeise, um seine oralen Gelüste auf diese Art zu befriedigen. Ähnlich erging es ihm nach einem guten Mittag- oder Abendessen. Statt der Zigarre naschte er nun Konfekt. Da ihm danach irgendwann der Gaumen vor lauter Zucker zu kleben anfing, goss er meistens mit einem Stamperl Schnaps nach. Wenn er es sich genau überlegte und wenn er ehrlich war, waren es oft zwei oder drei Stamperln. »Ich sollt' eigentlich wieder zu rauchen anfangen. Dann nehm ich sicher ab«, seufzte er. Gleichzeitig erinnerte er sich aber an den grauenhaften Katarrh und den damit verbundenen Hustenanfällen, die ihn gequält hatten. Sie waren nun dank der Kuranwendungen sowie aufgrund des Rauchverbots fast zur Gänze verschwunden.

»Nein! Der Dr. Pollross hat schon recht. Das Rauchen tut mir net gut.«

Als er ausreichend verschnauft hatte, stieg er weiter den steilen Weg ins Dorf hinab. Der Gendarmerieposten war leicht zu finden, Nechyba trat ein und grüßte freundlich:

»Habe die Ehre, ich komme im Auftrag vom Schlossherrn, von Dr. Arendt.«

»Ah so?«

»Inspector Nechyba, k.k. Polizeiagenteninstitut Wien.«

Beim Anblick von Nechybas Polizeiagenten-Kokarde wachte der verschlafene Gendarm augenblicklich auf. Er sprang aus der lümmelnden Sitzposition auf, nahm Haltung an und schnarrte:

»Gott zum Gruß, Herr Inspector. Womit kann i dienen?«

»Nun, Dr. Arendt hat mich gebeten, dass ich ein bisschen mit dem Inhaftierten plaudern soll.«

»Welchem Inhaftierten?«

»Einem gewissen Vilmos Horvath.«

»Ah so! Den! Den Zigeiner.«

Der Gendarm griff nach einem Schlüsselbund, der an der Wand an einem Nagel hing, und schlurfte wortlos in einen Nebenraum, von dem ein Gang zu einer schmalen Zelle führte. Dort hinter Gittern lag ein dunkelhaariger Mann mit schwarzem, buschigem Schnauzbart auf einer Holzpritsche. Der Gendarm sperrte die Gittertür auf und machte eine einladende Handbewegung:

»Gehen S' nur rein. Der beißt net. Aber reden tuat er a nix. Der is' stad* wie a Fisch.«

Nechyba betrat die Zelle, der Inhaftierte drehte müde den Kopf in seine Richtung und blinzelte ihn misstrauisch an. Nechyba wandte sich an den Gendarm:

»Haben S' einen Hocker oder einen Sessel? Ich möchte mich net auf die Erd' setzen.«

»Jawohl, Herr Inspector, i bring gleich einen.«

Bei dem Wort »Inspector« riss der Häftling erstaunt

---

* schweigsam

die Augen auf und musterte Nechyba genau. Der ließ sich Zeit. Stoisch stand er da, bis der Dorfgendarm mit einem Holzsessel anrückte. Auf dem machte er es sich bequem und schickte den Gendarm hinaus. Er beugte sich vor und musterte nun seinerseits sein Gegenüber. Er sagte kein Wort, starrte den Musiker einfach nur an. Der verlor schließlich die Nerven, sprang von der Pritsche auf und sagte leise:

»Was tun S' mich anschauen? Lassen S' mich in Ruh'.«

»Du kannst also doch reden. Mir haben alle erzählt, dass es dir die Sprach' verschlagen hat.«

»Nix Sprach' verschlagen, ich halt nur Mund. Ist besser so.«

Nechybas Gegenüber setzte sich auf die Pritsche, ließ den Kopf sinken und starrte auf den Boden der Zelle. Minutenlanges Schweigen. Schließlich fischte Nechyba aus der Innentasche seines Sakkos eine angebrochene Packung Virginier hervor.

»Komm! Rauch ein Zigarrl!«

Misstrauisch schaute Horvath den Inspector an.

»Da! Nimm die ganze Schachtel, ich schenk sie dir.«

»Warum?«

Nechyba seufzte:

»Weil mir der Arzt das Rauchen verboten hat. Ich hab einen ganz argen Katarrh g'habt und dauernd gehustet. Drum bin ich ja herunten bei euch in Gleichenberg. Ich bin auf Kur da. Und weißt, was der Kurarzt mir als Erstes gesagt hat?«

»Was?«

»Ich verbiete Ihnen das Rauchen.«

Vilmos Bácsi grinste und sagte leise:

»Ärzte immer so.«

»Also, nimm die Virginia. Da hast auch a Packerl Schwefelhölzer.«

Nun starrte Vilmos den Inspector mit ungläubigem Gesichtsausdruck an:

»Sie mir geben Feuer? Ich bin hier, weil ich Scheune angezündet hab.«

»Hast sie angezündet?«

Der Inhaftierte zuckte mit den Achseln und machte eine wegwerfende Handbewegung. Nechyba brummte:

»Der Dr. Arendt traut dir das nicht zu.«

»Dr. Arendt ist gute Mann.«

Nechyba klopfte eine Virginia aus der Schachtel und hielt sie Horvath hin. Der griff zögernd zu der Zigarre und entfernte den Strohhalm aus ihr. Nechyba gab ihm Feuer. Mit Genuss paffte der Häftling einige Züge. Dann lehnte er sich entspannt an die Steinmauer hinter der Pritsche.

»Also, wer war's denn? Wer hat die Scheune angezündet?«

Horvath zuckte mit den Achseln und blies eine Rauchsäule in den Raum. Nechyba atmete etwas davon ein und verspürte ein Kratzen im Hals. Er beherrschte sich eisern. Schweigend saß er da und wartete, dass sein Gegenüber etwas sagte. Plötzlich überkam ihn ein fürchterlicher Hustenreiz. Er sprang auf und ein brutaler Hustenanfall ließ seinen mächtigen Körper erbeben. Vilmos sprang ebenfalls auf. Er klopfte dem Inspector auf die Schulter und sprach ihm dann leise einige Sätze ins Ohr. Nachdem sich der Hustenanfall gelegt hatte, setzte sich Horvath nieder und sagte:

»Jetzt bitte gehen. Rauch nix gut für Sie.«

Immer noch hüstelnd stapfte Nechyba den Fahrweg zum Schloss empor. Dabei kam er an der Meierei vorbei, wo er hinter dem unversehrten Haupttrakt die verkohlten Trümmer der Scheune in den Himmel ragen sah. Einem plötzlichen Impuls folgend, ging er um das vordere Gebäude herum einen von Apfelbäumen gesäumten Weg entlang zur Brandruine. Unmittelbar davor blieb er abrupt stehen. Er traute seinen Augen nicht. Inmitten der verkohlten Trümmer saß der kleine Toni auf einem Mauerrest, rauchte eine Zigarre und sah verträumt ins weite Land. Nechyba begann auf den Zehenspitzen zu balancieren. Leise, ganz leise näherte er sich dem Buben. Bis er schließlich hinter ihm stand und ihn mit eisernem Griff am Schlafittchen packte. Der Lauser ließ den Stumpen fallen und schrie:

»Ui!«

Er zappelte wie verrückt und versuchte Nechyba zu treten. Der Inspector fackelte nicht lange. Mit der zweiten Hand packte er Tonis pechschwarzen Haarschopf und beutelte dessen Kopf so lange hin und her, bis der Bengel zu kreischen und zu zappeln aufhörte und nur mehr Rotz und Wasser heulte.

»Woher hast du die Zigarre?«

»Dös is' ka Zigarrn!«

»Willst mich für dumm verkaufen?«

»Waun des aber ka Zigarrn is'!«

»Und was is' das dann?«

»A Liane!«

»Was?«

»A Liane. Da hinten im Wald wachsen Lianen. Die schneid i ab und rauch sie.«

»Du bist doch noch viel zu jung zum Rauchen.«

»Is' net woar! I bin scho fast zwölf!«

Bevor Nechyba den glosenden Stumpen austrat, schob er ihn mit der Fußspitze hin und her. Tatsächlich! Das war keine Zigarre, sondern ein trockenes Pflanzenstück. Seine Hand ließ den Haarschopf des Buben los. Der schüttelte sich wie ein Hund und verharrte geduckt und böse dreinschauend vor dem Inspector. Wenn er könnt', würd er mich glatt in die Wade beißen, dachte Nechyba. Laut aber sagte er:

»Rauchen is' ung'sund! Merk dir das!«

»Jo eh …«

»Das heißt: Jawohl, Herr Inspector.«

»Jo, Herr Inspector.«

»Hau dich über die Häuser, schleich dich!«

»Jo, Herr Inspector.«

Wie ein Blitz verschwand Toni und Nechyba ging langsam den Weg, den er zuvor eingeschlagen hatte, zum Meierhof zurück. Während er die Straße zum Schloss emporkeuchte, keimte in ihm ein Verdacht.

Zum Abendessen gab es eine Frittatensuppe* und danach ein gekochtes Schulterscherzerl** mit Semmelkren. Obwohl ihm der Gedanke, der ihm beim Spaziergang zum Schloss gekommen war, ständig im Kopf herumgeisterte, genoss Nechyba das Essen. Vor allem das zarte Rindfleisch und der wunderbar cremige Semmelkren*** hatten es ihm angetan. Letzterer hatte trotz seiner molligen Konsistenz und einem milden Grundgeschmack doch auch etwas von der Schärfe des Krens behalten. »Das ist ganz fantastisch gekocht«, stellte er anerkennend fest und Dr. Arendt replizierte schmunzelnd:

»Meine Rosalia ist in der Tat eine außergewöhnliche Köchin.«

Nach dem Hauptgang, als die junge Reserl, die in Dr. Arendts Haushalt als Dienstmädel angestellt war, abservierte, konnte Nechyba sich nicht mehr zurückhalten. Jetzt oder nie, dachte er und bat die Bedienstete:

»Geh, Reserl holst mir einmal die Haushälterin herein?«

Das Mädel hielt den Kopf schief und fragte:

»Vor oder nach dem Kompott?«

Statt des Inspectors antwortete der Hausherr:

»Mein lieber Inspector Nechyba, lassen Sie uns mal in Ruhe das Kompott genießen. Danach können Sie gerne der Rosalia Komplimente bezüglich des Essens machen.«

～◎～

---

* Suppe mit in Streifen geschnittenen Pfannkuchen
** Schulterstück vom Rind
*** Meerrettich vermischt mit in Rindsuppe aufgeweichten Semmeln und Rahm bzw. Obers

Nach dem Festmahl bat Dr. Arendt den Inspector in die Bibliothek. Das Dienstmädel servierte Kaffee samt einem wunderbaren Apfelbrand und der Hausherr zündete sich mit großem Behagen eine Zigarre an. Nechyba biss sich auf die Lippen. Zu gerne hätte er jetzt eine Virginia geraucht. Wenn er die angebrochene Packung nicht vor ein paar Stunden verschenkt hätte, wäre er jetzt wahrscheinlich schwach geworden. Dr. Arendt blies kleine Wölkchen in die Luft, lehnte sich in seinem Lehnstuhl zurück und fragte:

»Wollen Sie nun meiner Haushälterin Ihr Kompliment ausrichten?«

Nechyba schüttelte den Kopf.

»Es geht mir nicht so sehr darum, mich bei ihr für das vorzügliche Essen zu bedanken. Es geht mir um ganz was anderes. Was viel Ernsteres ...«

»Was Ernsteres? Na dann schießen Sie mal los, mein Bester! Da bin ich ja ganz toll gespannt.«

»Es geht um Ihren Freund, den Vilmos Bácsi.«

»Aber wat hat denn der mit meiner Haushälterin zu tun?«

»Genau das ist die Frage.«

Dr. Arendt läutete, das Dienstmädel erschien und er befahl ihr, die Haushälterin zu holen. Nach einiger Zeit klopfte es, Rosalia Grabenbauer trat ein und machte einen leichten Knicks vor den beiden Herren.

»Sie haben mich gerufen?«

»Frau Rosalia, unser geschätzter Gast, der Inspector im k.k. Polizeiagenteninstitut in Wien ist, hat eine Frage an Sie.«

»Oh …«

»Als Erstes möchte ich mich für das exzellente Abendessen bedanken. Das Rindfleisch und der Semmelkren waren ein Gedicht.«

»Dankschön, Euer Gnaden.«

»Und als Zweites würde ich gerne wissen, wer der Vater von Ihrem Sohn Toni ist.«

Die Frau wurde augenblicklich bleich. Sie schluckte mehrmals nervös und fragte schließlich ihren Dienstgeber:

»Muss ich ihm antworten, Herr Doktor?«

»Nun, der Herr Inspector hat sicherlich seine Gründe, warum er Sie das fragt. Ich habe ihn nämlich gebeten, ein bisschen Licht in die Angelegenheit rund um die Verhaftung des Vilmos Bácsi zu bringen. Also, Frau Rosalia, beantworten Sie die Frage!«

Die Haushälterin stand mit eingesunkenen Schultern da und machte einen Buckel. Nervös strich sie sich mit den Händen über die Schürze. In väterlichem Ton fuhr Dr. Arendt fort:

»Sie wissen, ich mag den Jungen. Ganz gleich, wer sein leiblicher Vater ist, ich werde stets meine schützende Hand über ihn halten. Also, heraus mit der Sprache!«

Statt zu antworten, schüttelte sie nur den Kopf. Nechyba räusperte sich und fragte:

»Könnte es sein, dass der Vilmos Horvath Tonis Vater ist?«

Dr. Arendt blickte verblüfft zu Nechyba hinüber:

»Ach nee!«

Rosalia Grabenbauer fing zu schluchzen an. Dr. Arendt beugte sich vor und fragte streng:

»Antworten Sie dem Inspector! Ist er Tonis Vater? Wenn ich es mir genau überlege, dann muss ich feststellen, dass der Junge meinem Lieblingsmusikanten verdammt ähnlich sieht. Also?«

Die Frau weinte bitterlich. Schließlich stammelte sie mit tränenerstickter Stimme:

»Vor zwölf ... zwölf Jahren, wie der Vilmos des erste Moi bei uns aufg'spielt hat, hat mi seine Musik so ... so wurlert* g'macht, dass ich ... zu ihm in die Scheune gangen bin ... Und da is' es dann passiert.«

Nechyba wandte sich an seinen Gastgeber:

»So kompliziert der Sachverhalt auch aussehen mag, so einfach ist er. Vilmos Horvath hat ja immer wieder in der Scheune übernachtet. Wahrscheinlich hat der Toni seinen Vater dort des Öfteren besucht. Da sind sie gemütlich beieinander gesessen und der Vater hat die eine oder andere geraucht.«

Dr. Arendt schüttelte irritiert den Kopf:

»Wie kommen Sie jetzt aufs Rauchen?«

»Ich hab den Toni heute vor der abgebrannten Scheune erwischt. Rauchend.«

»Wo hat der Junge die Rauchwaren her?«

»Er raucht Lianenstücke, die er im Wald abschneidet.«

»So 'n kleener Teufelsbraten ...«

»Bei der Scheune ist mir die Ähnlichkeit zwischen Vater und Sohn aufgefallen. Und als ich den Bengel da rauchend sitzen sah, kam mir ein Verdacht. Dass näm-

* kribbelig

224

lich der dumme Bub, als er hier eine Liane rauchte, unabsichtlich die Scheune in Brand gesetzt haben könnte. Und dass sein Vater ihn deckt.«

Nun rang sich die Haushälterin ein schluchzendes »Ja des stimmt« ab. Dr. Arendt ließ sich in seinen Lehnstuhl zurückfallen und fragte müde:

»Warum haben Sie mir nichts gesagt?«

Die Frau blinzelte mit tränenverhangenem Blick ihren Dienstgeber an und antwortete leise:

»Ich hab Angst g'habt, dass Sie uns rausschmeißen. Den Toni und mich. Also bin ich zum Vilmos g'rannt und hab ihm von dem Unglück erzählt. Der war ganz lieb und hat g'sagt, dass alles gut werden wird. Dann ist er zur Gendarmerie gangen und hat sich einsperren lassen.«

Nechyba nickte und fügte hinzu:

»Bei mir hat der Horvath heut den Mund aufg'macht und mir Folgendes g'sagt: Ich werd' hierbleiben, die Strafe annehmen und ins Gefängnis gehen. Nach ein paar Monaten bin ich wieder frei. Nincs probléma*.«

»Aber warum hat der Vilmos Bácsi das gemacht? Er hätte doch mit mir sprechen können. Ich hätte die Angelegenheit gütlich geregelt.«

Rosalia Grabenbauer liefen immer noch Tränen über die Wangen. Mit ängstlicher Stimme sagte sie:

»Das ist sehr gütig von Ihnen, Herr Doktor. Aber die Leut'! Die Leut' im Dorf dürfen niemals – niemals! – erfahr'n, dass der Toni das Kind von an Zigeuner is'.«

---

* Kein Problem.

Der Rigoletto vom Naschmarkt

Eine Kriminalgeschichte aus dem Jahr 1916

»La donna é mobile ...«

»Kusch, Hinnicher*! Sing Deitsch!«

So wurde der Kriegsversehrte Giovanni Newerkla von einem kräftigen Kerl angeherrscht, der einen schweren Rucksack mit sich schleppte.

»Die Katzelmacher-Sprach** kannst da in Oasch schiabn.«

Die blade Mizzi, eine Fratschlerin*** von einem Nachbarstand, schaltete sich ein:

»Ja, am Häusl****, da kannst Italienisch singen. Damit des Scheiss'n besser funktioniert.«

Und zu dem kräftigen Kerl sagte sie:

»Dauernd singt er Italienisch, des Kripplgschbü*****. Dabei kann er's eh a auf Deitsch.«

Der Kräftige drehte sich um, ging zwei Schritte zu dem singenden Krüppel zurück und hob bedrohlich seine Rechte. Der Kriegsversehrte duckte sich. Statt eine Watsche zu kassieren, wurde er nur geschubst.

»Gemma! Für mi singst du's jetzt auf Deitsch.«

Das zerschossene Gesicht sah ihn hündisch an, der verunstaltete Körper holte tief Luft und dann erklangen wunderbare Töne über den winterlichen Naschmarkt:

»O wie so trügerisch sind Weiberherzen;
mögen sie klagen, mögen sie scherzen.
Oft spielt ein Lächeln um ihre Züge;
oft fließen Tränen, alles ist Lüge.

---

* Kaputtnik
** Italienisch
*** Standlerin
**** WC
***** gebrechlicher Mensch

Habt ihr auch Schwüre zum Unterpfande,
auf leichtem Sande habt ihr gebaut,
habt ihr gebaut,
habt ihr gebaut.«

Plötzlich löste sich aus seinem Schatten ein blasses Mädchen, das mit glockenheller Stimme die Melodie weiterträllerte. Mittlerweile waren zahlreiche Passanten stehen geblieben. Dienstmädel, Köchinnen, ein Beamter des Marktamtes und sogar eine gnädige Frau, die mit ihrem Dienstmädel hier am Markt war. Als das blasse Mädchen die Melodie zu Ende gesungen hatte, herrschte ein Augenblick Stille, dann folgte Applaus. Auch einige Münzen wurden in die Kappe geworfen, die vor dem Musikantenpärchen lag. Der kräftige Kerl mit dem Rucksack brummte »Na also, es geht ja a auf Deitsch ...« und warf eine Krone in die Kappe. Nur die gnädige Frau zog a Schnoferl und gab nichts, mit der Begründung:

»In patriotischen Zeiten wie diesen hör ich grundsätzlich keinen Verdi. Nur Wagner und Beethoven!«

Worauf die Bernegger Pauli, die gleich ums Eck ihren Stand hatte, zu den umstehenden Köchinnen und Dienstboten sagte:

»Des is' typisch. Die, die a Geld ham, ham ka Herz.«

Und die Rosen-Roserl, eine weitere Fratschlerin, raunzte:

»Geh, die Gnädige kenn i eh. Die is' mehr a Nodige* als a Gnädige. Die hätt am liebsten ollas g'schenkt.«

---

* knausrig

Der kräftige Kerl spazierte durch die Reihen von neu erbauten und noch leer stehenden Marktständen in Richtung Kettenbrücke. Dort erhob sich in strahlendem Weiß das neue Marktamt mit seinem Uhrtürmchen. Es war acht Minuten vor zwölf Uhr und der Kräftige knurrte leise:

»I muass aunzahn*. Sonst sind die Marktamtswappler** alle beim Mittagessen.«

Er beschleunigte seinen Schritt und betrat sechs Minuten vor zwölf Uhr das Amtsgebäude. Er befand sich nun in einem großen Raum, den ein fix montierter Tisch in der Mitte teilte. Hinter dem Tisch waren die Beamten, davor das Marktvolk, die Fratschlerinnen und andere Bittsteller. Der Kräftige hatte Glück. Vor ihm zog gerade eine enttäuscht mit den Schultern zuckende Fratschlerin ab, der Beamte, der sie abgewiesen hatte, warf einen prüfenden Blick auf seine Taschenuhr.

»Sie! Herr Amtsrat …«

»Was wollen S'?«

»Mit Ihnen reden! Über einen fixen Stand.«

Der Beamte lächelte gelangweilt und winkte ab:

»Das wollen alle.«

Der Kräftige ließ den Rucksack von seiner Schulter gleiten und auf den Tisch vor dem sanguinischen Beamten krachen. Der zuckte zusammen. Leise entgegnete er:

»Aber i, der Gruber Willi, i hab Argumente.«

Er öffnete ein wenig den Knoten des Stricks, der den Rucksack oben zusammenhielt, und ließ den Beamten

---

* mich beeilen
** unfähige Typen vom Marktamt

hineinschauen. Der Beamte nickte und sagte nun ebenfalls leise:

»Gehen S' raus. Und warten S' beim Hintereingang.«

Willibald Gruber, seines Zeichens Fleischselcher aus Kleinwetzdorf, tat wie ihm geheißen und musste nicht lange warten. Die Tür wurde aufgesperrt, der Sanguiniker führte ihn zum Marktamtsleiter. Dieser schlüpfte gerade in seinen Wintermantel und brummte ungehalten:

»Zwölf Uhr ist es, Stankowitz, was stören Sie mich?

»Bitte untertänigst um Vergebung, aber das sollten Sie sich anschauen.«

Der Amtsrat warf ebenfalls einen Blick in den Rucksack, atmete tief ein und schloss dabei die Augen. »Speck …«, flüsterte er begeistert. Nach einem kurzen Augenblick der Verzückung befahl er dem Kräftigen:

»Legen S' die Speckseiten da auf den Tisch. Wie viele sind das? Drei Stück? Gut. Zwei nehme ich, eine bekommen Sie, Stankowitz.«

»Zu gütigst … danke schön … danke ….«, murmelte der Sanguiniker und machte eine tiefe Verbeugung. Während der Marktamtsleiter die auf seinem Schreibtisch liegende Zeitung dazu benutzte, um die Speckseiten einzupacken, kommandierte er:

»Sie wollen natürlich einen der neuen, gemauerten Stände haben, net wahr? Sie bekommen einen. Stankowitz, Sie geben ihm den von dem Sauerkraut-Tandler*.«

»Aber, aber …«

---

* Sauerkrauthändler

»Stankowitz, es gibt kein Aber! Sie nehmen jetzt von dem Herrn da die Personalien auf, Gewerbeschein etc., etc. und geben ihm einen Mietvertrag für besagten Stand. So! Das war's, meine Herren. Ich empfehle mich, Mahlzeit!«

Damit klemmte er die in Zeitungspapier verpackten Speckstücke unter den Arm und verließ das Zimmer. Stankowitz packte sein Stück ebenfalls hastig in Zeitungspapier ein und murmelte:

»Kommen S' mit, Herr Gruber! Erledigen wir den Papierkram am besten gleich jetzt. Weil was ma ham, das hamma.«

❧

»Speck …«, murmelte Oberinspector Joseph Maria Nechyba in seinen aufgezwirbelten Schnurrbart. »Ich hätte so einen Gusto auf ein Stückerl Speck.« Er saß an seinem Küchentisch und hatte Hunger. Die Versorgung mit Lebensmitteln war im dritten Kriegsjahr ein absoluter Jammer. Nahezu alles war rationiert und gestreckt. So gab es zum Beispiel Streckbutter, das war mit Magermilch gestreckte Butter, und Kriegsbrot, in das aufgrund des Getreidemangels alles mögliche Zeug beigemengt wurde. Und Fett? Ha! Da gab es die Streckbutter und sonst, wenn man Glück hatte, etwas Speiseöl. Von Schmalz und Speck konnte man nur träumen. Oder sie zu horrenden Preisen am Schwarzmarkt kaufen. Nechyba seufzte laut, stand mühsam auf und schlurfte zur Küchenkredenz. Er nahm eine halb volle Flasche mit Trebernem sowie ein Stamperl* heraus, setzte sich und schenkte ein. Das erste Stamperl brannte wie Feuer. Das zweite, das er nun langsamer trank, rann dann wie Öl hinunter. Eine wohlige Wärme machte sich in seinem hungrigen Magen breit. Gelangweilt nahm er die Zeitung zur Hand und blätterte lustlos darin. Er sah die üblichen Nachrichten mit Meldungen über Sieg oder die erfolgreiche Abwehr der Feinde an dieser oder jener Front, plötzlich aber blieb sein müder Blick an folgender Nachricht hängen:

Zur Verlegung des Naschmarktes.

Der Magistrat erläßt folgende Kundmachung: Der auf der Fläche vor dem Freihaus bestehende Naschmarkt im 4. Bezirk wird in der Zeit von 16. bis 26. November 1916 auf den zwischen der Rechten und Linken Wienzeile einerseits und dem Getreidemarkt und der Steggasse neu errichteten Marktplatz verlegt. Für die Uebersiedlung der Marktparteien wird angeordnet:

Die Marktparteien des Groß- und Kleinmarktes mit Ausnahme der im Punkt 2 aufgezählten haben in der Zeit von 16. November bis einschließlich 23. November auf den neuen Marktplatz zu übersiedeln.

Die Marktparteien nachfolgender Gewerbe: Fleischhauer, Selchwarenverschleißer, Wildbret- und Geflügelhändler und Fischhändler haben in der Zeit vom 20. bis einschließlich 26. November auf den neuen Marktplatz zu übersiedeln.

Die Stand- und Lagerplätze des alten Naschmarktes haben die bisherigen Marktparteien zu räumen und

---

* Schnaps- bzw. Likörglas

zwar die im Punkt 1 aufgezählten in der Zeit von 20. bis 26. November, die in Punkt 2 aufgezählten in der Zeit von 27. bis 30. November. In der Zeit von 16. bis 26. November kann nach Maßgabe der Uebersiedlung der Parteien ein Verkauf auf beiden Marktplätzen stattfinden. Die Zuweisung der Verkaufsplätze auf dem neuen Marktplatz erfolgt durch das Marktamt.

Mit 26. November 1916 wird der bisher auf dem Platze vor dem Freihause abgehaltene Markt aufgelassen. Vom 27. November 1916 an ist der Verkauf der Marktwaren auf allen Stand- und Lagerplätzen des aufgelassenen Marktplatzes verboten.

Für den neuen Markt gelten die Vorschriften der Marktordnung für die k.k. Reichshaupt- und Residenzstadt Wien.

Nechyba brummte:

»Jetzt ist der alte Naschmarkt auch Geschichte.«

Erbost klappte er die Zeitung zu. Alles änderte sich, dachte er, und selten wird was besser. Versunken in trüben Gedanken döste er ein.

∾⧉∾

Zornig kritzelte der Sauerkraut-Tandler Anton Lehmann vor sich hin. Immer wieder strich er bereits Geschriebenes durch, knüllte das beschriebene Stück Papier zusammen und warf es wütend zu Boden. Er atmete tief durch, dann griff er zu einem neuen Blatt. Ungeduldig tauchte er die Feder in das Tintenfass und begann dann aufs Neue zu schreiben. Auch diesmal endete die Schreiberei in einer wüsten Kritzelorgie. Neuerlich zerknüllte er das Blatt und warf es zornig auf den Boden, wo schon etliche andere zerknüllte Papierbögen lagen. Lehmann raufte sich die Haare, stand auf, lief in dem engen Marktstand wie ein Tier in einem Käfig hin und her. Als er sich schließlich wieder beruhigt hatte, setzte er sich, nahm ein neues Blatt, tauchte die Feder ins Tintenfass und siehe da, nun konnte er in Ruhe fertig schreiben. Er seufzte erleichtert, schloss die Augen und lehnte sich zurück. Als die Tinte am Papier getrocknet war, nahm er das Blatt und las den soeben verfassten Text noch einmal durch. Zufrieden faltete er das Blatt zwei Mal zusammen und steckte es in ein Kuvert. Neuerlich vor Erleichterung seufzend griff er zur Schnapsflasche, die neben ihm stand, und machte einen kräftigen Schluck. Er entspannte sich, sein Kopf fiel nach vorne und er begann unregelmäßig zu schnarchen. Im flackernden Schein der Petroleumlampe, der einzigen Lichtquelle im Stand, warf der auf einem Schammerl* Sitzende einen obskuren Schatten an die Wand. Plötzlich flackerte die Lampe. Ein Luftzug. Ein Schatten an der Wand. Eine Hand griff nach der langen, hölzernen Zange, mit der normalerweise die Salzgurken aus dem Fass herausgeholt wurden. Eine andere Hand griff dem Schlafenden grob ins Gesicht und hielt dessen Nase zu. Gurgelnd wachte der Sauerkraut-Tandler auf und schnappte nach Luft. Genau in diesem Moment wurde einer der beiden länglichen Holzteile

* Schemel

der Zange in seinen Schlund gerammt. Ein kräftiger Stoß folgte. Lehmann keuchte, grunzte und zappelte mit Händen und Füßen. Noch ein Stoß. Kakophonisches Krächzen. Blutige Schaumblasen quollen aus Lehmanns Mund. Noch ein Stoß. Er trieb die Zangenhälfte weit die Speiseröhre hinab. Das Opfer wurde schlagartig blau im Gesicht. Eisern hielt die Hand dessen Nase zu. Keine Luft. Ein letztes Aufbäumen. Schaumig-blutiges Gegurgel. Dann fiel der Sauerkraut-Tandler tot vorne über.

※

»Vater, Vater lei ma d' Scher! Am Naschmarkt gibt's a Leiche mehr!«

Joseph Maria Nechyba traute seinen Ohren nicht. Was sang der Gassenbub da? Es war gerade einmal viertel neun Uhr morgens und Nechyba war auf dem Weg ins Bureau. Mit donnernder Stimme rief er ihm nach:

»Was singst denn da für an Blödsinn? Rotzbub!«

Der Bub wandte sich um und rief mit hochrotem Kopf:

»Ka Blödsinn, gnä' Herr! Ka Blödsinn! Heut' in der Nacht hat der Rigoletto am Markt einen umbracht!«

Nechyba machte kehrt. Statt zur Greißlerin Lotte Landerl führte ihn sein Weg nun hinunter auf den Markt. Dort rannte er in den Polizeiagenten Drabek.

»T'schuldigen, Herr Oberinspector! Aber i hab's eilig. Da liegt nämlich a Leich am Naschmarkt.«

»Na das schau ma uns aber gemeinsam an!«

»Selbstverständlich, Herr Oberinspector.«

Schnaufend und schwitzend erreichten die beiden Polizeiagenten schließlich den neuen, gemauerten Stand, um den sich bereits eine dichte Menschenmenge versammelt hatte. Drabek machte Nechyba den Weg frei. Schließlich standen sie vor dem Sauerkrautler, aus dessen Maul die eine Hälfte einer Gurkenzange herausragte, als wäre sie ein langer, hölzerner Bart. Die anwesenden Uniformierten salutierten vor Nechyba, der der ranghöchste Polizist in der Runde war. Vorsichtig besah er den Toten und brummte:

»Also das hab ich a noch nie gesehen. Dass a Mensch mit einer Gurkenzange erstochen oder besser gesagt erstickt worden ist. Meine Herren, wir leben in Zeiten … Früher hat's so was net gegeben.«

»Hier hamma einen Tatverdächtigen. Z'erst hat er die Leich' g'funden, dann wollt er sich davonmachen. Drauf hat ihn der neue Standbesitzer, der Fleischselcher Gruber, aufg'halten, weil er ihm verdächtig vorkommen is'. In seinem G'wand hamma dann das da g'funden.«

Der Beamte zeigte Nechyba ein mächtiges Küchenmesser. Der Oberinspector musterte zuerst das Messer und dann den Verdächtigen, einen Kriegsversehrten. Er konnte einen leichten Schauder nicht unterdrücken und murmelte:

»Bist du der Rigoletto?«

Als das bedauernswerte Geschöpf nickte, wendete sich Nechyba ab und befahl:

»Die Leich kommt, so wie sie is', zum Dr. Haberda

in die Sensengasse*. Und der Sängerknabe, der Rigoletto, kommt mit mir ins Polizeigebäude mit. Gemma
meine Herren!«

◦◦◦

Im Polizeigebäude schubste Joseph Maria Nechyba den
Giovanni Newerkla vor sich her. Allerdings nicht mit
der Härte, mit der er dies normalerweise getan hätte.
Im Gegenteil: Bei dieser erbärmlichen Kreatur hatte
er allergrößte Skrupel, körperliche Gewalt auszuüben.
Im Verhörraum nahm er vis-à-vis von Rigoletto Platz
und brummte:

»Newerkla, was is'? Legst nieder?«

»I hab nix g'macht. I weiß von nix. I bin net der, der
dem Sauerkrautschneider die Holzzangen eineg'steckt
hat.«

»Woher weißt, dass das Mordinstrument a Holz-
zange war?«

»Das weiß do a jeder am Naschmarkt.«

»Ah so?«

»A jeder. A jeder …«

»Und wofür is' das Messer gut?«

»Das brauch ich … ich sing am Naschmarkt … und
manchmal wollen mich dann so Lausbuben abstieren**.
Da brauch i das Messer.«

»Was? Willst sie abstechen?«

»Nein, natürlich net. Nur erschrecken.«

---

* Gerichtsmedizin
** ausrauben

Und dann blinzelte ihn das eine unversehrte Auge so Verständnis heischend, so naiv bittend und gleichzeitig so unendlich armselig an, dass Nechyba das Verhör nicht weiterführen konnte. Er stand auf und verließ den Verhörraum. Dem Pospischil, der durch das Guckloch alles beobachtet hatte, befahl er:

»Jetzt übernimmt Er das Verhör. Gemma!«

Pospischil ging mit gesenktem Haupt in den Verhörraum. Er baute sich direkt vor dem zusammengekrümmt auf seinem Sessel hockenden Verdächtigen auf und starrte ihn wortlos an. Nechyba, der Pospischil gut kannte, dachte sich: Jetzt gibt er ihm gleich so eine fürchterlich Fotz'n*, dass er vom Sessel fliegt. Doch nichts dergleichen geschah. Pospischil setzte sich und versuchte mit ruhiger Stimme Informationen aus seinem Gegenüber herauszubekommen. Leider blieb der Informationsgehalt von Rigolettos Antworten weiterhin äußerst dürftig. Nichts Neues kam dabei ans Tageslicht. Schließlich stand Pospischil wortlos auf und ging zur Tür. Als er sie hinter sich geschlossen hatte und Nechyba ihn fragend ansah, seufzte er:

»Nein! Dem kann i keine einehauen. Tut … tut mir … mir wirklich leid, Herr Oberinspector. Der is' schon g'straft genug.«

Nechyba glaubte seinen Ohren nicht zu trauen. Pospischil, der sich in solchen Situationen normalerweise wie ein von der Leine gelassener Bullterrier aufführte und die Verdächtigen grün und blau schlug, gab klein bei. Nechyba musste grinsen.

---

* Ohrfeige

»Is' schon gut, Pospischil. Geh Er auf seinen Platz und fertige das Verhörprotokoll an. I lass inzwischen die arme Seele da drinnen laufen.«

Nachdenklich ging Nechyba zu seinem Dienstzimmer zurück, vor dem er bereits erwartet wurde. Der Polizeiagent Drabek stand rauchend am Gang. Als er den Oberinspector sah, rief er:

»Ah! Da sind Sie ja, Nechyba. Ich muss Ihnen was Interessantes zeigen.«

»Nur mit der Ruhe, mein lieber Drabek. Zuerst lass ma uns ein Bier kommen, dann setz ma uns gemütlich hin und dann red' ma.«

Nechyba drehte um, ging einige Zimmer zurück, öffnete eine Tür und befahl:

»Paul, holen S' uns a Bier von unten. Da! Da haben S' a Marie.«

Nachdem das Bier gebracht worden war und Nechyba und Drabek jeder einen langen Zug aus ihren Gläsern gemacht hatten, wischte sich Nechyba den Bierschaum aus dem Schnauzbart und brummte:

»So da! Drabek, was haben S' mir Interessantes zu erzählen?«

Der Polizeiagent hatte schon zuvor einen Stapel Papier aus seiner Jackentasche gezogen und auf den Schreibtisch des Oberinspectors gelegt. Er schob ihm nun diesen Stapel hin, griff in die Sakko-Innentasche und legte ein Briefkuvert darauf.

»Das ist am Boden umadum gelegen. Im Standl von dem Sauerkraut-Tandler.«

Nechyba blätterte die Zettel durch. Sie waren mit wildem Gekritzel vollgeschmiert. Offensichtlich handelte es sich dabei um Briefentwürfe. Er schenkte ihnen keine weitere Beachtung, sondern öffnete das Kuvert und faltete den darin enthaltenen Brief auseinander. Dessen Inhalt lautete folgendermaßen:

Hochwohlvermögender Herr Marktamtsleiter, Euer Gnaden!

Ich bitte um einen Augenblick Aufmerksamkeit, da es wichtig ist. Folgendermaßen hat es sich zugetragen: Ihr Untergebener, der Beamte Stankowitz, hat von mir 50 Kronen gefordert und erhalten, dafür, dass ich meinigen neuen Stand beziehen darf. Nun muss ich hier plötzlich wieder ausziehen und verliere nicht nur den Stand, sondern auch mein Geld. Letzteres ist zu befürchten, da der Beamte Stankowitz meinen berechtigten Rückforderungen bezüglich meines Geldes nicht nachkommen will.

Hochwohlvermögender Herr Marktamtsleiter, inständig bitte ich Sie, diesen Pallawatsch* zu einem günstigen und gerechten Ende zu bringen.

Hochachtungsvoll
Anton Lehmann
Konzessionierter Händler von Essiggemüse, Sauerkraut und Znaimer Salzgurken

Nechyba ließ den Brief sinken und sah Drabek ernst an.

---

* Durcheinander

»Na ja … Wenn der Sauerkraut-Tandler so richtig lästig war, lästig wie eine Wanze, dann könnten dem Stankowitz schon die Nerven durchgegangen sein. Drabek
trinken S' aus, wir gehen!«

〜◎〜

»Gehen S' auf d' Seitn! Stehen S' mir net im Weg!«,
schnaufte Nechyba und schob seine immer noch gewaltige Leibesfülle* gnadenlos durch die Menschenmenge
im Marktamt, dicht gefolgt von Drabek. Vor dem Tisch
angekommen, der die Wartenden von den Marktamts-
beamten trennte, zückte er seine Polizeiagenten-Kokarde und dröhnte durch den Raum:
    »Wer ist der Stankowitz?«
    Ein sanguinischer Kerl zuckte zusammen, Nechyba
deutete mit dem Zeigefinger auf ihn:
    »Stankowitz, wir müssen reden. Machen wir's da oder
kommst mit ins Polizeigebäude?«
    Der Sanguiniker atmete tief durch und rang um Hal-
tung:
    »Wir sind nicht gemeinsam auf der Schulbank geses-
sen, Herr Inspector! Ich verbitte mir das Du-Wort.«
    Drabek lachte laut auf:
    »Werd' net frech, Stankowitz! Erstens ist das da ein
Oberinspector und zweitens sind wir mit so Pülchern wie
dir grundsätzlich per Du. Also red ma da oder bei uns?«

---

* Joseph Maria Nechyba hatte in dem Hungerjahr 1916 so sehr
abgespeckt, dass ihm erstmals in seinem Leben die Hosen zu weit waren
und er Hosenträger tragen musste.

Stankowitz war blass geworden, er klappte einen Teil des trennenden Tisches in die Höhe. Nechyba und Drabek spazierten in den für die Marktamtsmitarbeiter reservierten Raum. Apropos Raum: Es herrschte Stille. Das Marktvolk gaffte schadenfroh, einer sagte halblaut:

»Endlich gehen die Kiberer* gegen die Pülcher vom Marktamt vor.«

Stankowitz führte die beiden Polizeiagenten in sein Arbeitszimmer, das er mit zwei Kollegen teilte. Nechyba stamperte** die anderen beiden aus dem Zimmer hinaus und ließ sich ächzend auf einem frei gewordenen Sessel nieder. Er nickte Drabek zu, der Lehmanns Brief aus der Sakko-Innentasche zog und ihn Stankowitz in die Hand drückte:

»Da! Lies!«

Stankowitz nahm den Brief, las und begann zu zittern.

»Ich hätt' dem Lehmann das Geld schon zurückgezahlt …«

»Leider is' er jetzt tot.«

»Mausetot«, ergänzte Nechyba. »Also Stankowitz, schau ma uns die Fakten an: Du hast den Lehmann um Geld geprellt. Der wollte es zurückhaben. Du wolltest es behalten und hast ihn deshalb maukas g'macht.«

»Wenn das kein Motiv is' …«, ergänzte Drabek.

»Aber i war's net. Das war der Rigoletto. Das wissen alle am Naschmarkt! Außer Ihnen, meine Herren …«

»Der Rigoletto hat kein Motiv«, brummte Nechyba.

---

* Polizisten
** unhöflich wegbitten

Stankowitzs Augen wurden schmale Schlitze, er legte den Kopf schief, grinste höhnisch und sagte leise:

»Ah so? Na dann fragen S' doch einmal seine Tochter.«

<hr />

Nechybas Magen knurrte. Deshalb befahl er Drabek, den Stankowitz zu weiteren Verhören ins Polizeigebäude zu schaffen. Er selbst aber wollte das neue Beisl[*] ausprobieren, das sich im gerade erst fertig gestellten Teil des Naschmarktes ein Stückerl stadteinwärts vom Marktamt befand. Hier, in der Eisernen Zeit, bestellte er sich als Erstes einmal ein Krügel Bier. Da sein Magen immer lauter knurrte, fragte er den Wirt, was es denn zum Bier dazu gäbe.

»Heut is' fleischloser Tag. Also haben wir nur Gemüse. A Spinatschnitzel können S' haben.«

»Na danke! I will was zum Bier dazu.«

»Wie Sie wissen, dürfen wir Wirte seit September kein Gebäck mehr verkaufen. Aber hausg'machte Pogatscherln kann ich Ihnen anbieten.«

Nechyba strahlte:

»Grammelpogatscherl?«

Der Wirt lacht laut auf:

»Sie machen Witze! Wo soll ich denn die Grammeln[**] herkriegen? Das sind ganz normale Pogatscherln ohne Grammeln. Schmecken tun s' trotzdem gut.«

[*] Kneipe
[**] Grieben

243

»Bringen S' mir fünf Stück.«

Der Wirt ging grinsend ab und murmelte:

»Na serwas, der hat an Hunger.«

Nechyba genoss zu seinem Krügel Bier die Pogat-scherln, sein Magen beruhigte sich und er hätte wahnsin-nig gerne ein weiteres Krügerl getrunken. Doch daran war nicht zu denken. Denn auch die Bierausschank war infolge der allgemeinen Lebensmittelknappheit per Gesetz auf ein Bier pro Gast und Gasthaus beschränkt. Wenn er noch eines trinken wollte, musste er weiter-ziehen. Andererseits sollte er dringend mit der Tochter vom Rigoletto reden. Plötzlich trat ein kräftiger Kerl an seinen Tisch und sprach ihn an:

»T'schuldigen Sie, wenn ich störe, Herr Inspector …«

»Oberinspector.«

»T'schuldigen Herr Oberinspector, ich bin der Gru-ber Willibald, der Nachmieter vom ermordeten Sauer-kraut-Tandler.«

»Ah ja …«

»Ich hab heut den Stand z'ammg'räumt und die Sauerkraut- und Gurkenfässer hab ich auch wegbrin-gen lassen. Dann hab ich meine eigene Ware in den Stand geräumt, aber ich war ziemlich bald ausverkauft.«

»Ja und?«

»Na dann hab i den Stand innen ein bisserl geputzt. Alles abgewischt und den Boden z'ammkehrt. Und dabei hab ich das g'funden …«

Willibald Gruber legte ein abgerissenes Bettelarm-band vor Nechyba auf den Tisch.

»Das ist in einer Ecke am Boden gelegen. Justament

dort, wo auch die Leich von dem Sauerkraut-Tandler gelegen ist ...«

Nechyba läutete bei Newerkla. Schritte näherten sich, die Tür ging auf und der Oberinspector blickte in die vom Krieg geschaffene Kraterlandschaft, die früher einmal Giovanni Newerklas Gesicht war.

»Herr Oberinspector?«

»Komm, lass mich rein, Newerkla. Ich muss mit deiner Tochter reden.«

»Nicht! Lassen S' die Kleine in Ruh! I bitt' Sie!«

»Ich tu ihr nix. Ehrenwort, Newerkla. Aber ich muss mit ihr reden.«

Widerwillig gab Giovanni Newerkla den Weg in die Wohnung frei. Nechyba war beeindruckt. Es handelte sich um eine schöne Zweizimmerwohnung mit Vorzimmer, Küche und Nebenräumen. An den Wänden hingen überall Musikinstrumente, Fotos und Erinnerungsstücke, die von den Auftritten des Wienerliedsängers Fritz Newerkla sowie von Opernaufführungen, in denen seine Frau die Mezzosopranistin Giovanna Belfonte mitgewirkt hatte, zeugten. Zu Nechybas Überraschung waren Vater und Tochter nicht alleine. Die Rosen-Roserl vom Naschmarkt saß am Kopfende des Bettes, in dem die Kleine lag. Sie beäugte Nechyba misstrauisch und brummte:

»Was willst du denn da, Kiberer?«

Nechyba schluckte ob der derben Anrede. Er beherrschte sich und antwortete höflich:

»Ich muss mit der Kleinen reden.«

»Der geht's net guat. Die is' krank.«

Nechyba nahm einen Sessel und setzte sich ebenfalls ans Kopfende des Bettes. Mit leiser Stimme fragte er die Kleine:

»Wie geht's dir denn?«

Das Kind wendete den Blick ab und schwieg.

»Hast Schmerzen? Soll ich einen Doktor rufen?«

»Der Doktor war schon da«, brummte Giovanni Newerkla.

»Was hat sie denn? Was fehlt ihr?«

Die Rosen-Roserl hielt der Kleinen die Ohren zu und flüsterte giftig:

»Der Lehmann, die alte Drecksau, hat sich gestern an ihr vergriffen. Die Bernegger Pauli hat ihn dabei erwischt. Die Kleine war ganz blutig … untenrum …«

Nechyba bekam einen Schweißausbruch. Er setzte die Melone ab, wischte sich mit einem Taschentuch über Stirn und Nacken. Beim Wegstecken des Tuchs fischte er das zuvor erhaltene Bettelarmband aus der Jackentasche. Nervös begann er damit zu spielen. Ihm fehlten die Worte. Das Klimpern des Schmuckstücks erregte die Aufmerksamkeit der Kleinen. Sie fixierte das Armband und wandte sich dann an die Rosen-Roserl:

»Tante Rosa, wieso hat der Mann dein Armband?«

Nechyba stockte der Atem. Er sah die Fratschlerin scharf an und fragte:

»Gehört das dir?«

Die Rosen-Roserl wurde knallrot im Gesicht, sagte aber keinen Ton. Nun insistierte das Kind:

»Tante Rosa, das ist doch deines. Hat er dir's gestohlen?«

Die große, kräftige Frau stammelte:

»Nein, ich hab's gestern Nacht verloren.«

»Im Stand vom Anton Lehmann. Dafür hab ich einen Zeugen.«

Die Rosen-Roserl fixierte den Oberinspector mit wütendem Blick und zischte:

»Wie ich das von der Kleinen g'hört hab, hab i ka Ruah g'fundn ... i bin zum Naschmarkt owe* und hab g'sehn, wie die alte Drecksau einen Brief g'schriebn hat ... als er dann eing'schlafn is', hab i mi eineg'schlichn, ihm den Pfrnak zug'haltn und die Sauerkrautzange g'nommen ...«

Ihr Blick wanderte weit weg, ihre Augen füllten sich mit Tränen. Und nach einer längeren Pause fuhr sie mit vor Hass bebender Stimme fort:

»Und dann ... dann hab i ihm das Trum** eineg'rammt ... Stoß um Stoß ... gnadenlos ... so wie er mir als Kind sein grausliches Trum eineg'rammt hat ...«

---

* hinunter
** großes Teil

Gut gebrüllt, Löwe

Eine Kriminalgeschichte nach wahren Begebenheiten
in den Jahren 1868 und 1917

MARIA TAFERL, 18. SEPTEMBER 1868, ZEHN UHR NACHTS.

Seid meinetwegen nicht beunruhigt; ich bin todt und verzichte darauf, den Grund meines Selbstmordes anzugeben!

Lange stierte er auf die eineinhalb Zeilen, die er mit dem abgenagten Bleistiftstumpf auf einen Zettel gekritzelt hatte. Das Schriftbild war grauenhaft und hatte nichts mit seiner sonst so beherrschten Handschrift zu tun. Aber Beherrschung war jetzt nicht angesagt. Seine Seele befand sich in Aufruhr, durch seinen Geist tobte ein Orkan und sein Herz war zerfetzt. Zerrissen von dem, was er tun wollte, und dem, was er tun musste. Er atmete tief durch und gab sich einen Ruck. Fast liebevoll legte er den Bleistift neben den Zettel auf den Schreibtisch. Er öffnete die Schreibtischlade, entnahm ihr den Revolver, den er sich besorgt hatte, und verließ eiligen Schrittes sein Zimmer. Mit wehender Soutane marschierte er den Berg hinunter nach Marbach. Der Wind zerzauste sein Haar und er dachte: Ein noch viel ärgerer Sturm tobt in meinem Schädel. Ich halt' das nicht mehr aus! Es muss Schluss sein. Es musste Schluss gemacht werden. Mit einem Befreiungsschlag würde er das alles beenden. Jawohl, er war schwach gewesen. Hatte sich gehen lassen und sich der Verlockung hingegeben. Nun war er ein Sünder, eine verlorene Seele. Und deshalb gab es keinen Ausweg, keine Alternative. Er musste das tun, was er zu tun beabsichtigte.

Auslöschen! Aus und vorbei. Ein für alle Male die Schande mit Blut tilgen. Blut ist schon ein besonderer Saft, ging ihm durch den Sinn und er musste laut und hysterisch lachen. Satanas sprach nun aus ihm! Vom geweihten Mann zum gefallenen Priester. Der Teufel hatte ihn verführt. Nun musste Blut fließen. Wasser und Blut. Am Ufer der Donau raffte er seine Soutane hoch, streifte die Schuhe ab, riss sich die Socken von den Füßen und schritt über den groben Schotter hinein in die eiskalten Fluten. Bis er schließlich bis zur Leibesmitte im Wasser stand und die Strömung ihn wegzureißen drohte. Nun hielt er den Revolver an die Schläfe, schloss die Augen und brüllte in den Wind:

»Herr! Erbarme dich meiner!«

Dann drückte er ab.

~⚬~

WIEN, 22. JÄNNER 1917, SIEBEN UHR ABENDS.

Hungrig wie ein Löwe kam Oberinspector Joseph Maria Nechyba abends heim. Er begrüßte seine Frau Aurelia, schlüpfte in seine Hauspatschen* sowie in den Hausmantel und schnupperte. Es roch nach im Rohr gebratenen Erdäpfeln. Als er sich zu Tisch setzte und gierig die erste Erdäpfelscheibe in den Mund stopfte, sagte seine Frau:

»Nechyba, wir machen eine Wallfahrt.«

---

* Hausschuhe

Er verschluckte sich, ein heftiger Hustenanfall war die Folge. Mühsam röchelte er:

»Was mach' ma?«

»Eine Wallfahrt. Kommenden Freitag. Nach Maria Taferl.«

Joseph Maria Nechyba steckte ein weiteres Erdäpfelstück in den Mund, kaute bedächtig, schluckte runter und brummte:

»Und was mach' ma dort?«

»Wir besuchen die Louise, meine Schwester.«

»Jessas na!«

»Nechyba benimm dich!«

»Ich benehm mich eh. Aber bittschön, was mach ma bei der Louise in Maria Taferl?«

»Was glaubst?«

»Mir fallt nix G'scheites ein. Außer dass wir vielleicht ein bisserl Lebensmittel hamstern …«

»Na siehst!«

»Ist das dein Ernst? Du willst bei deiner Schwester Lebensmitteln holen? Die is' doch a arme Haut. Hilfsköchin in einem Landgasthaus. Die hat doch selber nix.«

»Red' keinen Blödsinn, Nechyba. Erstens ist meine Schwester nicht Hilfsköchin, sondern Köchin, die gemeinsam mit ihrer Chefin kocht. Und zweitens ist das Gasthaus Zum goldenen Löwen ned irgendein Landgasthaus sondern, *das* Gasthaus vis-à-vis der Basilika von Maria Taferl.«

»Aber du hast doch gar ned frei. Du musst doch arbeiten.«

»Nicht am kommenden Wochenende. Da sind die

gnädige Frau und der gnädige Herr im Weinviertel eing'laden. Der Vater der gnädigen Frau feiert nämlich seinen 75. Geburtstag. Das wird a Riesenfest, das von Freitag bis Sonntag dauert. Deshalb hab ich an diesem Wochenende frei.«

»Also ich würd' lieber zu dieser Geburtstagsfeier fahren. Da gibt's sicher viel zu essen.«

»Du denkst immer nur an das Eine!«

»Weil ich dauernd Hunger hab.«

»Und akkurat aus diesem Grund fahr ma nach Maria Taferl. Meine Schwester hat mir einen Sack Erdäpfel und a Seite Bauchspeck versprochen. Das ist das eine. Und das andere ist, dass ma in die Basilika gehen und zur Gottesmutter beten.«

»Was? Wozu?«

»Dass der Krieg endlich aufhört.«

Nechyba fügte sich seufzend in sein Schicksal:

»Na von mir aus. Aber i werd' die Gottesmutter vor allem darum bitten, dass ma wieder mehr zum Essen kriegen.«

⁓⦿⁓

»Bedienung! Personal!«

Hauptmann Widetzky betrat mit zorngerötetem Antlitz den Hof des Gasthauses Zum Goldenen Löwen in Maria Taferl. Er befehligte eine Kompanie des Pionierbataillons N° 9, dessen Soldaten gerade damit beschäftigt waren, die Kupferdächer der Basilika von Maria Taferl abzudecken.

»Bagasch übereinand! Das soll ein Gasthof sein? Ein Saustall ist das! Zivilistenpack elendiges! Keine Disziplin! Ich werde euch Beine machen!«

Mit bleichem Gesicht erschien Maria Frey, die Wirtin. Ihr befahl der Hauptmann in schneidendem Ton:

»Ich wünsche ein Gabelfrühstück. Drei Spiegeleier mit Speck, Butterbrot, Kaffee. Und draußen auf dem Hof steht das Fuhrwerk. Da liegt der Hirsch drauf, den ich heute Morgen g'schossen hab. Ich wünsche, dass der mir zum Nachtmahl à la bonne heure zubereitet und serviert wird.«

»Herr Hauptmann, das geht net.«

»Was geht nicht? Kruzitürkn noch einmal!«

»Wir ham im Moment keine Eier.«

»Sie haben keine Eier? Saustall! Alles miteinand'! Holen Sie den Feldwebel Tesar. Er ist für die Verpflegung zuständig. Der soll im Dorf Eier requirieren.«

Nach diesem Befehl atmete Hauptmann Widetzky kurz durch, holte tief Luft und brüllte dann, dass die Fensterscheiben zitterten:

»Bedienung! Wo ist der Hausknecht?«

⤳⊗⤳

Leise rieselten die Schneeflocken, als die Nechybas Freitagvormittag mit der Bahn in Marbach an der Donau ankamen. Zu ihrer Überraschung wurden sie bereits erwartet. Ein halbwüchsiger Lausbub stürzte auf sie zu und krächzte mit einem vom Stimmbruch verunstalteten Organ:

»Sind Sie die Herrschaften aus Wean? Die Familie Netschiba?«

Der Oberinspector zuckte ob dieser Verunstaltung seines Namens zusammen und knurrte:

»Mir heißen Ne – chy – ba!«

»T'schuldigen gnä' Herr! Wird ned wieder vorkommen.«

Nechyba nickte und der Bub fuhr fort:

»I bin der Pepi. Der Hausdiener vom Gasthof Zum goldenen Löwen. Ich soll die Herrschaften hinauf nach Maria Taferl geleiten und ihr Gepäck tragen.«

Ohne eine Antwort abzuwarten, schnappte sich Pepi Nechybas Rucksack und auch den Lederkoffer, in dem sich Aurelias alter Wintermantel befand. Ihn hatte sie als Tauschobjekt für die versprochenen Erdäpfel und den Speck mitgenommen. In diesem bitterkalten Winter benötigte ihre Schwester einen neuen Mantel. Ihr alter hatte ein Stadium erreicht, in dem das Flicken nichts mehr half. Denn der Stoff war durch das häufige Tragen an vielen Stellen dünn und mürbe geworden. In diesen schrecklichen Zeiten, in denen man weder g'scheite Schuhe noch sonst was Vernünftiges zum Anziehen bekam, da alles für die k. u. k. Armee gebraucht wurde, war man auf die Weitergabe getragener Kleidungsstücke angewiesen. Einzig jene Leute, die beim Ärar[*] oder beim Militär hohe Stellen innehatten, konnten sich neue Kleidung und Schuhe leisten. Zu diesen Privilegierten gehörte Aurelias Dienstgeber Hofrat Dr. Roderich Schmerda, der seiner Frau

[*] Staat

zu Weihnachten einen neuen Mantel geschenkt hatte. So konnte sich Aurelia nun, während sie hinter Pepi und Nechyba den Berg emporkeuchte, in einen mit Kaninchenfell gefütterten Mantel kuscheln, der zuvor ihrer Dienstgeberin gehört hatte und der ihr von dieser zu Weihnachten geschenkt worden war. Als die Nechybas vor der Basilika von Maria Taferl anlangten, krähte der Bub:

»Die Herrschaften aus Wean müssen schon entschuldigen! Aber das Pferdeg'spann, das ma im Gasthof ham, hat das Militär requiriert.«

Schnaufend und in der Kälte dampfend wie ein Postross blieb Nechyba stehen. Er sah empor zu den beiden eingerüsteten Türmen der Basilika. Ihm schwante Übles. Trotzdem fragte er:

»Und warum wurde das G'spann requiriert?«

»Weil's die Soldaten brauchen. Die bauen das Kupferdach ab und nehmen uns unsere Glocken weg.«

❧

Über den weiten Kirchenplatz hallten die Hammerschläge und die Rufe der Soldaten. Nechyba fiel auf, dass zu Füßen der Türme verzinktes Eisenblech gestapelt war. Damit würden die Türme neu eingedeckt werden.

»Bittschön, die Herrschaften einzutreten!«, sagte Pepi, als er den Nechybas die Eingangstür des Gasthofs aufhielt. Kaum hatten die beiden die holzgetäfelte Gaststube betreten, hörten sie:

»Bursche! Wo ist der Hausbursche?«

Pepi wurde blass im Gesicht, ließ die Taschen der Nechybas auf den Boden fallen und verschwand in Richtung Hof. Der Oberinspector und dessen Frau sahen einander fragend an. Ein drahtiger Mann mit buschigem schwarzem Schnauzbart trat auf die Nechybas zu.

»Sie sind sicher die Verwandten von der Louise, unserer Köchin, net wahr? I bin der Wirt, der Lambert Frey. Herzlich willkommen in Maria Taferl!«

Er schüttelte Joseph Maria Nechyba die Hand und deutete einen Handkuss bei Aurelia an. Diese bekam ob der galanten Geste einen knallroten Kopf. Nechyba brummte:

»Was war das da für ein Krawall?«

Lambert Frey seufzte:

»Ach! Das war der Hauptmann Widetzky. Der Kommandant der Pioniere, die unsere schöne Basilika ausbanln*.«

»Ausbanln?«, Nechyba runzelte die Stirn, »wie meinen S' denn das?«

»Wie Sie wissen, braucht das Militär kostbare Metalle. Deshalb werden jetzt die Kupferdächer der beiden Türme sowie vier unserer sechs Glocken abmontiert und eingeschmolzen.«

»Bei Gott, da kann man wirklich von Ausbanln reden. Ein Jammer is' das mit der Kriegswirtschaft …«

»Und mit dem Krieg«, fügte Aurelia hinzu, verstummte jedoch sofort, da eine Tür aufgerissen wurde

---

* ausweiden

und Hauptmann Widetzky hereinspazierte. In barschem Ton kommandierte er:

»Wirt! Stehen Sie nicht wie ein Mamlas herum! Bringen Sie mir lieber einen Schnaps. Einen doppelten. Den brauch ich nach dem ganzen Ärger da.«

༄

»Geh, gib mir a anderes Messer aus dem Ladl. Das da is' z' groß zum Erdäpfelschälen.«

Aurelia, die gerade Zwiebel schnitt, öffnete die Lade und reichte ihrer Schwester Louise ein kleines handliches Messer.

»Ihr habt's wenigstens noch Erdäpfel. Bei uns in Wien kriegst kaum mehr welche.«

»Dafür hamma sonst nix. So was Schönes wie deinen Wintermantel gibt's bei uns net.«

»Na ja, den hab ich dir auch nur bringen können, weil mir die gnädige Frau ihren alten Mantel g'schenkt hat. Die hat z' Weihnachten von ihrem Gatten einen neuen bekommen. Einen Pelzmantel. Tja, der gnädige Herr hat net nur Geld, sondern auch Beziehungen.«

»Jo mei! Ohne Beziehungen bist a armes Würschtl.«

»Apropos: Geben wir Würschteln in die Suppe?«

»Na. Wir ham keine Würschtln. Deshalb kommen Schwammerln* eine.«

»Was? Schwammerln habt's auch?«

»Jede Menge. Die hab ma im Sommer gebrockt und dann getrocknet. Die schmecken gemeinsam mit dem

---
* Pilze

Majoran, den mir a getrocknet haben, narrisch guat in der Erdäpfelsupp'n.«

Die Küchentür ging auf und Maria Frey kam herein. Sorgfältig schloss sie die Tür hinter sich und seufzte dann:

»Die Herren Soldaten sind a Wahnsinn. Vor allem der Hauptmann Widetzky.«

~⚬~

Poltern. Fluchen. Ein dumpfer Aufprall. Joseph Maria Nechyba, der in der warmen Gemütlichkeit der Gaststube vor seinem Bier kurz eingenickt war, wurde schlagartig wach. Er schnellte mit einer für einen beleibten Menschen überraschenden Behändigkeit auf und erreichte mit einigen Schritten den Gang hinter der Gaststube, von wo der Krach hergekommen war. Lambert Frey eilte ebenfalls herbei. Auf dem Boden vor ihren Füßen lag Widetzky mit schmerzverzerrtem Gesicht. Er umklammerte einen Knöchel und keuchte:

»Das war ein Mordanschlag … ein Mordanschlag!«

Nechyba und Frey hoben den Hauptmann hoch, packten ihn links und rechts unter den Armen und schleppten ihn in die Gaststube, wo sie ihn vorsichtig auf die Ofenbank setzten. Nechyba fragte ruhig:

»Was is' denn passiert?«

»Einen Schnaps! Ich brauch einen Schnaps!«

Der Wirt stellte dem Hauptmann ein vollgefülltes Stamperl hin, das dieser auf einen Zug hinunterschüttete. Ein Zucken ging durch seinen Körper, es folgte ein Seufzer. Dann fauchte Widetzky mit zitternder Stimme:

»Die Rotzpipn* hat versucht, mich umzubringen.«

»Was? Wer wollt Sie umbringen?«

Der Hauptmann fuchtelte anklagend mit dem Zeigefinger in Richtung Lambert Frey:

»Ihr Hausknecht, dieses Hundstuttl, hat hinter mir mein Jagdg'wehr die Stiegen aufetragen. Plötzlich hat er mir's zwischen die Füße g'schoben. Er ist auf die Seite g'sprungen und ich bin die Stiegen runterg'flogen. Viel hat net g'fehlt und ich hätt' mir den Hals gebrochen.«

∼◦∞◦∼

Mit flinken kundigen Handgriffen trennte Aurelia das Rückenstück des Hirschs vom Schluss und vom Hals. Die Chefin, Maria Frey, nahm von Aurelia das lang gestreckte Fleischstück entgegen und löste mit einem scharfen Messer all die Flachsen ab, die sich oben beim Genick befanden. Danach häutete sie behutsam den Hirschrücken. Aurelias Schwester hatte Selchspeck in lange, dünne Stücke geschnitten. Mit ihnen spickte nun Maria Frey den Hirschrücken. Die beiden Schwestern zerlegten inzwischen den Hirschen, lösten Knochen aus und schnitten Wurzelwerk. Plötzlich hielt Maria Frey beim Spicken inne und sagte zu Aurelia:

»Sie müssen aber net mitarbeiten. Sie sind ja unser Gast.«

---

* Rotzbub

Aurelia lächelte:

»Ich genieße es regelrecht, wieder einmal so ein wunderbares Tier zu zerlegen und zu verarbeiten. Im letzten Jahr hab ich ja fast nur Gemüse gekocht. Das ist für eine gelernte Köchin a bisserl mager.«

Nun lächelte auch Maria Frey:

»In letzter Zeit gibt's auch bei uns viel seltener Fleisch. Aber sicher öfter als bei Ihnen in der Stadt.«

»Bei uns gibt's jetzt nicht einmal mehr Erdäpfel.«

»Ärpfln* gibt's bei uns Gott sei Dank noch genug. Wir werden Ihnen einen Fünf-Kilo-Sack mitgeben.«

»Das ist sehr lieb. Danke. Was mach ma eigentlich mit den Hirschkeulen? Ich würde vorschlagen, dass wir sie marinieren. Und aus dem ganzen Kleinzeug sollten wir ein ordentliches Ragout zubereiten.«

»Und a Beuschl und saure Nierndln mach ma auch!«, fügte Louise hinzu. Maria Frey nickte zustimmend.

»Aber Sie müssen uns wirklich nicht helfen, Frau Nechyba. Wir schaffen das auch zu zweit.«

Aurelia schüttelte den Kopf, während sie in einer Kupferwanne klein geschnittenes Wurzelwerk und Zwiebel in heißem Schmalz anbriet. Es zischte und brutzelte. Die Wirtin legte das gespickte Fleischstück auf ein Schneidbrett und rieb es behutsam mit Salz sowie mit gemörserten Pfeffer- und Wacholderbeeren ein. Dann wurde es ins heiße Fett gelegt, sodass es neuerlich gewaltig zischte. Ein fantastischer Duft stieg auf, Aurelia atmete tief ein, schloss die Augen und murmelte:

---

* Waldviertler Aussprache für Erdäpfel (Kartoffel)

»Angebratener Hirschrücken – das hab i schon lang nimmer g'rochen.«

Louise öffnete das Rohr und Maria Frey schob die Kupferwanne, in der der Hirschrücken nun lag, hinein. Aurelia goss mit etwas Wasser auf und sagte zur Wirtin:

»Des Bratl dürf' ma auf keinen Fall in der Kupferwanne servieren. Sonst wird s' vom Militär konfisziert.«

»Hamstern kommen die Wiener aufs Land heraus. So schaut's aus«, lallte Hauptmann Widetzky in Richtung Joseph Maria und Aurelia Nechyba. Dann verließ er schwankend den Speisesaal, drehte sich in der Tür noch einmal um und verkündete:

»Ich werd' euch alles wegnehmen! Alles! Mit dem Dach und den Glocken fang ma an. Vier Glocken sind's jetzt, aber ich komme wieder. Dann hol ich mir die restlichen zwei. Ihr braucht's zum Beten keine Glocken. Himmelsakrament noch einmal!«

Er drehte sich um und schlug die Tür hinter sich zu. Nechyba wollte aufstehen, dem Hauptmann nachgehen und ihm ein paar Grobheiten reinsagen, aber der Wirt hielt ihn zurück.

»Bleiben S' sitzen. Der is' blunznfett. Der weiß nimmer, was er redet.«

Nicht nur Nechyba war sauer, sondern auch Alois Meilinger. Der Mesner, der ebenfalls an dem großen Tisch saß, zitterte vor Wut und Empörung.

»Also das darf er net! Das darf er einfach net! Auch noch die beiden restlichen Glocken holen!«

Dechant Dobner von Dobenau klopfte seinem Mesner auf die Schulter und sagte begütigend:

»Nimm's nicht so tragisch, Alois. Ich hab von höchster Stelle die Zusicherung bekommen, dass wir zwei Glocken behalten dürfen. Da kann der Herr Hauptmann daherreden, was er will.«

Nechyba lehnte sich zurück und dachte: Recht hat er, der Dechant. Man soll nicht alles gleich so ernst und tragisch nehmen. Wir sollten lieber dankbar für das wunderbare Abendessen sein. Er wandte sich seiner Frau und ihrer Schwester zu:

»Aurelia und Louise, ihr habt's wunderbar gekocht. Kompliment!«

Aurelias Schwester hatte sich, nachdem alle Speisen aufgetragen worden waren, schüchtern neben ihre Schwester gesetzt. Nun lächelte sie verschämt und Aurelia erwiderte:

»Wenn man so a zartes Wildbret bekommt, ist das a Segen. Da müss ma wirklich dem Herrn Hauptmann dankbar sein, dass er das g'schossen hat. Dankbar müss ma auch sein, dass es hier in Maria Taferl noch Speck und Schmalz gibt. Weil ohne dem hätt' das Ganze nicht halb so gut g'schmeckt. Gespickt hat den Hirschen übrigens die Chefin persönlich. Warum sitzt die eigentlich net bei uns am Tisch?«

Lambert Frey schüttelte seufzend den Kopf:

»Der Hauptmann hat mei Frau heut so ang'schrien, dass sie noch immer ganz desperat is'. Sie wollt' ihn am Abend nimmer sehn und is' deshalb früh schlafen gangen.«

Aurelia nickte:

»Ein richtiger Ungustl ist das, dieser Herr Hauptmann.«

»Hurerei und Bigamie!«

Diesem Fluch folgte ein Schrei und lautes Gepolter. Dann herrschte wieder nächtliche Stille im Gasthof Zum goldenen Löwen. Joseph Maria Nechyba saß aufrecht im Bett und brummte verschlafen:

»Hab i das jetzt geträumt oder hat wirklich wer g'schrien?«

Aurelia murmelte im Halbschlaf:

»Träumt hast. Schlaf weiter.«

Doch Nechyba registrierte, dass Türen geöffnet wurden. Schritte ertönten, Dielen knarrten. Einen leisen Fluch zwischen den Zähnen hervorpressend, erhob sich der Oberinspector, zog sich das Nachthemd aus und dann Unterhose, Hemd, Hose und Hosenträger an. Da er zu faul war, auch Socken anzuziehen, schlüpfte er bloßfüßig in die knöchelhohen Schuhe. Da ihm das Binden der Schnürriemen ebenfalls zu mühsam war, stopfte er die Schuhbänder seitlich in die Schuhe hinein. Ächzend stand er auf und stapfte hinaus auf den Gang. Er schloss die Tür leise hinter sich, um sein geliebtes Eheweib nicht aus dem Schlaf zu reißen. Vorsichtig ging er den dunklen Flur entlang zum Stiegenhaus vor und blickte die Treppen hinunter. Was er dort unten im flackernden Schein einer Petroleumlampe sah, gefiel ihm gar nicht.

~∞~

Die roten Augen des Oberst-Auditors Stache von Ödenthal fixierten den Oberinspector. Dann goss der Militärrichter ein blattlvolles Stamperl Kräuterlikör in einem Zug hinunter.

»Ah!«

Er stellte das Stamperl mit einem Knall auf den Tisch, den der Kaufmann und Schnapsbrenner Josef Preiß in sein Gewölbe bringen hatte lassen. Es war das Begehr des Oberst-Auditors gewesen, hier sein Quartier aufzuschlagen. Warum er dies getan hatte, war allen Beteiligten klar geworden, als er im Zuge der stattfindenden Untersuchung laufend dem Kräuterbitter zusprach.

»Also, meine Herrn«, wandte er sich an den Kommandanten des Gendarmerieposten Marbach Ignaz Grumpinger und an Joseph Maria Nechyba, der zu seinem großen Missvergnügen von Grumpinger gebeten worden war, bei der Untersuchung mitzuhelfen. »Eines hamma zweifelsfrei festgestellt: Hauptmann Widetzky war kein Opfer eines Unfalls, sondern wurde kaltblütig ermordet. Der Beweis? Ein Schuhabdruck auf der Rückseite seines Nachthemds. Die Rekonstruktion des Tathergangs? Der Hauptmann verließ kurz nach Mitternacht sein Bett und ging, ohne sich ordnungsgemäß adjustiert zu haben, im Nachthemd zur Treppe. Dort lauerte sein Mörder, der ihm einen kräftigen Tritt in den Allerwertesten verpasste, sodass Widetzky die Stiegen runterfiel und sich das Genick brach. So weit, so klar. Darauf trinken ma jetzt eine Runde! Prost, meine Herren!«

Nechyba war angefressen, obwohl oder gerade weil er hungrig war. Der Oberst-Auditor führte schon den ganzen Nachmittag lang Befragungen durch. Dazu trank er Schnaps. Im Moment hatte er sich auf den Tresterbrand konzentriert, den er Stamperl um Stamperl in sich hineingoss. Laut gähnend befahl er nun, einen schwarzen Kaffee zu bringen. Die nächste Zeugin wurde hereingerufen, er nahm einen Schluck Trester, ließ ihn über die Zunge rollen und dann in seinen Schlund hinuntergleiten.

»Ahh! Wunderbar! Also … Sie sind die Louise Litzelsberger, richtig?«

»Ja, das is' richtig, Euer Gnaden.«

»Köchin im Gasthof Zum Goldenen Löwen?«

»Ja, Euer Gnaden.«

»Wo waren Sie heut' Nacht so gegen eins?«

»In meinem Kammerl. I hab g'schlafen. Erst wie der Bahöö losgangen is', bin i aufg'standen, in den Schlafrock g'schlüpft und raus auf den Gang. Aber da war er … is' er …«

»Was is' er?«

»Is' er schon unten g'legen, der Herr Hauptmann ...
ich hab ihm net den Stesser* geben.«

Weiter kam Louise Litzelsberger nicht, denn die Tür
wurde aufgerissen. Gendarmeriekommandant Grumpinger und ein vierschrötiger Gendarm zerrten den sich
mit Händen und Füßen wehrenden Hausknecht Pepi
herein. Grumpinger salutierte vor dem Oberst-Auditor:

»Melde die erfolgreiche Verhaftung des Hausknechts
Pepi Pichler. Wir ham ihn in der Keuschn** seiner Mutter aufgestöbert und verhaftet.«

Es klopfte, eine Seitentür wurde geöffnet und die
Ehefrau des Schnapsbrenners servierte Stache von
Ödenthal ein Häferl Kaffee. Der Oberst-Auditor deutete ihrem Mann, der neben einer Batterie von Schnaps-
flaschen saß und eine Stricherlliste über die konsumier-
ten Getränke führte, ihm Trebernen in den Kaffee zu
gießen. Mit gierigen Schlucken goss der Auditor das
heiße Getränk hinunter. Dann leckte er sich die Lippen
und fragte den Gendarmeriekommandanten:

»Und? Passt der Schuhabdruck?«

Grumpinger zuckte mit den Schultern und brummte:
»Kann schon sein.«

Pepi, der einige Augenblicke stillgehalten hatte,
sprang vor und schrie:

»Nix kann sein! I war's net!«

Stache von Ödenthal brüllte ihn an:

»Was erlaubt Er sich? Er hat hier das Maul nur
aufzumachen, wenn Er g'fragt wird! Er hat gestern

---

* Stoß
** ärmliches Häuschen

den Hauptmann Widetzky schon einmal die Stiegen oweg'stessn*. In der Nacht hat Er's dann noch einmal versucht und leider Erfolg g'habt.«

Er wandte sich an Grumpinger:

»Also? Passt's?«

»Kann schon sein.«

»Gut! Dann verhaft' ma ihn. Ab in den Gemeindekotter! Morgen überstell ma ihn an das Bezirksgericht. So! Das war's, gemma in den Gasthof hinüber was essen.«

»Aber i war's net!«

»Goschen halten und abführen!«

Während Pepi von den beiden Gendarmen hinausgezerrt wurde, erhob sich der Oberst-Auditor ächzend. Er verließ den Raum, ohne ein weiteres Wort an die Anwesenden zu verlieren. Louise Litzelsberger, die noch immer da war, fragte Nechyba schüchtern:

»Und? Derf i jetzt gehen?«

～ひ〜

»Ave Maria … gratia plena … kalt is' des … ei… eisig … eisigkalt … dominus tecum, benedicta … das Wa… Wasser … kalt … eiskalt … tu in mulieribus … et … et … benedictus … ich hab … hab Angst … heilige Maria … i hab Angst … fructus ventris tui Jesus … i spür meine Haxen nimmer … Herr Gott hilf ma … Sancta Maria! … i muss es tun … i kann nimmer … mater Dei … all… alles fri… iiert ma ab … o… ora pro nobis peccatori-

---

* hinuntergestoßen

bus ... oh Gott! Ver... vergib ma meine Sünden ... nunc et in hora mortis nostrae ... Ahhhh ...

Dechant Dobner von Dobenau fing Nechyba im Vorraum des Gasthofs ab und flüsterte:

»Wir haben ein schriftliches Geständnis.«

»Von wem? Vom Pepi?«

»Nein! Vom Alois! Vom Mesner! Der hat den Widetzky oweg'stessen. Dann hat er das Geständnis verfasst und ist in die Donau gangen.«

»Was? Der Mesner hat sich um'bracht?«

»So wie sein Vater vor 49 Jahren. Im Vertrauen verrat' ich Ihnen Folgendes: Der Alois war der uneheliche Sohn vom Kaplan Klein und der damaligen Pfarrhaus-Köchin. Aus Scham, weil er den Verlockungen des Fleisches nicht widerstehen konnte, hat sich der Kaplan umgebracht. Mein Vorgänger hat den Alois als Sohnes statt angenommen und aufgezogen. Nach dessen Tod hab ich mich dann um den Alois gekümmert. Er war ein guter Christenmensch. Ich hab alles in die Wege geleitet, dass der Arzt ihm einen plötzlichen Herztod bescheinigt. So kann ich dem Alois ein anständiges Begräbnis ausrichten.«

Nechyba nickte und beide betraten den Speisesaal, in dem der Oberst-Auditor breitärschig auf einer Bank saß und einen gewaltigen Berg Mohnnudeln in sich hineinlöffelte. Er blinzelte die beiden Eintretenden böse an, legte die Gabel zur Seite und griff zu einem vor ihm liegenden Zettel. Voll Missvergnügen brummte er:

»Und was soll ich mit diesem Wisch da?«

Ignaz Grumpinger, der vis-à-vis des Auditors saß, räusperte sich und rutschte verlegen auf seinem Sessel hin und her. Der Dechant schlug die Augen nieder und in Nechyba stieg Ärger auf. Er knurrte:

»Na was? Sie werden den Pepi stante pede freilassen. Weil er unschuldig is'.«

»Sehen Sie das so, Herr Oberinspector?«

»Das seh ich nicht so. Das is' so.«

Nechyba schlug mit der Faust auf den Wirtshaustisch:

»Wir haben ein handschriftliches Geständnis des Mörders. Also haben Sie den unschuldig einsitzenden Pepi Pichler umgehend freizulassen. Da gibt's keine Würschteln.«

»Aber ich kann den Mörder nimmer verhören. Ich lege Wert auf mündliche Geständnisse.«

»So a Bledsinn! A schriftliches Geständnis is' tausendmal mehr wert als irgendein mündliches. Das is' meine Erfahrung nach über 35 Jahren Polizeidienst. Also: Der Pepi wird freigelassen.«

Nun schaltete sich auch der Gendarmeriekommandant ein:

»Herr Oberst-Auditor, ich seh keinen vernünftigen Grund, warum der Pichler Pepi weiter im Häf'n sitzen soll. Ich werde nachher gleich runter nach Marbach gehen und ihn freilassen.«

»Und ich werde Beschwerde an übergeordneter

Stelle einbringen!«, herrschte Stache von Ödenthal den Gendarmen an. Der bekam einen roten Kopf, aber bevor er etwas Unfreundliches replizieren konnte, schaltete sich der Dechant ein:

»Meine Herren! Ich bitte Sie! Der Fall ist doch ganz eindeutig. Mein Mesner, der Meilinger Alois, hat aus Wut über die Konfiszierung unserer Glocken und Kupferdächer durch das Ärar den Hauptmann Widetzky die Stiegen hinuntergestoßen. Nun ist ja amtsbekannt, dass der Meilinger ein armer Teufel war, der immer wieder von hysterischen Anfällen heimgesucht worden ist. Weshalb er ja auch untauglich geschrieben wurde. Die Basilika war für den Alois sein Ein und Alles. Und nun hat er halt geglaubt, dass sein geliebtes Gotteshaus vom Hauptmann Widetzky und dessen Soldaten geschändet wird. Heiliger Zorn hat ihn gepackt und er hat dem Hauptmann, der an diesem Abend schon ziemlich betrunken war, einen Tritt gegeben. Unglücklicherweise hat dieser sich beim Sturz über die Stiegen das Genick gebrochen. Alles in allem a blöde G'schicht mit zwei Toten am End'. Das werde ich so jederzeit vor einem ordentlichen Gericht darlegen und bezeugen.«

Nechyba nahm dem Oberst-Auditor den Zettel aus der Hand und las laut vor:

»*Ich gehe freiwillig in den Todt, weil ich den Anführer der Kirchenschänder in den selbigen gestürzt habe. Und weil ein Unschuldiger wegen meiner im Gefängnis sitzt. Die heilige Gnadenmutter möge mir verzeihen und der Herr meiner Seele gnädig sein. Amen.*

Nechyba machte eine kurze Pause, bevor er fortfuhr:

»Dieses Geständnis ist unterzeichnet mit *Meilinger Alois*. Also, meine Herren, das ist ein einwandfreies Geständnis, an dem es nichts zu rütteln gibt.«

Stache von Ödenthal, der in der Zwischenzeit wieder Mohnnudeln in sich hineinstopfte und dabei respektlos schmatzte, leckte sich mit der Zunge den in flüssiger Butter getränkten Mohn aus dem Mundwinkel. Dann raunzte er grantig:

»Verscharrt gehört der Hund. Der Mörder. Der Selbstmörder. Der feige. Verscharrt auf einem Misthaufen.«

Der Dechant entgegnete leise:

»Die Leiche des Meilinger Alois ist heute Vormittag in Ybbs obduziert worden. Dabei hat sich herausgestellt, dass er nicht ertrunken ist, sondern in den kalten Fluten einen Herzstillstand erlitten hatte. Das ermöglicht uns, ihm ein christliches Begräbnis zu gewähren.«

»Das ist aber jetzt net wahr!«, schrie Stache von Ödenthal und sprang auf. Der Dechant schnellte ebenfalls in die Höhe und herrschte den Oberst-Auditor an:

»Der Meilinger Alois war ein aufopfernder Mesner und ein frommer Christ. Als solcher hat er sich ein anständiges Begräbnis verdient.«

Der Oberst-Auditor warf die Serviette auf den Tisch und stürmte wutschnaubend aus dem Speisesaal. Nechyba lehnte sich entspannt zurück, nickte dem Dechant anerkennend zu und dachte:

Gut gebrüllt, Löwe.

Glossar der Wiener Ausdrücke

abschasseln	abwimmeln
abstieren	ausrauben
Ärar	Staat
Auditor	Militärrichter
angefressen	sauer sein
anwischerln	anpinkeln
assentieren	zum Militärdienst einberufen
aunzahn	sich beeilen
aufpassen wie ein Haftlmacher	ganz genau aufpassen
ausbanln	ausweiden
Badhur	billige Nutte
Bagasch	Clique, Gesindel
Bahöö	Wirbel
bakschierlich	attraktiv, fesch
Barack	Aprikosenbrand
Beisl	Kneipe, Gasthaus
Bettel	geringer Betrag
blad	dick
Blunze / Blunzn / Blunzerl	Blutwurst / egal / junges, dummes Mädel
blunznfett	volltrunken
Bruch	Einbruch
Buckel	Rücken

Doppler	Doppelliter Weinflasche
Einbrenn	Mehlschwitze
eing'naht	verhaftet
Erdäpfel	Kartoffeln
Falott	Lump
faschiert	durch den Fleischwolf drehen
Fleischer / Fleischhauer	Metzger
Fleischlaberl	Frikadelle, Bulette
Fotz'n	Ohrfeige
Fratschlerin	Marktfrau
Frittatensuppe	Suppe mit in Streifen geschnittenen Pfannkuchen
Gewurl	Gedränge
Gfrast / Gfrastsackl	Schimpfwort; wird wie »Arschloch« oder »Biest« eingesetzt
Gigerl	Modegeck
Gilet	Weste
Gosche	Mund
Goldblatt	Türkischer Kaffee ohne Sud mit einem Schuss Tresterbrand verfeinert
Grammeln	Grieben
Greißler(ei)	Krämer / Tante-Emma-Laden
Großkopferter	hochgestellte Persönlichkeit
Gspusi	Liebesverhältnis
Hackler / hackeln / Hack'n	Arbeiter / arbeiten / Arbeit, Job
Häf'n	Gefängnis
Halawachel	Schlingel

Hapf'n	Bett
haß sein	wütend sein
Häusl	WC
Haustetschn	eine Ohrfeige wie daheim
Hundstuttl	Hundetitte
He	Polizei
Hinnicher	Kaputtnik
Huastn	Gurgel
Jessas na!	Stoßseufzer
Kapuziner	schwarzer Kaffee mit einem Klacks Obers
Katzelmacher	Italiener
Karotte	Möhre
Keuschn	ärmliches Häuschen
Kiberer / Kiberei	(Kriminal-)Polizist / Polizei
Klumpert	(wertloses) Zeug, Gerümpel
Krätzen	unangenehmer Mensch
Kripplgschbü	gebrechlicher Mensch
Kredenz	(Küchen-)Kasten
Kren	Meerrettich
Krügel	großes, offenes Bier (0,5 l)
Kuttelkraut	Thymian
lamlackert	lahmarschig
Lungenbraten	Filet
Mamlas	energieloser Mensch
Marie	Geld
Masel	Glück
maukas machen	jemanden umbringen
Mensch (das)	junges Ding / Mädchen
Mokka	schwarzer Kaffee

Mulatschak	Trinkgelage
niederlegen	gestehen
nodig	knausrig
Odrahte(r)	gerissene weibliche Person, gerissener Kerl
owe	hinunter, herunter
Pallawatsch	Durcheinander
Panadlsuppe	Brot- bzw. Semmelsuppe
Pantscherl	Liebesverhältnis
Papp'n	Mund
Papperl	Essen
papierln	verarschen
Patschen	Hauspantoffeln
Pfrnak	große Nase
Planetenverkäufer	Fliegender Händler, der aus einem Bauchladen heraus Horoskopzettel verkauft
Platt'n	Bande
plärren	weinen
Powidl / powidl	sehr lange eingekochtes Zwetschgenmus / egal
Powidltascherln	Teigtaschen aus Kartoffelteig, die mit Powidl gefüllt sind
Prater	Wiener Erholungs- und Grüngebiet samt Vergnügungspark
Prügelaff'	Prügelknabe
Pülcher	Verbrecher
pumpern	lautstark klopfen
Quargel	Sauermilchkäse
Reindl	Kasserolle

Rotzer / Rotzpip'n	Rotzbub
Russe	eingelegter, marinierter Hering
Schaln	Kleidung
Schammerl	Schemel
Schani	Helfer, Hilfskraft
Schippl	eine Menge
Schlagl	Schlaganfall
schmähstad	sprachlos
Schmalz	Gefängnisstrafe
Schotter	Geld
Schraufn	Niederlage beim Fußballspiel
Schulterscherzerl	Schulterstück vom Rind
Schwammerln	Pilze
Schwindlicher	Depperter
Spundus	Angst
stad	schweigsam
stampern	jemanden unhöflich fortschicken
Stamperl	Schnaps- bzw. Likörglas
Stesser	Stoß
stier	in pekuniären Nöten sein
Straßenrotzer	Straßenbub
Streithanseln	Streithähne
Szegediner Krautfleisch	gedünstetes, papriziertes Bauchfleisch mit Sauerkraut
Tabatiere	Tabakdose
Tandler	Händler
Tatschkerl	leichter Schlag
Tetschn	Ohrfeige
tramhapert	verschlafen
Tramway	Straßenbahn

Treberner	Tresterbrand (Grappa)
Trum	unhandliches, großes Teil
tschundern	rutschen, gleiten
Tuchent	Federbett
umadum	herum
umadum kugeln	herumliegen
umewachsen lassen	herausrücken
Ungustl	unangenehmer Kerl
Untergatte	Unterhose
verdrahn	verkaufen
verreart	verweint
verzupfen (sich)	verschwinden
Wappler	unfähiger Depp
Watsche	Ohrfeige
Wickel	Streit
wurlert machen	verrückt (kribbelig) machen
wurscht	egal
Wurschtigkeit	Gleichgültigkeit
Zniachtl	kleine, schwache Person
Zores	Ärger

Quellen

ANNO–AustriaN Newspapers Online
Der virtuelle Zeitungslesesaal der Österreichischen
Nationalbibliothek
www.anno.onb.ac.at

Der österreichische Bundes-Kriminalbeamte
Redaktionskomitee Heinrich Dehmal [u. a.], Verlag der
polizeilichen Fachliteratur, Wien 1933

Die letzten Tage der Menschheit
Karl Kraus, suhrkamp taschenbuch 1320, Frankfurt am
Main 1986

Die Wiener Gauner-, Zuhälter- und Dirnensprache
Dr. Albert Petrikovits, Selbstverlag der Öffentlichen
Sicherheit, Wien 1922

Freud–Eine Biographie für unsere Zeit
Peter Gay, Fischer Taschenbuch Verlag, Frankfurt am
Main 2006

*Liesing 1870-1940 Mauer–Rodaun–Kalksburg–Atzgers-
dorf*
Helfried Seeman und Christian Lunzer, Album-Verlag
für Photographie, Wien, 1996

*Rudolfsheim Fünfhaus: Braunhirschengrund, Sechshaus,
Reindorf, Rustendorf, Schmelz*
Helfried Seeman und Christian Lunzer, Album-Verlag
für Photographie, Wien, 2003

Sechzig Jahre Wiener Sicherheitswache
Selbstverlag der Bundespolizeidirektion Wien, Wien
1929

Von Caphenstain zu Kapfenstein
Dr. Christa Schillinger, Weishaupt Verlag, Gnas 2010

Wienbibliothek Digital
www.digital.wienbibliothek.at

Wo sind die Zeiten ... Zehn Jahre Wien in Skizzen
Ludwig Hirschfeld, Wiener Literarische Anstalt, Wien
Berlin, 1921

© Wolfgang Berger

Gerhard Loibelsberger
Nechybas Wien
Lieblingsplätze
192 Seiten, 14 x 21 cm
Paperback
ISBN 978-3-8392-1254-7
€ 14,90 [D] / € 15,40 [A]

LUST AUF WIEN? Auf das Jugendstil-Wien um 1900? Dieser Band bringt Ihnen auf 33 Spaziergängen die Belle Époque und gleichzeitig auch das Wien der Gegenwart nahe. Entdecken Sie eine lebens- und sehenswerte Weltstadt und erleben Sie üppige, überraschende und auch raffinierte Kulinarik. Alle Spaziergänge sind auf das heutige Wien ausgelegt, führen aber an Orte, die Kult-Inspector Joseph Maria Nechyba so ähnlich gesehen haben könnte. Ein Muss für Wien-Reisende und natürlich auch für alle Nechyba-Fans – und solche, die es werden wollen.

GMEINER KULTUR

WWW.GMEINER-VERLAG.DE
Mensch, Kultur, Region